JN123750

松原好次

ことばへの気づき

カフカの小篇を読む

Das Bewusstwerden der Sprache
— durchs Lesen von Kafkas Erzählungen

春風社

はじめに

◆この子らを世の光に

いわゆる断捨離の一環として、七〇歳の誕生日を契機に書物を少しずつ手放すことにした。パラパラとページをめくってから捨てるのだが、読み進んだ挙げ句、書棚にもどす本が出てくる。糸賀一雄（著）『この子らを世の光に――近江学園二十年の願い』（柏樹社、一九六五年）も「断捨離」を免れた一冊である。

この本を読んだのは、半世紀以上も前の学生時代だった。

敗戦直後（一九四六年）に「精神薄弱児と戦災孤児のための総合学園」として近江学園を創設した著者のことばが胸に深く刺さったことを覚えている。「浮浪児狩り」が横行した混乱期、邪魔者扱いされていた「精神薄弱児」や「浮浪児・非行少年」こそが、「生きることの意義を私たちに教えてくれる存在だ」と主張する著者。そのような信念があって初めて、「この子らを世の光に」ということばが出てきたのであろう。決して「この子らに世の光を」ではない。「あとがき」で著者は以下のように記している。

精神薄弱といわれる人たちを世の光たらしめることが学園の仕事である。精神薄弱な人たち自身の真実な生き方が世の光となるのであって、それを助ける私たち自身や世の中の人々が、かえって人間の生命の真実に目ざめ救われていくのだ。

(『この子らを世の光に』三〇一頁)

「この子らを……」と「この子らに……」という二つのフレーズは、単なる助詞の入れ替えから生まれたものではないということであろう。糸賀さんの生き方がそのまま「この子らを世の光に」ということばに反映されているのだ。わずか二つの助詞(「を」と「に」)がどのような過程を経て「この子らを世の光に」というフレーズに収束したかは、三百ページに及ぶ本書を丹念に再読することによって氷解した。『この子らを世の光に――近江学園二十年の願い』は私に「ことばへの気づき」を与えてくれた。

その他にも気づきを与えてくれた本がある。あるいは、日常生活の言語使用を通して得られた「ことばへの気づき」もある。そのなかには励ましとなった気づきもあれば、意気消沈の原因になった気づきもある。このような気づきは、書き留めておかないと記憶の網をすり抜けてしまう。そこで、私自身が今まで日々の生活のなかで経験したり、新たな言語を学ぶ過程で体得したりした「気づきの楽しみ」そして「気づきの苦しみ」双方を、備忘録としてまとめることにする。

本エッセイ集は三部構成とし、第一部「小さな/微妙な違いが大きな違い」から始め、第二部「楽しい気づきが語学継続の支え」に移り、第三部「怖さへの気づきが新たな世界への入り口」で締めくくる。

◆コロナ禍にカフカの小篇を読む

エッセイは二〇一九年の秋から書き始めていたのだが、二〇二〇年の春、新型コロナウイルスの感染拡大とともに「ステイホーム」を余儀なくされたため、何かまとまったものを再読しようと考えた。緊急事態が宣言された頃、医療崩壊が叫ばれたり、飲食業や観光業などを中心に倒産件数が増えたり、非正規雇用者が解雇されたりする中、のんびり読書することに後ろめたい気持ちが多少はあったが……。そのような折、カフカの名前を思い出した。専門家としてカフカ研究をしたわけではないが、長編・中編・短編など主だった作品は翻訳で読んでいた。また、原文で読んだ作品もいくつかあった。「カフカならば私たちの今の生活をどのように見るだろうか」という考えが頭をよぎった。

そのような経緯があって選んだのがカフカの小篇であった。若い頃、何気なく読み飛ばした作品群を、じっくり読んでみようと思い立ったのだ。本エッセイ集では第一部から第三部にかけて、各部の後半にカフカの小篇に関するエッセイを配している。掌篇・小品・断章・小片ともいうべきほど短い作品群である。原文を丹念に読んでいくうちに、一つ一つの語や句の中にカフカの考えや思いが見え隠れしていることに気づいた。

ドイツ語では詩人や作家のことを Dichter / Dichterin と呼ぶが、この語は形容詞 dicht（「密な、緊密な」の意）や動詞 dichten（「緊密さを創る、特に詩などの文学作品を創作する」の意）と同語源である。詩作者（ディヒター）を「緊密さを創る者（ディヒター）」と捉え、Dichter としてのカフカを物語作者という視点から見つめ直すフリードリッヒ・バイスナー（著）粉川哲夫（訳編）『物語作者フランツ・カフカ』（せりか書房、一九七六年）に触発されたところ大である。

「ことばへの気づき」を、主としてカフカの小篇から取り上げた本エッセイ集が、ことばの学習に興味を抱く人やカフカの文学を愛する人にとって何らかの役に立つことを願いたい。

ことばへの気づき——カフカの小篇を読む　目次

はじめに　*1*

第一部　小さな／微妙な違いが大きな違い　*11*

［i］

第二部　楽しい気づきが語学継続の支え　105

第一部　小さな／微妙な違いが大きな違い

[i]

◆「あなた〜」と「アナタッ!」

ずいぶん前のことになるが、聴くでもなしにラジオのインタビュー番組を聞いていた。声の主は南極越冬隊員(故人)の奥さんらしい。話の内容は以下のようである。

南極に向かう途上の夫にあてて出したことば(「あなた」)が世間に広まり、こそばゆい気持ちで一杯です。「苛酷な環境で働く夫を思い遣る妻からのラブレター」などと騒がれていますが、実のところ、寄港地シンガポールで飲み過ぎ、羽目を外した夫を諫(いさ)めることばだったのです。

ぼんやりラジオを聞いていた私は、びっくりしてしまった。万感の思いを三文字に凝縮した「あ・な・た」ということばは、「三文字のラブレター」として有名になっていたからだ。しかし真実は、妻から夫への諫めのことば「**アナタッ!**」だったというのだ。

ラジオ番組を聞いてから調べたところ、声の主である大塚恒子さんが亡夫（大塚正雄さん）の思い出話をしていたということが分かった。第一次越冬隊が南極に派遣された当時（一九五六年／昭和三一年）、隊員の家族からの連絡にはモールス信号が使われていて、刈り込んだメッセージにならざるを得なかったようだ。

このメッセージがどのような経路をたどって「三文字のラブレター」として持ち上げられるようになったかは不明である。しかし、「書きことば」と「話しことば」の間には大きな違いが潜んでいることは確かである。つまり、生の声が文字に書き留められた瞬間、話し手の意図と全くかけ離れた意味合いを持つようになることがあるのだ。

第一部では、「書きことば」と「話しことば」のちょっとしたズレから始め、小さな／微妙な違いに着目して、そのズレや違いが実は大きな違いになり得る例を書き留めておきたい。

◆香港の街角で、悲喜（筆記）こもごも

「書きことば」と「話しことば」のちょっとしたズレから生じる悲喜劇の一例として、私が香港で経

験した苦い思い出を記しておきたい。中国返還直前の言語使用状況を調査するため、一九九五年から一九九六年にかけて私は数回、香港を訪れた。初めての訪問の際、簡易ホテルで宿泊料金を交渉したときのこと。ルームキーの保証金（deposit）として、言われたとおり100香港ドル（1300円程度）を支払い、チェックインした。

一週間滞在し、チェックアウトの際、鍵と引き換えに保証金の返却を求めたところ、30香港ドルを手渡しされた。何かの勘違いかと思い、預けた額を要求すると、相手はチェックインの時の書類を突きつけてきた。ナント、見るとそこに書かれている数字は30であって、私の予想した100ではなかった！　なるほど、これが「生き馬の目を抜く」香港流ビジネスかと思い、私は唸ってしまった。いくらクレームを伝えても相手は聞く耳を持っていない様子。帰りの飛行機のこともあり、その場は自分の負けを認めざるを得なかった。

空港行きのバスの中で、「次回からは受付係が書類に数字を記入する時には、必ず目で確認すること」と自分に言い聞かせた。音声は一瞬で消えてしまうが、文書に残された文字や数字は残る――。こんな単純なことで躓（つまず）いてしまった第一回目の香港訪問だった。

二回目の訪問では「書きことば」に救われた。夏休みを利用して、香港の学校教育における教育言語の使用実態（教員が使用する言語は英語？　広東語？　それとも普通話？）を調査していた時のこと。高温に加えて百パーセント超（！）の湿度が数日続くなか、私は体調を崩し寝込んでしまった。発熱だけでなく下痢で苦しむ日々。「旅先で死ぬことになるかもしれない」と真剣に考えた。

寝込んでから三日後、私は、やおらベッドから抜け出し、夢遊病者のように香港の街角をさまよい歩いた。そう、整腸薬を求めて……。半時間ほど歩いただろうか、ようやく薬局を探し当てたものの、普通話も広東語も話せない。英語だけで意思疎通を図ろうとするが、上手く相手に伝わらない。その時、天啓の如く私の頭に「書きことば」の効用がひらめく。第一回目の訪問で痛い目にあった「書きことば」だ。私は紙切れにスラスラと書いてみた――正露丸――。すると、先ほどまで憮然としていた店員がニカッと微笑み、棚の方に向かって行くではないか。そうか、香港の人たちとは漢字という共通ツールで意思疎通ができるのだ！　体調が戻りタクシーを使うときなどには、漢字で行き先を伝えることがよくあった。例えば、「香港大學」と紙切れに繁体字を書くと、運転手は即座に了解してくれた。

三回目以降の調査時には、リュックサックの中に必ず例の整腸薬と小さなノートを入れておくようになった。

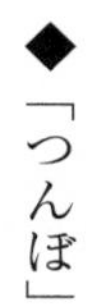

◆「つんぼ」

「つんぼ」（聾／聴覚障がい）という語についての思い出がある。高校入学直後の事件である。半世紀以上も前のことであるが、今でも鮮やかに覚えている。

聴覚検査を受けるため、私の属するクラスは保健室の前の廊下に並んでいた。隣にいたクラスメートとの会話で私がたまたま「つんぼ」という語を使ったせいであろう。それを耳にした養護教諭が突如として皆の前で私をなじり始めたのだ。

出身中学はどこなの？　あら、そう……山を越えた向こうのほうの中学ね。だから「つんぼ」（ツ、ン、ボ）なんていう言い方をするのね。このあたりでは「つんぼ」（ツ、ン、ボ）と言うのよ。

彼女は「静粛に！」という指示を遠回しにしたのだろうか。多分そうだったのかもしれない。しかし私には、そう思えなかった。自分の訛り（アクセント）を見下されたと受け止めた。彼女の言葉が私の胸に突き刺さったのだ。

その後しばらくの間、私は学校に行けなかった。家で悶々とするなかで「ことばの怖さ」のようなものを感じていた。ことばには人と人を結びつける働きだけでなく、人と人の関係を切り裂く働きもあるということを漠然と考えていた。そして、田舎のことば（訛り）を人前でなじられた結果、言語間の不平等ということも薄々感じ始めていた。なぜ「ツンボ」という発音のほうが「ツンボ」という発音より優位に立てるのか――。その当時は社会言語学ということばすら知らなかったわけであるが、後になって言語間の社会的関係、とりわけマイノリティ言語の衰退や復権に関心を抱くようになったのは、この時の苦い思い出があったからだと思う。

それから十数年後、訛りのことで苦い思いを味わったという女性の小学校教員に出会った。彼女は勤務校の入学試験の前日、校内放送の事前準備に当たっていたという。東北地方のある県から上京し、四年間の学生生活を終え、教員の仕事も覚え始めていたころである。共通語の発音は大体できるようになったという自信が彼女にはあったそうだ。ところが、リハーサルの放送を聞いた校長から駄目出しがあったらしい。後に同僚教員から聞いたところによると、校長は次のように言ったそうである。

この先生は訛りがあるから別の先生に替えなさい。

どの語の発音のどこが「悪い」かも指摘されず、彼女は校内放送の担当から外され、落ち込んでいた。出会った当初、そのような話は私たちの間の話題にならなかった。しかし数カ月後、抑えていたものが噴き出るように私の前で話し始めたのである。「つんぼ」という語のアクセントが微妙に違ったため心を痛めたことがある私には、彼女の心痛がよく分かった。この女性は数年後、私の妻となった。

◆Sieとduの狭間で

リュックサックを担いでシベリア鉄道に乗り込み、旧ソ連を横切り、ウィーンに飛んだ。一九七三年の夏だった。ユースホステルを渡り歩きミュンヘンにいたとき、オランダの青年トニーに出会う。意気投合してドイツ国内を一緒に歩く。二日目の朝、トニーの様子がおかしい。きくと下痢だと言う。日本から携えてきた整腸薬を渡す。翌朝、破顔一笑のトニーがユースホステルのロビーで私を待ち構えていた。薬のおかげで下痢が治ったというのだ。「今日も一緒に歩いて、新たなユースホステルを目指そう」ということになった。

そこまではよかったが、トニーのドイツ語が急に変わってしまい、私は面食らってしまった。トニーが私をduzenし出したのだ。つまり、私に話しかけるとき、今まで使っていた敬称のSie（あなた）ではなく、親称のdu（きみ）を使い出したのである。例えば弱変化動詞trinken（飲む）は、Sie trinkenからdu trinkstに変化する。強変化動詞fahren（車で行く）の場合、Sie fahrenがdu fährstに変わる。敬称Sie

ならば動詞の原形（fahren）をそのまま言えばよいのだが、親称 du の後の動詞は変化が大きい。

旅行前に十分練習を積んでおけばよかったのだが、とりあえず一カ月半くらいは Sie だけで何とかなるだろうと甘く考えていた。つまり、相手から du で呼んでもらえるほど親しい関係にはならないはずだと勝手に思い込んでいたのだ。ところが、日本の整腸薬の薬効あらたか！　一昼夜にして Sie から du への変化を引き起こしてしまったのだ。相手が du で来たら、こちらも du にしなくては……。その一日、私はドゥ・ドゥ・ドゥと、さながら吃るように、du nimmst, du bist, du ißt, du gibst, du gehst, du hast, du darfst, du hilfst, du kannst, du schläfst, du siehst, du sprichst, du vergißt, du weißt などと動詞の変化形を絞り出そうと努めた。

◆「東京へ」と「東京に」の違い

英国ウェールズ出身の女性に日本語を教えたことがある（出会いの詳細については第二部「ウェールズ語の学習——母語への気づき」を参照）。この女性（リアンさん）は英会話学校の講師として日本に赴任したばかりで、日本語を是非とも習得したいということだった。熱心に質問する人で、私は毎回、母語である日本語の語・表現・文法について説明するのに苦戦した。

ある日のこと、リアンさんは「東京へ行った」と「東京に行った」の違いは何かと尋ねてきた。日本語教授法を学んだことのなかった私は考え込んでしまった。次回までに調べてくると言って、その日は別の項目を教えた。

翌日、日本語教育を専門とする友人に尋ねると、以下のようなアドバイスをしてくれた。

簡単に説明できますよ。でも言葉で説明するのではなく、例文を作っていく過程で違いを納得させるほうがよいかもしれません。例えば、「映画を見に行った」「買い物に行った」「試験を受けに行った」「会いに行った」といった例文を提示します。その後で、「東京に行った」を示すと、方向だけを表す「東京へ行った」との違いが学習者に分かるはずです。つまり、「～するため、～の目的で」という意味を助詞の「に」が持っていることに気づきます。

「なるほど！」と思い、手許にあった国語辞典を確認。すると以下のように書いてあるではないか。

へ――動作・作用の方向・帰着点を示す。

に――動作・作用の帰着点、目的を示す。

（『福武国語辞典』）

私は愕然とした。四〇年以上、日本語の世界で生きてきたにもかかわらず、「へ」と「に」という格助詞の違いさえ説明できない――。そして、教授法なぞ習ってなくても日本語なら教えられないことはないという傲慢さ――。

◆外国語を知らない者は……（ゲーテ『箴言と省察』）

ゲーテの『箴言（しんげん）と省察（Maximen und Reflexionen）』には、読む者の心を捉えてはなさない言葉が散りばめられている。そのうちの一つを書き留めておきたい。

外国語を知らないものは自分の国語についても何も知らない。

大部分の日本人にとって外国語といえば英語のことであろうから、この日本語訳も以下の英語訳も抵抗なく受け入れられるかもしれない。

He who knows not a foreign language, knows nothing of his own.

ところが木村護郎クリストフさんは、原文のドイツ語と対比したうえで、日本語訳と英語訳には不適切な点があると指摘している（『節英のすすめ』萬書房、二〇一六年、一八二〜三頁）。まず日本語訳の場合、「外国語／自国語」という具合に、国・国家と言語をいとも簡単に結びつけていると批判している。ある一つの国に言語はただ一つしかないというメッセージが読者・聴者に伝わってしまう恐れがあるというのだ。次に英語訳は、数（すう）の処理が適切になされていないと指摘。ちなみに、この英文は日本で発行された英語教材に載っている訳文であると木村さんは記している。原語のドイツ語では「言語」に当たる語（Sprache）が複数形のSprachenになっているが、英語では単数形（a language）で訳されているというのだ。

ここで原文のドイツ語を確認しておきたい。

Wer fremde Sprachen nicht kennt, weiß nichts von seiner eigenen.

ゲーテの頭の中にあった複数概念の「言語」がSprachenという形で、この箴言に表出されたのだろう。木村さんの指摘によると、「つまりゲーテは、複数の異言語を学ぶことで自言語が見直されるということを念頭においていた」ということになる。

『節英のすすめ』の中で著者は、母語以外に二つ以上の言語を知ることの重要性を次のように述べている。

日本語訳、英語訳はそれぞれ、意味がズレたものになっています。このズレは決してどうでもいいことではありません。学んだのが「母語＝日本語」と「外国語＝英語」の二つだけだと、下手すると、日本語は特殊な言語で、英語のような言語がふつうないし一般的、と思ってしまうかもしれません。もう一つ言語を学ぶことではじめて、自言語を複眼的に見直すことができるのです。たとえば朝鮮語を学ぶと、日本語に近い側面をもった言語もあることがわかりますし、ドイツ語を学ぶと、同じゲルマン系の言語でも英語とはかなり違うということが見えてきます。三つ以上の言語を知ることは、量的な増加だけでなく質的な変化をもたらすのです。

（『節英のすすめ』一八三頁）

そして、「言語の社会的な相対性」という項を以下のように締めくくっている。

今、「知る」と書いたのですが、ゲーテの文で「知る」と訳されているところも見てみましょう。英語では knows になっていますが、ドイツ語では kennt（原形 kennen）と weiß（原形 wissen）を区別しています。大雑把にいうと、kennen は体験的に知ること、wissen は知識として知っていることを指します。つまりゲーテの文は、「複数の異言語を実際に学んでみないと自言語のことはわからない」といっているのです。このような原文の味わいは、日本語や英語の訳では失われてしまっています。原文にあたることの意義を、この引用自体、例示しているといえましょう。

（前掲書、一八四頁）

◆私は本当に日本語の母語話者？

英文法の問題を一題。以下の英文で下線部には、どちらの be 動詞（is か are）を入れるべきか。

There ______ a boy and two girls in the room.

a boy（少年一人）と two girls（少女二人）で計三人だから、There are... が正解と学校文法（伝統文法／規範文法）では教えてきた。私もそのように習った覚えがある。

ところが、*The Grammar Book: An ESL/EFL Teacher's Course*（Marianne Celce-Murcia and Diane Larsen-Freeman, Newbury House Publishers, Inc., 1983）という英文法指導書を読んで、文法に対する考え方が劇的に変わった。この本の

一部は『現代英文法教本』（大塚英語教育研究会、リーベル出版、一九八六年）として日本語に翻訳されている。*The Grammar Book*（p. 42）によると、英語の母語話者である発話者は部屋に入って行ったとき、まず一人の少年の姿が目に入ったので、There is a boy... とするのは至極当然であり、その後、少女二人が目に入ったので ...and two girls を付け足した結果、①の文が出来上がると説明する。

① There *is* a boy and two girls in the room.

つまり、直近の名詞に動詞の数が即応するというルール（the proximity rule：最近接ルール）が当てはまる。当然のことながら two girls and a boy という順序の場合、母語話者は②のように発話することになる。

② There *are* two girls and a boy in the room.

The Grammar Book は、この例文を示した後、「母語話者が日常生活で使用するルール（記述文法）は、伝統的な文法のルール（規範文法）とは異なることがある」と締めくくっている。

規範文法と記述文法の間にズレがあることは、日本語についても言えるかもしれない。一例として、

「いる」と「ある」の区別について考えてみたい。英語の There + be 構文では、There is / are の後に、生物・無生物の区別なく名詞を置くだけでよい（中国語や韓国・朝鮮語も区別しないらしい）。ところが日本語の場合、人や動物など生き物の場合、「〜がいる」と言うのに対し、無生物の場合には、「〜がある」と言う。留学生に日本語を教えたとき、「男の人がいる、馬がいる」と対比させて、「机がある、掃除機がある」と得々と教えた覚えがある。それでは以下の例文では、どちらが文法的で、どちらが非文法的なのか？

① 駅前にはいつもタクシーが（いる／ある）。
② 隣の部屋にルンバが（いる／ある）。
③ そこに桂馬が（いる／ある）。

得々として日本語の文法を教えていたはずなのに、ほんの少し例を挙げて自問しただけで、お手上げ状態である。おそらく、日本語教育に携わる人にとって、「いる」と「ある」の違いを説明することは容易であるに違いない。しかし、母語話者を自認していたはずの私は自信をもって説明できない。私は本当に日本語の母語話者？

◆さあ　遊びだ　勉強だ　手伝いだ……（まど・みちお作詞の校歌）

大根の収穫期になると、生まれ育った三浦のことが思い出される。いまでも母校・南下浦小学校の校歌は覚えている。

風よ　口ぶえ　ふきならせ
三浦半島　この丘は
おーもて日本の　まんなかだ
さあ　遊びだ　勉強だ　手伝いだ
日本の明日は
ぼくの　わたしの　この肩に

（作詞　まど・みちお）

半世紀以上たった今、口ずさんでみてハッと気づいたことがある。「遊び」と「勉強」の順序、そして「手伝い」が添えられていること。昭和三〇年代、大根畑の続く丘を歩き、子どもたちの様子を眺め、まど・みちおは、「遊び→勉強→手伝い」という語の並びを思いついたのだろう。

下校の道すがら桑や枇杷(びわ)の実を食べた。カバンを放り投げ、堰で鮒(ふな)を釣り、浜ではベラ釣り。暗くなるまでビー玉、メンコ、三角ベース。霜焼け、あかぎれ、洟たらし。皆で悪さをしたかもしれないが、家の手伝いもよくした。塾などはそろばん塾しかなかった。まど・みちおの観察は私の記憶に合致する。

さて、テレビのニュースが騒いでいる。小六長男刺殺事件（二〇一六年）について、名古屋地裁の審理が結審したようだ。中学受験の息子をナイフで脅し、最後には胸に包丁を突き立てた父親に懲役一六年の求刑。

ＡＩ時代の到来、国際語としての英語、アクティブ・ラーニングへの切り替えといったスローガンに躍らされ、世の親は心を掻き乱されている。中学受験の塾を皮切りに、英語、スポーツ、音楽など習い事で子どもたちの放課後のスケジュールは満杯だということだ。プログラミングやコミュニケーションと銘打った塾も盛況だと聞く。論理的思考、問題解決能力――まさに、「さあ勉強だ勉強だ勉強だ」である。

よもやと思って、農家を継いでいる友人の一人に尋ねてみた――

「何を言ってるんだ。堰は埋められて霊園になっているよ。子どもはベラ釣りなんかするもんか。栃木の山に降った放射能が、そろそろ東京湾に流れ込んでいるという噂だからな」

（初出『春風と野』春風社、二〇一九年、一部加筆）

◆イッヒ・ビン・アイン・ベルリーナー（ジョン・F・ケネディの演説）

二〇一九年一二月四日、アフガニスタンのジャララバードで「ペシャワール会」の中村哲医師が何者かに銃撃され死亡。この一報に接して、鎌倉市で行われた活動報告会（二〇〇一年一一月）の折の元気な姿が目に浮かんできた。アフガニスタンでの灌漑事業について静かに、そして熱く説明する中村さんの姿だ。

一二月四日夜、ジャララバードで開かれた追悼集会の様子を新聞やテレビが報じている。その報道に使用された写真には、地元ＮＧＯのメンバーとともに中村さんの遺影が掲げられている。そして大きなパネルには次のメッセージが付されている。

You lived as an Afghan and died as one too.
（あなたはアフガン人として生き、アフガン人として死んだ。）

ところで、出身地や職業などの属性を述べる場合、英語では不定冠詞（a / an）を付けるのが一般的だが、ドイツ語では無冠詞が原則である。例えば、I am a Japanese. は Ich bin Japaner. となり、Ich bin ein

Japanerのように冠詞（ein）を付ける必要はない。

冠詞の要・不要について起きた論争について述べてみたい。第三五代アメリカ合衆国大統領ジョン・F・ケネディが一九六三年六月二六日、西ベルリンで行った演説に以下の一節がある。

Two thousand years ago, the proudest boast was "civis romanus sum."
Today, in the world of freedom, the proudest boast is "Ich bin ein Berliner."
（二千年前、最も誇り高い言葉は「私はローマ市民だ」であった。今日、この自由主義陣営において、最も誇り高い言葉は「私はベルリン市民だ」である。）

ドイツ語の場合、Berlinerには冠詞を付ける必要がないので、この文はI am a Berliner.からの直訳で間違いであると喧伝する者がいた。さらに、Berlinerにはジャム入りの揚げパン（ジャムドーナツ）という意味があるため、ein Berlinerとすると「私は一個のジャムドーナツ」と捉えられる恐れがあるというのだ。

しかし、この批判に対してアナトール・シュテファノヴィチ（ドイツの言語学者）は以下のように反論している（*The Huffington Post*　二〇一三年六月二六日の記事"Did JFK say he was a jelly doughnut?"）。

「イッヒ・ビン・アイン・ベルリーナー」は間違った表現ではない。聴衆のベルリン市民（四五万人）に心を寄せ、「（あなたがたと同じように）私もベルリン市民だ」と強調したのがこの表現なのだ。実際にはベルリン市民ではないが、自由を愛する市民という意味で一体感を伝えることに成功している。聴衆から嘲笑や冷笑があったとは聞いていない。一〇分にわたる演説の最後をケネディ大統領は以下のように締めくくっている。「自由を愛する人々は、どこに住んでいようが、すべてベルリン市民だと言うことができよう。だからこそ、自由を愛する一人の人間として私は誇り高く次のように言おう。イッヒ・ビン・アイン・ベルリーナー。」

冠詞の有無についての議論は興味深い。しかし私がこの件で最も心を動かされたのは、インターネット（Wikimedia Commons）で検索できるケネディ大統領の手書きメモである。

Ich bin ein Bearleener
kiwis Romanus sum
Lust z nach Bearleen comen

このメモがアメリカ合衆国連邦政府の著作物としてインターネット上に公開されているのだ。スピーチをする際、Berliner の読みを間違えないよう「Bearleener（ベアリーナー）」と大統領はメモしたのであろう。さらに -lee- の発音に留意するようアンダーラインを付している。同様にラテン語についても発音上の工夫が手書きメモに施されている。

スピーチ原稿のメモが公文書として残されている！　こうした側面から「イッヒ・ビン・アイン・ベルリーナー」という表現に思いを致すこともできると言いたいのである。現在のアメリカ合衆国において、時の権力による表現の自由侵害は行われていまいか。あるいは、公文書の改竄・廃棄は行われていまいか。そして日本においても、公文書の改竄や、「遅滞なき廃棄」が行われてはいまいか。

[ii]

◆非連続な時のながれ（カフカ「ぼんやりと外を眺める」）

一九一〇年、チェコの作家フランツ・カフカ（二六歳）が書いた作品に「ぼんやりと外を眺める」という小篇がある。円子修平の訳で読んでみたい。

ぼんやりと外を眺める

いま急速に近づいて来るこの春の日々に、ぼくたちはなにをすればよいのだろう？　今朝、空は灰色だった、けれどいま窓辺へ行くと、ぼくは驚いて、頬を窓の把手に寄せかけるのだ。

下の路上では、歩きながらふと振り向いた小さな女の子の顔に、もちろんもう沈んで行く太陽の光が射すのが、そして同時に、女の子のうしろから急ぎ足でやって来る男の影が落ちるのが見える。

男はもう通り過ぎてしまい、女の子の顔は明るくかがやいている。


（マックス・ブロート（編）円子修平（訳）「ぼんやりと外を眺める」『決定版カフカ全集1　変身、流刑地にて』

新潮社、一九八〇年、二二五頁）

この小品を読んだとき私は即座に「白い一日」（小椋佳作詞・井上陽水作曲）を思い出した。

真っ白な　陶磁器を
眺めては　あきもせず
かといって　触れもせず
そんな風に　君のまわりで
僕の一日が　過ぎてゆく

目の前の　紙くずは
古くさい　手紙だし
自分でも　おかしいし
破り捨てて　寝ころがれば
僕の一日が　過ぎてゆく

ある日　踏切のむこうに　君がいて
通り過ぎる汽車を待つ
遮断機が上がり　振り向いた君は
もう　大人の顔をしてるだろう

この腕を　さしのべて
その肩を　抱きしめて
ありふれた幸せに
持ち込めれば　いいのだけれど
今日も一日が　過ぎてゆく

真っ白な　陶磁器を
眺めては　あきもせず
かといって　触れもせず
そんな風に　君のまわりで
僕の一日が　過ぎてゆく

この曲の「ある日……」から始まる第三スタンザが、「ぼんやりと外を眺める」という掌篇でカフカの描こうとしたことに似ていると思えたからだ。愛しいと思っている少女に、思いのたけを告げることができず、グズグズしている「僕」。その「僕」が、ある日、踏切のむこうに「君」の姿を認める。その瞬間、汽車が踏切を通過して、その少女の姿が視界から消える。そして遮断機が上がり、「君」が振り向く。そのわずか一〇数秒の間に、「君」は大人の女性の顔をしてるだろう……。歌い手である「僕」の驚き、戸惑い、焦り、もどかしさ、歯がゆさ、やるせなさが綯い交ぜになって、次のスタンザに移行する。そして、いつもの「白い一日」に舞いもどる。つまり、日常の「時の流れ」が第三スタンザ（ある日……）で急変し、また元の流れにもどる。

翻って「ぼんやりと外を眺める」では、「時の流れ」の非連続性が「光と影の交差」を通して読み手に伝わってくる。文の流れに即して読み直してみよう。

まず第一文で、「いま急速に近づいて来るこの春の日々に」として、冬と比べ夜明けが早いことを示し、冬から春への季節の移ろいを読み手に伝えている。読者は否応なく「時の流れ」を意識することになる。ちなみに、「ぼくたちはなにをすればよいのだろう？」の原文（ドイツ語）は、Was werden *wir* ...tun ...? であり、wir（ぼくたち）を主語にして読者を引きずり込もうとしている。「これは他人事ではなさそうだ」と読者に思わせることに成功している。つまり、ぼくたち（wir）とは「話し手＋読み手」であると解釈できよう。

次に第二文の前半「今朝、空は灰色だった」では、時制が第一文の現在から突如、過去に変わる（Heute früh *war* der Himmel grau）。現在形が一般の事象を表すのに対し、過去形は特殊の事象を記述する。ここでも時の急速な（非連続的な）変化を読み手に意識させている。

第二文の後半には逆説の接続詞（aber＝けれども）が用いられ、時制は現在にもどっている。また、主語は wir から man に変化する（geht *man* ..., so ist *man* ... und lehnt...）。wir より man のほうが一般化の度合いが深まり、「（話し手と読み手を含む）人一般」を指す。つまり、前半の過去形（「空は灰色だった」＝特殊）から後半の現在形（「窓辺へ行く、驚く、寄せかける」＝一般）に切り替わることによって、時の急速な（非連続的な）流れが印象づけられている。

第三文も引き続き主語は man で、時制は現在。主語である man が、上の階の窓辺から下の道路を眺める。季節の移ろい、空の色の変化を感じてきた man は、次に、光と影の移ろいの中に幼い少女の顔に映る明暗を認める。つまり、沈みかけた夕陽に照らされて少女の顔が明るくなったと思ったら、素速く通り過ぎる男の影で、その顔は一瞬曇る。

しかし、男が通り過ぎたため、少女の顔が再び明るく輝く（第四文）。初め見たときの明るさと比べ、「実に明るく（ganz hell）」見える。それは、男の影が一瞬であっても少女の顔にかかって暗くしたため、コントラストが大きくなったからであろう。

この小篇のタイトル「ぼんやりと外を眺める」が示すように、初めは何気なく（まさに、ぼんやりと）窓外を見るのだが、次の瞬間、少女と男がすれ違うときに起こる展開の意外性をスケッチふうにカフカは描いたのではないか。その展開は、ぼんやりとしていたら見逃してしまう一瞬の変化である。ぼけ〜っとしていたら、少女の顔に当たる夕陽の光と影（コントラストまで！）を見分けることができようか。

灰色の朝、夕陽に照らされた少女の顔、男の影、そして再び明るく輝く少女の顔——。時の移ろいの速さ、光と影の交差、展開の意外性にカフカ自身がハッと驚き、書き留めたのであろう。この小品は一九一〇年三月二七日の『ボヘミア』紙に、Zerstreutes Hinausschau というタイトルで掲載されたようである。そのような経緯を考えたとき、若きカフカ（二六歳）が人や物の観察の仕方について、あれこれ試行錯誤しているときに書かれたものと考えられる。

ところで、このタイトル Zerstreutes Hinausschaun について一考してみたい。zerstreuen という動詞は「分散させる、拡散させる、そらせる」の意。その過去分詞 zerstreut は形容詞的に用いられ、「気の散った、散漫な、心ここにない、ぼんやりした」の意。ある独和辞典には ein zerstreuter Professor（ぼんやりした教授）の例が挙げられている。そうであるならば、この短篇のタイトルとして「ぼんやりした眺め」あるいは「ぼんやりと外を眺める」は妥当であろう。しかし、先述したとおり、見逃してしまいそうな

「光と影の交差」「展開の速さ」に気づくということは、「ぼんやりした眺め」で括れない要素が隠されているのかもしれない。

そこで、先ほどの独和辞典で zerstreut の例を探してみると、動詞の原義（分散させる、拡散させる、散りにする）を残した例（zerstreutes Licht〈理〉拡散光）が見つかった。光学についての知識が全くないので、辞典に当たってみると、「分散・拡散」には「入射した光線が波長ごとに別々に分離される現象、またはその度合いのこと。媒体の屈折率が波長によって異なることによって発生。英語で diffused light」という定義が与えられている。

この定義に則して考えると、「ぼんやりと外を眺める」というタイトルは作者カフカの意図を一〇〇パーセント移し替えていないのではあるまいか。日本語で「ぼんやりとした」というと、焦点が定まらず、「ぼーっとした」「ぼやーっとした」「注意散漫な」「心ここにあらず」という意味合いが強くなる。それに対し、zerstreuen の原義を保った zerstreutes Licht の用法に則してタイトルを見直すと、異なる解釈ができるかもしれない。つまり、一人の人間あるいは一つの物だけに焦点を当てた Hinausschaun（外を眺めること）でなく、拡散した Hinausschaun（分散眺望）。それがタイトル Zerstreutes Hinausschaun の意味するところではないか。一点のみに注目するのではなく（一つのモノに焦点を当てるのではなく）、複数のモノを同時に追いかけることによって、かえって物事の真実が見えてくる――。このことにカフカは気づいたのではあるまいか。

卑近な例を挙げてみたい。バスケットボールをする際、パスしようとする味方のプレーヤーだけを見ずに、視野を拡げて他のプレーヤー（味方も敵も）の位置や動きを同時に見ることが重要である。この原則は他のスポーツにも当てはまるはずだ（例えば、サッカー、ラグビー、テニスや卓球のダブルス、剣道など）。一点だけを見てスチール写真を撮るのではなく、同時に複数の対象の動きを捉え、ムービーの映像に仕立てる方法があることにカフカは気づき、ハッとしてメモしたのかもしれない。

結論として言えば、単なる「ぼけーっとした眺め」ではなく、「同時にいくつもの対象を見る」「バラバラに、しかも同時に見る」「同時並行的に眺める」という積極的な意味合いでカフカはZerstreutes Hinausschauというタイトルを付けたのではないかと考えたい。ちなみに、短篇集『観察』の一篇として収録された際、この掌篇のタイトルは「Am Fenster（窓辺で）」に変更されている。

これぞという日本語のタイトルが見つからないまま、この項を終えることになるが、冒頭に記した曲のタイトル「白い一日」は、何と絶妙なことか。

◆ひとり者をつづけるのは、なんとも……（カフカ「ひとり者の不幸」）

フランツ・カフカが一九一二年に出版した初めての単行本『観察』の中に「ひとり者の不幸」という小篇がある。この断章でカフカが示唆していることは何か――。池内紀（おさむ）訳で読んでみたい。

ひとり者の不幸

ひとり者をつづけるのは、なんともひどいらしい。人といっしょに夜を過ごしたいときは、年寄りの威厳を保ちつつ頭を下げてたのまなくてはならないし、病気になると、ベッドの隅から、ひねもすひとけのない部屋を見つめている。いつも人とは戸口で別れを告げ、階段を寄りそって上がってくれる妻はいない。部屋にある脇のドアは他人の住居に通じているだけ。夕食は手ずから家に運んでくる。よその子をながめてすごす。「子なしでしてね」などと、いつも一つ覚えをくり返しているわけにもいかない。若いころに知ったひとり者の誰か彼かを思い出して、身なりや振る舞いを考える。

いずれ、そんなぐあいになるだろう。遅かれ早かれ、そんなふうになる。このからだ、この頭、この額。このおデコを手でピシャリとやるわけだ。

（池内紀（訳）「ひとり者の不幸」『カフカ小説全集4　変身ほか』白水社、二〇〇一年、一九頁）

『観察』を刊行するにあたってカフカは、一九一一年一一月一四日（火）の日記を手直ししたうえ、「ひとり者の不幸」という題で、一八篇から成る小品集の六番目に配している。どのような手直し（主に刈り込み、二二四語を一三九語に）が行われたかに注目して、当該の日記を読んでみることにする。『日記』については、マックス・ブロート（編）谷口茂（訳）『決定版カフカ全集7　日記』（新潮社、一九八一年、一一六〜一一七頁）を参考にした。

（1）最初の文は日記によると、「次のことは非常に悪いことであるように思われる。すなわち、独身であること」となっている。「独身であること」に相当する原文は、sein（「……である」の意）を使ってJunggeselle zu *sein* と記されている。一方、短篇集に入れる際、動詞を sein から bleiben（「……のままでいる」の意）に替えて Junggeselle zu *bleiben* としている。

（2）「病気になると……」（二行目）の前に以下の文が挿入されている。「だれに対しても落ち着いた自信をもって当てにせずに待っているということができないこと。やっとの思いでか、あるいは腹をたてでもしないと人に贈り物ができないこと」

（3）「よその子をながめてすごす」（五行目）の前に以下の文が入っている。「結婚——最初は自分の両親の結婚、それの効力が消滅したら自分の結婚――という手段によらなければ自分に対する親密感を保持してくれない親類たちに、よそよそしい感じを持つようになること」

(4)「若いころに知った……」(六行目)の前に以下の文が配置されている。「独身者にはともに成長する家族がいないので、自分の年齢が変わらないかのような錯覚に陥ること」

(5)「遅かれ早かれ……」(八行目)の前に以下の文が挿入されている。「ただ人はそのさい、未来の苦悩が眼前にあまりにも数多く展開しているので、彼の視線はそれらを飛び越えて行かざるをえず、そしてもはや帰ってこないという誤りを容易に犯すのだ」

上記以外にも小さい異同はあるが、この五つに絞ることにする。まず改変(1)から考えてみたい。わずか一語の入れ替え(sein から bleiben)であるが、その裏側に何が潜んでいるのだろうか。その時(日記の執筆時)だけの思いではなく、将来にわたって独り者を続けていくことになりそうだという予感が滲(にじ)み出ているように読み取れる。現にカフカは、何度も婚約にまで辿り着いたものの、そのつど解消して、正式な結婚はしなかった。

二八歳のカフカは、なぜ、独身を辛いものとしながら、これから先も独身でいる自分の姿を「予言」するように、sein から bleiben への変更をしたのだろうか。その手がかりを見つけるため、一九一一年前後の日記や手紙を読んでみることにする。

一九一〇年七月一九日（日曜）の日記は、「眠っては目を覚まし、眠っては目を覚ます浅ましい生活」を嘆くところから始まり、自分の受けた教育がいかに害毒を与えたものだったかということを執拗に綴っている。そして突如として、「ぼく」と「行きずりの男」が夜遅く路上で語り合うことになる。「ぼく」は途中からこの男を「独身者」と呼ぶようになり、自分との違いを長々と説く。「ぼく（たち）」は自身の過去と未来に支えられて生きているが、「彼（独身者）」は大きく異なると、以下のように主張する。

> 独身者の方は、しかし、自分の前途に何も持っていない。だからまた背後にも何一つ持っていない。瞬間的には二人の間にはなんの相違もないが、しかしこの独身者には瞬間というものしかないのだ。
>
> （『日記』一七～一八頁）

次のようにも言って「独身者」を批判し続ける。

> この男は自分の紛れもなく貧弱な体を持ちこたえ、数少ない食事を確保し、他人の影響を避けることができれば、要するに崩壊して行く世界のなかで手にはいるだけのものを保持していければ、それでもう満足なんだからな。――中心を持たず、すなわち職業、愛情、家族、年金を持たず――薄っぺらな服を着、独自の祈禱の流儀を持ち、足は辛抱強く、自分の借りている住いのことを心配

していて——

（『日記』一七～一八頁）

しかし、「ぼく」の言葉を聞いていた「独身者」が突然、反撃に転じる。

だからそんなことで自分とおれを較べるなよ。そしてお前が自信喪失に陥るようなことをおれにさせないでくれ。お前はやはり大人なんだ。それにお前はこの町ではかなり淋しい身の上のようだな。

（『日記』二〇頁）

その反撃に「ぼく」はたじろぐ。彼の言うことが図星だったからだ。「ぼく」は「ぼくの独身者の前に立っている」という表現を使って、男の言うことを一旦は受け止める。しかし、「ぼく」は気を取り戻すと、独身者のことを「強いられた世捨人」とか「厚かましい態度を通す居候」と呼び、以下のような喩え話で締めくくる。

彼の態度を見ていると、溺死者の死体が何かの水の流れで水面へ押し上げられてきて、疲れた泳ぎ手にぶつかって両手をかけ、しっかりしがみつこうとする様子が思われる。その死体は生き返らないし、助け上げられることもないが、その泳ぎ手を水中へ引きずりこむことはできるのだ。

(『日記』二〇頁)

この日記から一年四カ月後の一九一一年一一月一四日に、「ひとり者の不幸」の原型となる日記が綴られたことになる。そして、手直しの済んだ原稿を小品集『観察』の一つに入れることを決心。一八篇の小篇をどのように配列すべきか悩んだ末、カフカは一九一二年八月一三日、親友マックス・ブロート宅を訪ねた。その晩、ブロートの遠戚にあたる若い女性が居合わせたのだ。当時二四歳のフェリーツェ・バウアーである。

この出会いから一カ月少し経った一九一二年九月二〇日、カフカは一通の手紙をフェリーツェに送る。これが膨大な数にのぼる『フェリーツェへの手紙』の始まりであり、同じ女性との「婚約－解消－婚約－解消」というサイクルの契機となる。

第一回目の解消(一九一四年七月)と第二回目の婚約(一九一七年七月)の間にカフカは「中年のひとり者ブルームフェルト」という草稿を書いている。一九一五年に書かれたこの断片には、「ひとり者の不幸」とは異質の苦悩が、ある種の諦めとともに描かれている。フェリーツェという生身の女性と共に暮らしていく……いや、暮らしていけない……という切羽詰まった心の揺らぎを経験した以上、当然のことかもしれない。「そばにいてくれるものがほしい」と訴える中年のひとり者のところに著者はなぜ「白いセルロイドのボール」を二つ住まわせたのだろうか。カフカは自らの分身であるブルームフェルトに無機質の同棲者をあてがうことによって、ひとり者を続けるよう仕向けたと考えられまいか。つまり、ブルームフェルトとボールの関係は、「それなりに結ばれてはいても互いに相手を邪魔だてしない」ものなのだ（池内紀（編訳）『カフカ短篇集』岩波文庫、一九八七年、一九五頁）。ここにこそ、カフカが結婚に求めた理想の形が隠されているのかもしれない。

さて、フェリーツェとの出会いにもどろう。この出会いは、カフカ（二九歳）にとって二重の意味で運命的であった。一つは、ユダヤ人女性との結婚が射程圏内に入り、「ひとり者を続ける不幸」から脱することができるとカフカも両親も考え始めたという意味。もう一つは、フェリーツェに手紙を書くという行為が、独自の文学的手法に目覚めるきっかけをカフカに与えたという意味。

前者についてカフカは、一九一一年一二月一九日の日記で母親との遣り取りを記している。少し長いが、結婚しようとしない息子を案ずる母親の気持ちが伝わるよう、そのまま引用したい。

今日、朝食のとき、母とたまたま、子供や結婚についての話をした。ほんの数語にすぎなかったが、そのとき初めてぼくは、母のぼくに対する想像がどんなにまちがっていて子供っぽいかということに気づいた。母はぼくのことを、丈夫で若いくせに自分では病気だと思いこんで少しばかり苦しんでいるのだと思っている。母によれば、この思いこみは時がたつにつれてひとりでに消えて行くだろう。結婚はもちろんのこと、子供を作ったりすることが、その思いこみを徹底的に払いのけるだろう。そのとき文学に対する関心も、おそらく教養人に必要な程度のものに薄れるだろう。ぼくの職業や工場や、またうまくぼくの手に入ってくるものに対する関心は、いうまでもなくどんどん大きくなるだろう。だから、ぼくの将来には、たえず絶望しなければならない理由など、どんなにちっぽけな微かなものもないわけだ。ぼくがまたしても胃をこわしたと信じこんだり、あるいはあまりにも書きすぎて眠れないときには、一時的な、しかし深くはならない絶望へのきっかけが生れる。だが解決の可能性は何千とある。そのなかでも一番起こりそうな場合は、ぼくが突然ある娘に惚れて、その娘をもはや捨てようとしないことだ。そうしたら、人がぼくにどんなに好意をもってくれるかということや、また人がぼくの邪魔なんかしないだろうということが、ぼくに分かるだろう。しかしぼくがマドリードの伯父（母の長兄。スペイン鉄道総裁）のように独身で過ごすことになっても、それはけっして不幸ではないだろう。なぜなら、ぼくは持ち前の抜け目のなさで、きっと順応することができるだろうから、という次第。

（『日記』一四四～一四五頁）

数日後の日記（一九一一年一二月二三日）では、文学にのめり込んで結婚しようとしない息子に対して父親が抱く懸念に触れている。

すべての親戚や知人たちにとってよそよそしい誤った方向へ進んでいるぼくの全生活方式を眺めて心配になったり、また父がこの生活方式を問題にして、ぼくが第二のルドルフ叔父（母の異腹の末弟。独身。カトリックに改宗した）に、つまり次の新世代の家族の馬鹿者、すなわち異なった時代の要求に応ずるため少しばかり変異した馬鹿者になるだろうと言ったりすると、そのときからもうぼくは、そのような意見に対する母の反対論が年月のたつうちにますます弱まり、ぼくにとっては有利だがルドルフ叔父には不利なあらゆる事柄を母が集めて強化し、そしてわれわれ二人についての母自身のさまざまな考えの間にくさびを打ちこむようになるのを、はっきりと感じることができるのだ。

（『日記』一四五頁）

この記述内容は、日記から小篇への手直し（3）に該当する。結婚という形式を通過しない限り、そして、ユダヤ教徒の女性を結婚相手にしない限り、親からも親戚からも一人前の男として認められない……。ひとり者を続けることに対して親や親戚の冷たい視線を浴びて、歯ぎしりしているカフカの姿を彷彿とさせる書きぶりである。

また、二人の親戚への言及からは手直し（4）との関連がうかがえる。独身を通し、自らの道を歩んでいる伯父や叔父に、カフカは「ひとり者の不幸」を感じる以上に秘かな憧れを抱いていたのではあるまいか。逃れることはできないと分かっていながら、自らの家族や民族から離れて自由でいたい……。

しかし、妹や友人とは自分の紡いだ物語を通じて緩やかに繋がっていたい……。結婚はせずとも、安心感を持って暮らしていきたい……。そして可能であれば、文学を通して世界と繋がっていたい……。それがカフカの本音だったのではあるまいか。

ところが、後日、フェリーツェと出会ったことで、カフカの心は揺さぶられることになる。結婚ともなれば、拘束関係の中で自らを縛り上げることになる。「自由」はどうなってしまうのだろう。家族や民族というしがらみからの自由が、孤独に陥る引き金にもなりうるのだ。「自由であることの孤独」というジレンマを既に予感しながら、カフカは日記あるいは小篇に「ひとり者」の心模様を描いたのであろう。フェリーツェとの出会いは、そのジレンマを現実のものとしてカフカの目の前に突きつけたのだ。

フェリーツェに手紙を書き送ることが、カフカの文学的成熟に寄与した点（二つ目の運命的な意味）についても考えてみたい。周知のようにカフカは、一九一二年九月二二日の夜から翌朝にかけて八時間で『判決』を書き上げた。フェリーツェ宛の最初の手紙は、その二日前（一九一二年九月二〇日）に書かれている。翌年、クルト・ヴォルフ社の年報『アルカディア』に掲載されたのち、一九一六年、同社から初版が刊行されている。その献辞は「フェリーツェ・Bのために」となっている。『判決』執筆後、『変身』を書き上げ（一一～一二月）、『失踪者』第二稿に取りかかる。年末に、カフカ初めての単行本『観察』が刊行されることになる。

フェリーツェとの出会いがカフカの文学をめざましく成熟させていく様子は、『カフカ事典』の年譜に以下のようにまとめられている。

九月二二日〜一二月六日は非常に多産な時期で、この七十六日間にカフカは草稿四百ページ以上も執筆し、またこの時期のフェリーツェへの手紙も六十通以上、その多くは十ページを超えていた。

（池内紀・若林恵（著）『カフカ事典』三省堂、二〇〇三年、二一九頁）

小品集『観察』が上梓された頃に書かれたフェリーツェへの手紙（群！）を紹介したい。一九一二年一二月一〇日から一一日への晩に書かれた手紙では、「ぼくの小さな本『観察』の、最初に製本した見本をお送りします」と予告。そして一一日付けの手紙では、小品集の出来た経緯に触れ、献呈本の表紙に「フェリーツエ・バウアー嬢へ」から始まる献辞を捧げている（マックス・ブロート（編）城山良彦（訳）『決定版カフカ全集10　フェリーツェへの手紙（I）』新潮社、一九八一年、扉の写真）。

一一日から一二日の夜にかけて長い手紙を書き、一二日にも更に一通送っている。私が注目しているのは一二日付けの手紙である。この中でカフカはフランツ・ヴェルフェル（一八九〇〜一九四五）について言及している。ヴェルフェルはプラハ生まれで、カフカより七歳年少であるが、すでに文学界へのデビューを果たしていた。カフカは、めらめらと燃え上がる対抗心を極力抑えて以下のように記している。

ぼくが彼の本『世界の友』をはじめて読んだとき（もうそれまでに彼が詩を朗読するのをきいたことがありました）、彼にたいする感激がぼくを気絶させはしないかと思いました。この人はとてつもないことができます。ところで彼はまたすでにその報酬を得て、ライプチヒでローヴォルト書店（ぼくの小さな本（『観察』）もここで出たのですが）の編集顧問として天国のような状態で暮しており、二十四歳くらいの年齢で生活と創作の完全な自由を持っています。彼はこれからどんなものを書くでしょうか！　ぼくは、この若い他人がぼくらの間に入ってきたので、どう書きおえていいか、全然わかりません。フランツ

（『フェリーツェへの手紙』一五七頁）

一一日付けの手紙で自らの本を卑下し、「ぼくの小さな本」とか「ぼくの哀れな本」と呼び、フェリーツェに「できるだけ本をひとに見せないで下さい」と頼んでいるくだりも興味深い。カフカの屈折した心境が滲み出ているからだ。活躍している若手作家の後塵を拝しながらも、ようやく単行本を出せたのだという嬉々とした様子がうかがえる。

この屈折した筆致は実にカフカらしい。妹オットラに送った手紙（一九一四年七月一〇日）の中で、カフカは自らの書きぶりについて以下のように記している。実は、この日の前日、カフカはフェリーツェとベルリンで会った末、第一回目の婚約を解消している。

私が書くところは、私が語ることとは異なり、私が語るところは、私が考えることとは異なり、私が考えるところは、私が考えるべきはずのこととは異なる、といった風で、暗黒の淵まで続いて行くのです。

（H・ビンダー／K・ヴァーゲンバッハ（編）柏木素子（訳）『決定版カフカ全集12 オットラと家族への手紙』新潮社、一九八一年、一七頁）

次に手直し（5）の部分について考えてみたい。このパラグラフについては原型（すなわち日記）をそのまま再現しておきたい。ただし、『日記』では、この部分も含めて全体が一つのパラグラフになっている。つまり、「これはみんな本当のことだ（Das alles ist wahr）」の箇所で段下げ（インデント）されていない。

これはみんな本当のことだ。ただ人はそのさい、未来の苦悩が眼前にあまりにも数多く展開しているので、彼の視線はそれらを飛び越えて行かざるをえず、そしてもはや帰ってこないという誤りを容易に犯すのだ。しかし実際には、今日も明日以後も、人は一つの体と一つの現実の頭を持って、したがってまた、手で叩くための一つの額を持って、そこに立っているだろう。

（『日記』一一七頁。傍点は引用者。この部分が小篇では削除された）

確認のため傍線部の原文を記しておく。

nur begeht man leicht dabei den Fehler, die künftigen Leiden so sehr vor sich auszubreiten, daß der Blick weit über sie hinweggehn muß und nicht zurückkommt

(14. November, *Franz Kafka Tagebücher 1910–1923* www.projekt-gutenberg.org)

ドイツ語の流れに即して意味を取ると、「ただ人はそのさい（以下の）誤りを容易に犯す（den Fehler begehen ミスを犯す）。（つまり、）未来の苦悩を眼前にあまりにも数多く展開させてしまう（ausbreiten）という誤りだ。その結果、彼の視線はそれらを飛び越えて行かざるをえず、そしてもはや帰ってこない」。

ここで留意すべきは、「未来の苦悩が眼前に展開している」のではなく、「人（この場合、ひとり者を指す）が未来の苦悩を次から次へと眼前に展開させてしまう」という文意の差である。ausbreiten を自動詞的に訳すか、他動詞的に訳すかは翻訳上の問題であろう。しかし眠りにつく前に、あれこれ考えているカフカに限って言えば、「未来の苦悩を次から次へと眼前に展開させてしまう」と素直に捉えたほうがよいのではないか。ちなみに、この晩に書かれたであろう日記には「寝入る前に（Vor dem Einschlafen）」

というタイトルが付されている。恐らく寝入る前に、あれやこれや将来の我が身について考えをめぐらし、ガバッと起き上がり、書き記したのであろう。

そのような視点から手直し（2）を考えてみたい。結婚についてだけでなく、贈り物ひとつするにしてもカフカは相当悩んだようである。つまり、しなくてもよい悩みを自ら展開させてしまったのだ。一例として、妹エリの子供ゲルティ・ヘルマン（当時七歳）への贈り物の場合を挙げてみたい。カフカは悩んだ末、挿絵入りのメルヘン選集を誕生日に贈ったようだ（ライナー・シュタッハ（著）本田雅也（訳）「フランツ伯父さんのひとりごと」『この人、カフカ?』白水社、二〇一七年、二一八～二一九頁）。この姪は「フランツ伯父さんの思い出」を記すなかで、贈り物にこだわるカフカについて次のようなエピソードを私たちに伝えている。

伯父はふとした折にとてもこまやかな愛情を見せることがあって、たとえば覚えているのは、あるとき私の祖父母の家政婦さんの誕生日に傘を贈ったこと。その傘の骨のどの先っぽにも、飴がひとつずつていねいに結わえつけてあったのだ。特別な傘に、たちまち早変わり。――みずからは家庭を持たなかった伯父だが、子供の教育には関心を寄せていた。ここでも妹たちに影響を及ぼし、私たち子供と積極的に関わりを持った。本を贈ってくれたり、妹たちにどの講演会、どの舞台に行ったらいいかアドバイスしたり――

（『この人、カフカ?』三〇六～三〇七頁）

原型となった日記の記述に着目して「ひとり者の不幸」という小篇を考察してきたわけであるが、冒頭の日本語訳を再読してみたい。「ひとり者をつづけるのは、なんともひどいらしい」と書き出して、具体的な事例を連ねたのち、最後に「このひとり者とは自分のことかもしれない」と思って、「おデコを手でピシャリとやる（mit der Hand an die Stirn schlagen）」。この仕草は日本語の身体表現と似通っていて、ドイツ語の表現に対してだけでなく、著者のカフカに対しても親近感を抱いてしまう。要するに、小品集『観察』の中で「ひとり者の不幸」というタイトルを付けてはいるものの、決して「ネクラ」な文章ではないのだ。

前掲の『カフカ事典』で、二〇代のカフカの足跡を追っておきたい。法学博士号を授与され、父親の許可のもとツックマンテルのサナトリウムで休暇（そして既婚女性との初恋）を楽しむ（一九〇六年、二三歳）。プラハから離れて自立しようとするが結局は父親のもとで居候となる（一九〇七年、二四歳）。半官半民の労働者傷害保険協会に就職が決まる（一九〇八年、二五歳）。友人と各地を旅行するかたわら執筆活動を続け、書評やルポルタージュを書いたり、雑誌に短篇を発表する（一九〇九年、二六歳）。講演を聴いたり、劇を鑑賞する（一九一〇年、二七歳）。ミラノやパリ等へ旅行したり、保養施設でカジノに興じたり、時には親友と娼館に出入りする（一九一一年、二八歳）。

このような流れの中で「ひとり者の不幸」の原型（一九一一年一一月の日記）が書かれたことを忘れてはなるまい。日本語では、独身者の優雅な生活に言及するとき、多少の皮肉を込めて「独身貴族」とか「パラサイトシングル」と呼んだ一時期があったが、このような表現は、日記を手直しし、「ひとり者の不幸」という小篇に仕立て上げた頃のカフカにも当てはまるかもしれない。

この時期の日記には、「書けない」とか「眠れない」という悩みが随所に記されている。同世代の作家（マックス・ブロートやフランツ・ヴェルフェルなど）が作品を発表していくなかで、自分には公表する作品がないというもどかしさを抱いていたと思われる。日記から滲み出てくるカフカの悩みは、一見、実存にまつわる作家の苦しみから生じたものと見做されがちだが、むしろ、ピアプレッシャーが大きな要因だったのかもしれない。一九一一年一月一七日付の日記には、親友マックス・ブロートに対するライバル心が読み取れよう。

マックスが『青春への別れ』の第一幕を読んでくれた。今日の自分の有様では、どうしてぼくがこの作品に太刀打ちできよう。自分のなかに真の感情を見いだすまで、ぼくは一年間は探さなければならないだろう。そしてぼくは、依然として続いている不消化のげっぷ（……）に苦しめられながらも、ある大作に向かう資格を何かしら与えられて、喫茶店で夜遅く、いつもの安楽椅子に坐っていることが許されるべきだ。

（『日記』三一頁）

少なくとも、一九一一年一一月の日記執筆から、翌年の『観察』刊行に向けての手直しに当たる時期については、「ひとり者でいること」に対して、それほど深刻になっていなかったのではあるまいか。だからこそ、第一文を Es *scheint* so arg, Junggeselle zu sein.（ひとり者でいることは、なんともひどいらしい）と書き出したのではあるまいか。Es *ist* so arg（なんともひどい）と断定せずに、語調を和らげる scheinen（英語の seem）という動詞を使ってぼかしているのだ。

この時のカフカは「ひとり者の不幸」をそれほど感じてはいなかったのではあるまいか。それどころか、締めくくりで使った「額を叩く」という表現の中に、「ひょっとしたら、このまま独身でもいいかな～」という気持ちが潜んでいるのかもしれない。切羽詰まったという心境より、「まあ、いいか」という余裕が感じられる。後日、sein から bleiben へ書き換えたわけだが、フェリーツェとの出会いの後、結婚に躊躇するカフカの本心が、この時点ですでに見え隠れしていたと推察できる。「ひとり者のままでいること（Junggeselle zu *bleiben*）」に改変したのには、単なる「語の差し替え」以上の理由があったものと思われる。察するに、「書く人」になりたい、「書く人たち」の仲間に加わりたいという切なる願いをカフカが抱いていたからではあるまいか。「書く」ためには孤独が必要だ。その願いのほうが、結婚して落ち着きたいという気持ちを上まわっていたのでないかと考えられる。

ニヒルなカフカを愛好する読者にとっては不謹慎な言い方になるかもしれないが、「ひとり者の不幸」を頭の中で具体的に考え、日記帳に書き留め、最後にカフカは「なんちゃって〜」とお道化てみせたのではなかろうか……。

◆こっそり独り笑いをする人たち（カフカ「ある注釈／あきらめな」）

フランツ・カフカが一九二二年（三九歳、死の二年前）に書いた「ある注釈」という小篇は、カフカの死後（一九三六年）、マックス・ブロートの手によって「あきらめな」というタイトルで出版された（『ある戦いの記録』に所収）。この謎めいた作品を平野嘉彦訳で読んでみたい。

ある注釈

それは、朝まだきのことだった。街路には、人っ子一人いなかった。私は、駅にむかっていた。塔の時計に眼をやって、自分の腕時計の時間をたしかめたとき、私は、思っていたよりも自分がすでにかなり遅れていたことを悟った。私は急がなければならなかった。このことに気がついて、愕然としたものだから、私は足を運びながら、いよいよ不安になってくるのだった。私はこの町にまだよく通じていなかった。幸いなことに、近くに一人の警官が立っていた。私は彼のところに駆けよると、息せき切って道を尋ねた。彼はにやにやしながら、こういった。「なんと、私に道を訊こうというんですか?」「ええ」と、私は答えた。「私は、自分では道がわからないもので」「あきらめなさい、あきらめなさい」と、彼はいって、大仰な身振りで背をむけるのだった。こっそり独り笑いをしようとする人たちが、よくそうするように。

(フランツ・カフカ(著)平野嘉彦(訳)「ある注釈」『カフカ・セレクション1』ちくま文庫、一九八〇年、一六頁)

「謎めいた」と書いたのには理由がある。まず、タイトルの謎である。不定冠詞(ein=英語のa)を付けてEin Kommentar(「ある注釈」)としているが、何に対するコメントなのか判然としない。また、Ein Kommentarとカフカが記したものを、出版の際、ブロートはGibs auf!(「あきらめな」)と改題しているが、なぜなのか釈然としない。さらに、「警官」とは一体全体、いかなる人物なのか。

第一の疑問であるが、Ein Kommentar(「ひとつのコメント」の意)の含意としては、「解釈は他にもあるよ」というカフカの示唆と受け止めることができまいか。つまり、「警官」の「あきらめな、あきらめな」を「ひとつのコメント」と解釈してもよいだろう。あるいは、「警官」が道案内もせずに立ち去ったことに対し、「こっそり独り笑いをしようとする人たちが、よくそうするように」という解釈を施してもよいだろう。いずれにしても、「別の解釈もあり得ますよ、考えてごらんなさい」とカフカは読者を挑発しているのかもしれない。

ところで、カフカは校正刷りを「厳密かつ妥協なく読んだ」ようである（ライナー・シュタッハ著、本田雅也訳『この人、カフカ？　ひとりの作家の99の素顔』白水社、二〇一七年、一二九〜一三〇頁）。短編集『田舎医者』の校正刷りが写真で紹介されているのだが、タイトルページに著者による精細な校正が施されている。その一つとして、タイトル（DER LANDARZT）の DER（英語の THE に当たる定冠詞）に横線が付され、その左側に Ein という文字が書かれている。不定冠詞 Ein に対するカフカのこだわりが透けて見えるようだ。

第二の疑問についてはは資料が手もとにないので憶測によるしかないが、おそらく、マックス・ブロートは編集上、「ある注釈」という漠然としたタイトルより、インパクトのある「あきらめな」を表題として採ったのではあるまいか。現に、最近出版されたフランツ・カフカ短篇集の英訳版 *The Unhappiness of Being a Single Man: Essential Stories.*（Pushkin Press, London, 2018）も Give up! というタイトルを採用している。定冠詞（the）を使わず不定冠詞（a）を付けて A Comment あるいは A Commentary とした場合、少なくとも英語のタイトルとしては間の抜けた感があるように思える。

「田舎医者（Ein Landarzt）」のように不定冠詞（Ein や Eine）を付した中短篇は数篇あるが、そこには各々の作品に関するカフカの思い入れがあるのかもしれない。つまり、定冠詞を付けて人や物を特定するのではなく、「あくまでも一人の医師・使者・芸人・女、あるいは一つの夢・古文書・報告について書いたのだから、当然、別のものもあり得ますよ」と読者に伝えていると言えようか。ここでは深追いはしないが、以下にタイトルのみを列記しておきたい。Ein Traum（「夢」）、Ein altes Blatt（「一枚の古文書」）、Eine kaiserliche Botschaft（「皇帝の使者」）、Ein Bericht für eine Akademie（「ある学会報告」）、Ein Brudermord（「兄弟殺し」）、Ein Hungerkünstler、（「断食芸人」）、Eine kleine Frau（「小さな女」）などである。

「警官」に関する第三の疑問は、次から次へと新たな疑問を生み、解決（解釈？）不能になる可能性が大きい。いくつかを列挙してみたい。

（1）職務の一端として道案内する義務が、この「警官」にあったのか。
（2）道を訊かれて、なぜ「警官」はにやにやしながら「なんと、私に道を訊こうというんですか？」と言ったのか。
（3）道を訊かれた「警官」は、なぜ、「あきらめな、あきらめな」と言ったのか。
（4）なぜ「警官」は、「こっそり独り笑いをしようとする人たちが、よくそうするように」大仰な身振りで背をむけたのか。

（5）そもそも、「私」が道を尋ねようとした相手は、本当に「警官」だったのか。

一つ一つ順を追って考えを巡らせてみたい。これこそがEin Kommentarというタイトルを付けたカフカの狙いであろうから……。

（1）まず、カフカがこの小篇を執筆した当時（一九二二年）のプラハで、警官が（現代日本の「おまわりさん」のように）道案内をしたのだろうか。職務の一つであったかもしれないし、そうでなかったかもしれない。しかし、問題はそこにはないのであろう。むしろ、「警官ならば道案内してくれるものだ」という「私」の思い込みこそが問題視されなくてはならないのかもしれない。私（筆者）の限られた経験から言うと、香港や英国で道を尋ねても対応してくれなかった警官がいた。「警官は道案内してくれて当然」という思い込みが私のなかにあったのだ。

（2）そのように考えると、「警官」がにやにやしながら「なんと、私に道を訊くというのか？」と言った理由が分かってきそうだ。「たとえ警官であっても、方向音痴の私に道を訊こうとしても無理だよ」という気持ちでにやにやしたのかもしれない。あるいは、赴任初日の勤務だったのかもしれない。ちなみに、「警官」は「私」に対してduzenしている。つまり、敬称のSie（「あなた」）でなく、親称のdu（「君」）で言葉を返している。何とも不気味な対応だ。

（3）さらに、「あきらめな、あきらめな」（ここでもduzenしてGibs auf, gibs auf）と「警官」が言ったのは、「その身なり（服装・帽子・装飾品など）、その顔つき（例えば髭の有る無し）、その持ち物（鞄・傘など）、その言葉遣い（発音・語彙・文法・話し方など）の君（お前）に道案内などするわけないだろ」という意味なのかもしれない。あるいは、警察署に帰らなければならない緊急事態が生じて、「そんな暇はない」と言いたかったのかもしれない。「警官」の言葉は、その他にもいろいろな解釈ができそうだ。

（4）「こっそり独り笑いをしようとする人たちが、よくそうするように」背をむけた点はどうだろうか。（3）で述べた解釈に従えば、虐げられた人や弱い人たち（例えば少数民族・障害者）に対して高圧的に振る舞う者もいれば、笑って相手にしない者もいるだろう。あるいは、社会の急激な変化に伴って、権威を失った自らの姿を「警官」自身が笑ったとも考えられよう。「分かっているだろ、俺たちにはもう何にもできないんだよ。何にも求められていないんだよ、ハッハ」とうそぶくように。予想外に速い時の進みと、見慣れない空間に困惑した「私」にとって、「警官」は秩序の権化に見えたであろう。しかし、「私」には理由が明らかにされないまま、その期待は裏切られたのだ。

（5）道を尋ねた相手がそもそも本当に「警官」だったかについて考えてみたい。「制服を着ているからといって俺が警官だとは言えないだろ」と、その男は心の中で思ってにやにやしている……。つまり著者のカフカは「制服姿だけで、その男を『警官』とみなしたうえ、『警官』ということばでその人間の本性を判断していませんか」と読者に挑んでいるのかもしれない。ひょっとしたら、私が香港や英国で道を尋ねた相手は「警官」でなく、「警備員」だったのかもしれない。「ある注釈／あきらめな」の原文を読み直してみると、「警官」と訳された語に相当するのはSchutzmann（保安警察官）であって、Polizist（警官、巡査）ではない。「樹木」の項で考察したとおり、「木」はすべて土に根を張って安定しているものだと考えるのは錯覚の可能性もある。どんなに安定しているように見えても、実は、ちょっと押しただけで揺らいでしまうのかもしれないのだ。「警官」ということばも例外ではなかろう。見かけだけで判断してはいけないのだ。

サルトルは『嘔吐』（一九三八年）の中で、マロニエの樹の根を見て吐き気を催す主人公ロカンタンの心境を描いた（白井浩司（訳）『サルトル全集6　嘔吐』（改訂重版）人文書院、一九七一年、一四六〜一五七頁）。「実存の発見」ともいうべきサルトルの気づきは、カフカの影響によるものだと言われている。「名前なんてものは、物そのものとは無関係で、手当り次第に勝手につけられたもの」（『ある戦いの記』）であるとして、言語の空虚さを問い詰めようとする姿勢――。そして、「われわれは雪のなかの樹木の幹のようだ。のっかっているだけ、ちょいと押しのけられる」（「樹木」）として、生きることに対する不安を凝視しようとする姿勢――。

一九三〇～四〇年代の哲学者・文学者（サルトルやカミュなど）が、そのような姿勢に共鳴し、カフカを実存主義の先駆的文学者とみなすようになったのも無理からぬことだ。不条理という観点からの実存主義的カフカ解釈は、第二次世界大戦終結の前から始まっていたようである。そして、この解釈が戦後のカフカ・ブームの火付け役となったことは周知の事実である。実は、私自身この実存主義的解釈に強く影響される形でカフカを読み始めた。

「ある注釈／あきらめな」という小篇の謎を解明しようと四苦八苦している際、カミュのカフカ論（「フランツ・カフカの作品における希望と不条理」一九四三年に発表）を再読して驚いたことがある。確固とした解釈を得ようとしても所詮無理だとカミュは言うのだ。冒頭の部分のみを記しておく。

カフカの芸術のすべては、読者に再読を強いるというところにある。カフカの作品における物語の解決のされ方、というかむしろ解決の欠如を読むと、読者はさまざまな説明を思いつくが、そうした説明はどれもはっきりとしたかたちで浮びあがってはこないので、それを根拠のある説明たらしめるためには、どうしても二通りの読み方をしなければならぬように思えてくる。じつは、これは著者の企図したところなのだ。だが、カフカの場合、作品の細部にわたってすべてを解釈しようとのぞむのは間違いであろう。

（カミュ（著）、清水徹（訳）「フランツ・カフカの作品における希望と不条理」『シーシュポスの神話』新潮文庫、一九六九年、一七五〜一九五頁）

カミュの忠告に従って「ある注釈／あきらめな」を別の視点から眺めてみたい。テクスト解釈にあたって、テクスト外の情報に頼り切ることは危険であるが、カフカの作品を読む際、この作者の置かれた特殊状況を勘案しないわけにはいかない。小篇が執筆された一九二二年の前後に的を絞って考察しておきたい。ひとことで言うと、当時の社会情勢もカフカの身辺状況も共に不安定極まりないものであった。『カフカの生涯』（池内紀、新書館、二〇〇四年）の記述に沿って概略を記す。

一九一四年（31歳）第一次世界大戦勃発

一九一七年（34歳）初めての喀血。その後、体調不良（肺結核と診断。当時、結核は死の病）。長期休暇をとる。フェリーツェ・バウアーとの婚約解消（二度目）。ロシアで十月革命

一九一八年（35歳）職場に復帰。オーストリア・ハンガリー帝国（ハプスブルク家の統治）瓦解。スペイン風邪発生（カフカも罹患し重症化）。第一次世界大戦終結、チェコスロバキア共和国誕生（トマーシュ・マサリクが大統領に就任）

一九一九年（36歳）ヴェルサイユ条約調印。ユーリエ・ヴォリツェクと婚約するも父親の強い反対にあう。「父への手紙」を書く

一九二〇年（37歳）パリ講和会議（第一次世界大戦、公式に終戦）。ロシア革命に引き続く赤軍蜂起から逃れて、多くの東欧ユダヤ人がプラハに流入。ミレナ・イェセンスカと恋愛関係

一九二一年（38歳）サナトリウムに滞在するも効果なく、プラハに戻り勤務につく。社会民主労働党（最大多数党）が左右に分裂、共産党が登場。チェコスロバキア共和国内の少数民族（特にズデーテン・ドイツ人、約三〇〇万人）の問題が浮上。連日、チェコ国粋主義者による反ドイツ・反ユダヤのデモ行進

一九二二年（39歳）北ボヘミアの山地で保養。「ある注釈」を書く。『城』執筆開始。「断食芸人」執筆。労働者傷害保険協会を退職。＊ドイツではマルクの価値が暴落し、物価が急上昇。紙幣の増発でインフレ発生。

一九二三年（40歳）ハイパーインフレ（二万九五〇〇％）で、ベルリンにおけるドーラ・ディアマントとの生活は困窮を極める

一九二四年（41歳）病状悪化のためプラハへ戻る。ウィーン郊外のサナトリウムで四一歳の誕生日の一カ月前に死去

（付記）カフカの生きた時代には政治的・経済的・文化的さまざまな面で不穏・不安定な情勢の芽が現れていたといえよう。政治・経済に限って言えば、カフカの死後しばらくして世界恐慌（一九二九年）、ヒトラーの権力掌握（一九三三年）、ヒトラーによるオーストリア併合、ドイツ各地で反ユダヤ主義暴動・迫害が発生（水晶の夜、一九三八年）、チェコスロバキア併合、ドイツ軍のポーランド侵攻によって第二次世界大戦勃発（一九三九年）、そしてホロコースト。妹オットラ、アウシュビッツで殺害（一九四三年）、ミレナ・イェセンスカ、ラーベンスブリックの強制収容所で病死。

父親との確執及び度重なる婚約解消が、執筆数年前の身辺状況を特徴づけている。しかし、ここで特に注目したいのは、執筆前年の国や社会の動きである。新生チェコスロバキア共和国の少数民族問題が浮上してきたのだ。当時、プラハに住むユダヤ人は反ユダヤ主義の高まりの中で苦境に立たされていた。チェコ人（人口の約五三％）やスロバキア人（一五％）からはドイツ人として余所者扱いされ、ドイツ人からは非ドイツ人でありながらドイツ語・ドイツ文化に寄生する厄介者として扱われていたようである。小学校から大学院までドイツ語で教育を受けていたカフカは、ドイツ（語）系ユダヤ人というカテゴリーに入る。現代風に言えば、少数民族（マイノリティ）の部類に属す存在であるが、オーストリア・ハンガリー二重帝国内のボヘミア王国プラハ労働者傷害保険協会（半官半民）に書記官として採用されているのだ。高まる民族主義・反ユダヤ主義のなかで、ドイツ語系ユダヤ人が職に就くことは並大抵のことではなかったはずだ。このギャップの大きさに着目しておきたい。そして、ハプスブルク体制崩壊後の共和国樹立によって、勤め先の使用言語（公用語）がドイツ語からチェコ語に替わったという変化も大きかったと思われる。心身ともにカフカの身辺状況は悪化していったはずだ。

さて、テクストに戻ろう。前半部の語りに特徴的なことは「私」の不安である。駅に向かう「私」は塔の時計を見て遅れていることに気づき、不安感に襲われる。この不安感は既に『田舎の婚礼準備』（一九〇七年～一九〇八年頃）という未完の小説に描かれている。主人公エドゥアルト・ラバンは田舎に住む婚約者を訪ねるところだが、まったく乗り気でない。不安のなかでラバンは、ふと塔の時計を見る。次に懐中時計。なんと自分の時計は止まっているではないか。一方、外部の時計は着々と時を刻んでいる。この例以外でもカフカは、時間や場所にまつわる不安感を描いている。『失踪者』のカール・ロスマン、『変身』のグレゴール・ザムザ、『城』のKが良い例だ。「早くしなければならないのだが、時間がない。自分がどこにいるか分からない」という切迫感――これが前半部の基調になっている。

執筆年（一九二二年）の『日記』に「私」の不安を裏付ける記述はないのだろうかと思い、辻理（ひかる）訳で探ってみた。すると、「一致しない二つの時計」についてカフカは次のように書いている。

崩壊。眠ることもできず、さめていることもできず、生に、いやもっと正確に言うならば、生の連続に、耐えることができない。二つの時計が一致しないで、内部の時計は悪魔的な、ないしは魔神的な、ないしはとにもかくにも非人間的な調子で、つき進んでゆき、外部の時計は、とどこおりながらも、ふつうのあゆみを続けてゆく。これでは二つのちがった世界が、別れてゆくよりほかになにが起こり得よう。

（辻瑆（編訳）『カフカ　実存と人生』白水社、一九七〇年、二一五頁）

後半部では、その不安感が増大する。「警官」はにやにやしながら、ぶっきらぼうな応答をする。「私」は道案内を拒絶されるだけではない。「あきらめな、あきらめな」と重ねて宣告されるのだ。「私」の不安感は解消するどころか膨らむ一方だ。そして「警官」は、「こっそり独り笑いをしようとする人たちが、よくそうするように」ハッハと独り笑いして立ち去ってしまう。そこに取り残された「私」同様、読者も呆気にとられて不安の中に佇（たたず）むことになる。

不安や怖れがカフカに取り憑いている様子を、さらに『日記』（一九二二年）から探ってみたい。

一瞬、こう考える。おまえは満足するべきなのだ、学ぶのだ（学ぶのだ、四十男よ）、瞬間のなかにやすらうことを（いや、かつてはおまえもそうできたのだ）と。そうだ、瞬間のなかにやすらうのだ。瞬間がおそろしいのではない、ただ未来に対する怖れが、瞬間をおそろしいものにしてしまう。(……)怖れが不幸の種なのだ。

(『カフカ　実存と人生』二一七頁)

ところで「こっそり独り笑いをしようとする人たち」の箇所は、so wie Leute, die mit ihrem *Lachen* allein sein wollen(「(他の人や物とは関係なく)笑いとだけ一緒にいたいと思う人たちのように」が原意)となっている。その直前、「私」に道を訊かれた際、「警官」はにやにやしながら、「なんと、私に道を訊くというのか?」と言う。原文では「にやにやする」にlächeln(名詞はLächelnで英語のsmileに当たる)が使われている。日本語訳で「こっそり独り笑いをする」といった場合、lachenより、lächelnを読者に想起させてしまうのではないか。なぜならば、lachen(名詞形Lache)は「ハッハと声を出して笑う」の意で英語のlaughに当たり、lächelnは「声を出さずにニヤッと(ニコッと)微笑む」の意だからである。

ちなみに、英訳版カフカ短篇集の一つは、この小篇にGive up!というタイトルを付けたうえで、当該部分を以下のように訳している。

He *smiled* and said, "You want me to tell you the way?"
"Yes," I said, "because I can't find it myself."
"Give up, give up," he said, and turned away abruptly, like someone who wanted to be alone with his *laughter*.

（イタリックは引用者）

（*The Unhappiness of Being a Single Man: Essential Stories* edited and translated from the German by Alexander Starrit, Pushkin Press, London, 2018, p. 188）

確かに日本語で読む場合、ワッハッハと笑って「警官」が立ち去るより、声をあげず、こっそり独り笑いをするほうが、この場面にふさわしいかもしれない。しかし、原文に即して最後の文を解釈したらどうなるだろうか。「ワッハッハと一笑に付して大仰な身振りで背をむける」ことになるのではないか。平野訳から受ける読後の印象とは大いに異なってくるかもしれない。「（俯いて）こっそり独り笑いする」のではなく、「（仰向いて）ワッハッハと笑う」ほうが、あっけらかんとした不気味さがある。そして、それゆえにこそ不安感が膨らむともいえよう。

「訳語ひとつを取り上げても多様な解釈ができるものだなあ」と独りほくそ笑んでいる私（読者である筆者）――。この私を作者カフカはどこかで眺めていて、次のように言うかもしれない。「ほら、やっぱりそうだったでしょ、別の解釈があったでしょ。だから、『ある注釈』というタイトルにしたんですよ」

◆最も見晴らしのきく一点にとどまりつづけていたとしたら……（カフカ「ロビンソン・クルーソー」）

「あっ、これはカフカの小説のあの場面とそっくりだ！」

仕事に就いていた頃、私は会議の最中（！）や寝床でカフカの作品を思い出すことがよくあった。退職してからは、世の中で起こる様々な事件を伝えるニュースに接するとき、この作家の描いた場面がふと頭に浮かぶ。ある日のこと――

東京・文京区　夫が発見し通報　母子四人死亡　無理心中か

テレビの画面にテロップが大きく映し出されたとき、私はカフカの小篇「ロビンソン・クルーソー」のことを思い浮かべた。確固たる理由があって無理心中の事件とカフカの作品を結びつけたわけではなかったと思う。あれから二年近くの時が経過した。その間、「なぜ二つのことを結びつけたのだろうか」と問い詰めもせずにいた。遅ればせながら、この小篇を読み直してみたい。

ロビンソン・クルーソー

ロビンソン・クルーソーが島の中のもっとも高い一点、より正確には、もっとも見晴らしのきく一点にとどまりつづけていたとしたら——慰めから、恐怖から、無知から、憧れから、その理由はともかくも——そのとき彼はいち早く、くたばっていただろう。ロビンソン・クルーソーは沖合いを通りかかるかもしれない船や、性能の悪い望遠鏡のことは考えず、島の調査にとりかかり、またそれをたのしんだ。そのため、いのちを永らえたし、理性的に当然の結果として、その身を発見されたのである。

（池内紀（編訳）「ロビンソン・クルーソー」『カフカ寓話集』岩波文庫、一九九八年、四一頁）

カフカの小篇を再読後、二年前の無理心中事件を改めて調べてみた。すると、色々なことが分かってきた。

文京区のアパートで女性が首をつった状態で見つかり、子ども三人も倒れた状態で発見されました。四人は病院に搬送されましたが、全員の死亡が確認されました。

（『ANNニュース』二〇一八年九月二六日）

その日の夕刻に出た続報（『産経デジタル』二〇一八年九月二六日）によると、「母親（36）は子どもを三人

（長女10歳・長男5歳・次女8カ月）抱え、経済的に将来が不安だ」などと周囲に漏らしていたという。また、夫（夜勤の清掃員）ら親族も「育児に悩んでいた様子だった」と警察に話していたという。

おそらく母親は自らと子どもたちの将来を悲観して自殺したものと思われる。そして、このニュースに接した私は以下のように考えたのかもしれない。ロビンソンが「島の中のもっとも高い一点、より正確には、もっとも見晴らしのきく一点」から、遙か彼方の水平線を眺め続けた場合、すぐに生きることを諦めてしまっただろうように、この母親も全体像が見渡せる遠い将来の一点から、自らと子どもたちの窮状を見てしまい、子育てを続けていく困難さを思い知り自殺してしまったのではないか。見晴らしのきく時空の一点から見下ろすことは善し悪しなのかもしれない……。

このような捉え方が正しかったのかどうかを確認するため、「ロビンソン・クルーソー」という一篇について少しく調べてみた。すると、この作品についても色々なことが分かってきた。

カフカの「ロビンソン・クルーソー」という掌編は、「一九二〇年の八つ折り判ノート」に記された一連のアフォリズム（『彼』）の一つであることが判明。池内訳のような形で提示されることが多いが、原文では前段に三つの文があり、その後に、「もしもロビンソン・クルーソーが……」の部分が続く。長谷川四郎訳で確認しておきたい。

ロビンソン・クルーソー

彼は同じ人間仲間によって限定されることに対し、抵抗する。たとえ過誤なき人間であろうと、人間は、自分の見る力と見る方法の及び得る、その部分だけを、他人の中に見るのである。とはいえ誰もと同じく、彼にも、自分を人間仲間の視力の限界に制限したいという性癖があるが、ただそれが極端なのである。もしもロビンソン・クルーソーが慰めか臆病か恐怖か無知か、それとも憧憬の念から、最も高い地点を、あるいはより正確には、最も見晴しのきく地点を、決して去らなかったとすれば、ロビンソンはやがて滅びてしまったことだろう。しかし、彼は、通りかかる船々やその貧弱な望遠鏡にはおかまいなく、全島を探検して、島を楽しみはじめたから、生き通すことができたのである。そして、もとより理の必然である帰結によって、結局は発見されたのである。

（長谷川四郎（訳）「ロビンソン・クルーソー」『カフカ傑作短篇集』福武文庫、一九八八年、一九五〜一九六頁）

要するにカフカは、この小篇で「彼」（本当はカフカ自身のこと、つまり「私」なのであろうが……）の特性を書いた後、ロビンソン・クルーソーの例で言いたいことを補強したといえよう。前段部分を噛み砕いてみよう。

「彼」は他人の基準に従って行動することが嫌いだ。人間というものは誰しも自分の立てた尺度（見る力と見る方法）で他者を見るものだ。しかし、「彼」の場合は、他人を当てにして自分の行動を決めることに抵抗する一方、その真逆に走る性向がある。つまり、極端なくらい他人の尺度に合わせようとするところがあるのだ。隣人や同胞の持つ尺度の限度内に収まるよう、自ら進んで行動を限定しておきたいと考える性癖が「彼」にはある。

この前段の直後にロビンソン・クルーソーが引き合いに出される。カフカによれば、「彼」の性癖は、絶海の孤島に漂着したにもかかわらず生還することができたロビンソンの中にも見いだせるというのだ。もしロビンソンが、沖を通りかかる船から見て最も発見しやすい一点に留まっていたならば、絶望のあまり、長くは生きられなかったであろうとカフカは書く。ロビンソンは、たまたま通りかかる船や、船員の使う貧弱な望遠鏡などは全く当てにせず、「全島を探検して、島を楽しみはじめたから、生き通すことができた」というのである。

ここまで読んできたところで、池内訳と長谷川訳の双方にある「島の中の最も高い一点／地点、より正確には、最も見晴らしのきく一点／地点」という訳語に私は躓いてしまった。原文では、Hätte Robinson *den höchsten oder richtiger den sichtbarsten Punkt der Insel* niemals verlassen の中の斜体部に相当する。「最も見晴らしのきく一点／地点」といった場合、視点はロビンソンの方にあると考えられる。確かにロビンソンは難破船を後にしてから、水平線の見える頂上を目指して山を登っていったのであろう。そして辿り着いた地点が「最も見晴らしのきく一点」であったことに何ら不思議はない。しかし、sichtbar（英語ではvisible）という形容詞の基本的な語義は、「目に見える、可視の、目だった、顕著な、明白な」（『小学館独和大辞典』）であろうから、「島の中の最もsichtbarな一点」とは、沖を通り過ぎて行く船から見て「最も見つけやすい高台の一点」と捉えたほうがよいかもしれない。つまり、視点はロビンソンにではなく、船の方にあるのではないか。そのように考えることによって初めて、「船に装備された貧弱な望遠鏡（ihre schwachen Fernrohre）」というフレーズを置いたカフカの意図が伝わってくるはずだ。『決定版カフカ全集』が、この部分をどのように解釈しているかと思いつき、確認してみた。すると、案の定、船からの視点で訳しているではないか（傍点部分）。

彼は、隣人や同胞を当てにして自分の行動を決定することに抵抗する。人間は、完全無欠な人間であっても、他人のなかに、自分の視力と見かたで見ることのできる部分しか見ないものだ。だれでもそうだが、彼の場合はとくに極度に、隣人の視覚が自分を見る力をもっている限度内に自分の行動を限定しておこうという気持が強い。ロビンソン・クルーソーにしても、慰めがほしいとか小心なために、あるいは、不安や無知や憧れのために島のいちばん高い地点、より正確に言えば、いちばん眼につきやすい場所にいつまでも立っていたら、まもなく破滅してしまったことだろう。ところが、彼は、沖を通りかかるかもしれない船やその貧弱な望遠鏡などを当てにせず、島じゅうを探索し、この島に喜びを感じはじめたからこそ、生きのびることができ、もちろん論理的に必然な帰結をへて最後には救出されたのである。

（マックス・ブロート（編）前田敬作（訳）『決定版カフカ全集2　ある戦いの記録、シナの長城』新潮社、一九八一年、二三六～二三七頁、傍点は引用者による）

『彼』シリーズのアフォリズムを集めた吉田仙太郎編訳『夢・アフォリズム・詩』についても確認してみたところ、「いちばんよく目につく地点」（二一九頁）という訳が施されている。

彼は、まわりの人間によって固定されてしまうことに抵抗する。（人間は、仮に見誤りのない人間だとしても、他人のなかには自分の「ものを見る力」とその方法とが届く部分しか見ていないものである。彼は、人間は誰でもそうだが、しかし極端なくらい、まわりの人間の目が自分を見る力の範囲内に、自分を限定しようとする嫌いがある。）ロビンソンが、島のいちばん高い地点、正しくはいちばんよく目につく地点にしがみついていたとしたら、その原因は反抗心、謙虚さ、恐怖心、無知、憧憬、なんでもいいが、もしそうしていたら彼はまもなく破滅したことだろう。しかし彼は、航行する船舶や、その貧弱な望遠鏡を当てにせず、島中を探索し、この島によろこびを見いだしはじめたために、生きのびて――むろん当然すぎるほど当然な帰結として——やはり最後には発見されたのである。

（フランツ・カフカ（著）吉田仙太郎（編訳）『夢・アフォリズム・詩』平凡社、一九九六年、二一八〜二一九頁）

なぜ、この箇所（傍点部分）の訳に拘泥したかというと、前段との絡みが気になっていたからである。前段の最後にカフカは、「彼にも、自分を人間仲間の視力の限界に制限したいという性癖がある」（長谷川訳）と書いている。この一文をロビンソン・クルーソーの行動に当てはめると、「頂上で手を振ったとしても、船に装備された性能の悪い望遠鏡では気づいてもらえる可能性は低い。沖を通りかかる船の乗組員や彼らが使う望遠鏡（隣人や同胞に当たる）を当てにしてはならない。乗組員の眼にしても望遠鏡にしても、私の姿を発見できるほど完璧ではないからだ」というふうにロビンソンは考えたということになるのであろう。

ロビンソンが山に登った場面を、ダニエル・デフォーの『ロビンソン・クルーソー』（一七一九年に出版）で確認しておきたい。

いったいここがどこなのか、私にはまだわからなかった。大陸の陸地なのか、島なのか、人が住んでいる土地なのか、無人の地なのか、猛獣に襲われる危険があるのかないのか、いっさいが五里霧中であった。私のいるところから一マイルと離れていないところに険しくそそり立っている小さな山があった。それは、その北側に尾根みたいに連なっているいくつかの小山の上にのしかかるようにそびえていた。猟銃とピストルを各一ちょうずつ、火薬をいれた角袋一個をもって、その小山の頂上まで探検にでかけた。苦心したあげく、やっとのことでその頂上についた私をまちうけていたものは、私の運命が予断を許さないというきびしい事態であった。つまり、私は周囲ことごとく海でかこまれた一孤島にいることを知ったのだ。はるかかなたの波間にみえる岩礁と、西方約九マイルのところにある、この島よりもっと小さな二つの島のほかには陸地らしいものはなにもみることはできなかった。

（デフォー（作）平井正穂（訳）『ロビンソン・クルーソー（上巻）』岩波文庫、一九六七年、七五～七六頁）

デフォーの原作でも、ロビンソンが山の頂上に長く留まったという記述はない。他人の物差し（見る力と見る方法）に頼り切らず、自ら進んで彼らの物差しに合わせるほうがよい――。そのように考えてロビンソンは山の頂上から下り、自分の頭や手足を信じて島の様子を調べ始める。

頂上から下りたロビンソンは、早速、難破船から運んできた荷物の陸揚げ作業にとりかかる。そして一夜の仮寝の小屋をやっとの思いで作る。翌日は再び、傾いた船に行き、役に立ちそうな品物を探し出す。三日目にはパンの入った大樽、酒樽、砂糖、小麦粉などの食料品が見つかる。さらに食料を求めて、野鳥、山羊、亀などを捕らえる。暦まで作り上げる。その後の記述が明記に値する。

このあと数日たって、船にいってもちだせるものはすべてもちだしたが、沖を通る船をみつけられるものならと思い、小高い山の頂上にいて海上を見まわしたい気持を自分でもどうすることもできなくなった。頂上に登ってみているとずっと遠方にたしかに船影を認めたような気がして、小躍りして喜んだ。なおその影をみていたがしまいにはほとんど眼がぼんやりしてきて、最後にはすっかり見うしない、しまいには地上に伏して子供のようにただ泣くのみであった。泣き面に蜂とはこのことであろうか、愚かなことであったと思う。

いくらかこういう心の動揺も静まり、家の道具や住居の問題もかたづいたので、テーブルと椅子おのおの一つを作り、自分の身のまわりをできるだけ整頓し、日記をつけはじめた。

(『ロビンソン・クルーソー(上巻)』九七頁)

日記を付け始めた頃からロビンソンは船影を追うことはせず、自給自足の生活に没頭。やがて、無人島での暮らしを楽しむまでになる。鸚鵡に言葉を教える、山羊を飼育してバターやチーズを作る、乾葡萄を作る、大麦・米の畑を耕してパンを焼く、粘土で竈・壺・皿・鍋を作る、丸木舟を作り島の周囲を探検する。——気がつけば二八年が過ぎていた。

（付記）ただし、ロビンソン・クルーソーのモデルと言われるアレクサンダー・セルカークの住居跡を捜し当てた高橋大輔（探検家）は、以下のように記している。「人目を忍びながらも、そこは見晴らしがよくきく場所でもあるのです。そこで暮した人は、日常的に海を見たいという気持ちもとても強かったのです。（……）その家は無人島に漂着後、敵からは身を潜め、それでも救いの希望を捨てず海を見続けた人間、すなわちロビンソン・クルーソーの家なのです」（高橋大輔『ロビンソン・クルーソーを探して』新潮文庫、二〇〇二年、三三九／三四二頁）

さて、視点をロビンソン・クルーソー側から船の側に切り替えるとすると、無理心中を選択した母親に対する捉え方も変わらざるをえない。つまり、「全体像が見渡せる遠い将来の一点から、自らと子どもたちの窮状を見てしまい、子育てを続けていく困難さを思い知り自殺してしまったのではないか」と考えて、私はこの事件とカフカの小篇を結びつけてしまったわけである。別の喩えで言うならば、「重い荷物を持って、これから何百段もの階段を上ろうとした母親が、遙か彼方の最上段をチラッと見てしまい、絶望してしまった」ということだろうか。

ところが、カフカの原文に即して読む限り、この母親は全体像を把握できる一点にこだわる必要はなかったのだ。クローゼットの梁で首を吊らなくてもよかったのだ！　視点を変えることこそ彼女にとって必要だったと言えよう。つまり、自分自身が「もっとも見晴らしのきく一点から」全体像を見て絶望してしまうのではなく、外側にいる他者が自分に気づいてくれるよう sichtbar な位置に身体を動かさなくてはいけなかったのだ。例えば、もっと夫と話をして現状を理解してもらうとか、親戚に相談できなかったのであれば、隣人や子育て仲間に愚痴をこぼしたりするとか、あるいは、公的な子育て支援サービスにアドバイスを求めたりするとかして、周りの人や公的機関に自らを sichtbar にする必要があったのではないか。すべてを自分で抱え込む必要はなかったのではないか。

援助を必要としていても外見で分かりにくい場合、ヘルプマークのカードが役立つ。声を挙げることが難しい人に代わって、このマークが威力を発揮する。例えば、メニエール病の女性が、このヘルプマークのおかげで援助されたという報道に接したことがある。本来ならば、このようなカードをしていなくても、援助を必要としている人に対しては周りが気づいてあげるべきであろう。しかし、気づきを促すという意味で行政などからの動きを更に期待したいものだ。困った人自身が sichtbar になれないとき、周りの人々や行政が気づいて手を差し伸べない限り、無理心中を選んだ母親の悲劇はなくならないだろう。「助けて」と声を挙げることのできない人を放置しないシステムの充実が望まれる。

もっとも、他者からの支援を求められないくらい、この母親は精神的に追い詰められていたのであろう。「視点を変えよ」などと軽々しく彼女に言っても、受け入れてはもらえなかっただろう。日々の生活の中で我が子が示すささやかな進歩、あるいは、ふとした拍子に見せる頑是無い仕草——そういう毎日の小さな喜びを打ち捨てないでほしいと訴えても、耳を傾ける余裕はなかっただろう。この母親を非難することはできないと知りつつ、二年経過した今になって私はこのようなエッセイを書いている。

それは何故だろうか。この母親だけでなく私にとっても、周りに気づいてもらえるsichtbarな位置に自分の身を置くことは易しいことではないのだ。ついつい全体を見渡そうとして、できる限り独力で情報や知識を得ようと努めてしまう。そして、周りの人に頼ることを避け、「助けて」と言えず、自分だけで生半可な判断を下してしまう。これは個人の資質という側面もあろうが、sichtbarになることを社会の側が抑制しているのも一因なのではないか。上からの「自己責任」論議が、この動きに拍車をかけているとも考えられる。次の項（「橋がふりかえった！」）で触れる「孤育て」と同様に、自らを「老害」の加害者と感じて孤立化する私のような高齢者にも当てはまることなのかもしれない。

文京区で起きた母子心中事件と絡めて「ロビンソン・クルーソー」という小篇を再読してきたわけであるが、以前と読み方が少々変わったように思える。この作品の中でカフカは自らの姿を「彼」に投影したうえで、己（おのれ）の生き方を凝視しているのではないかと思うようになっている。「書くことこそ生きることだと思い込むあまり、日々の暮らしの中に潜む小さな喜びや楽しさを見逃してはいまいか」とカフカは自問したにちがいない。読者に対する警句というより、自身に対する戒めの意味合いで書いたのが、カフカの「ロビンソン・クルーソー」という一篇なのではあるまいか。

◆橋がふりかえった！（カフカ「橋」）

ほぼ百年前（一九一七年一月／二月）、フランツ・カフカが創作ノートに書き込み、死後（一九三一年）、マックス・ブロートの付けた表題で公刊された小篇群がある。この中から、「橋」と題された小篇を前田敬作訳で読んでみたい。

橋

わたしは、こわばった、つめたいからだをしていました。深淵のうえにかかった橋だったのです。足先はこちら側の、手はむこう側の崖に突っこみ、ぼろぼろの粘土に全身をぬりかためられていました。スカートの裾は、からだの両側でひらひらと風にはためいていました。はるか下方では、山女（やまめ）の棲む渓流が、音をたてて流れていました。こんな道なき山中に迷いこんでくるような旅人はありませんでした。この橋は、まだ地図にも出ていなかったのです。それで、わたしは、横になって待っていました。待つしかなかったのです。橋というものは、いったん架けられた以上は、こわれて落ちでもしないかぎり、橋であることをやめるわけにはいかないのです。

ある日の夕方ごろでした。それが最初の夕方だったか、千度目の夕方だったか、わたしはおぼえていません。わたしの頭は、いつも千々にみだれ、いつもぐるぐる旋回していました。とにかく、夏の日の夕ぐれどきで、谷川は、いつもより暗い瀬音をたてていました。そのとき、人間の足音が聞こえたのです！　こちらへむかってくる、わたしのところへくるのだわ。――さあ、橋よ、しゃんとからだをのばすのですよ。手すりもない丸太よ、姿勢をただして、おまえに命をあずけた人をささえてあげるのですよ。その人の足がふるえたら、こっそりふるえをとめておやり。しかし、からだがよろめいたら、間髪を入れず、お山の神さまのような力をだしてその人を陸のほうに投げかえしてあげるのですよ。

その人は、やってきました。金具のついた杖の先でわたしをたたきました。それから、風にはためいているスカートの裾を杖ですくいあげて、ちゃんとからだのうえにのせてくれました。つぎに、わたしのざんばら髪に杖の先を突っこみ、たぶんあたりの景色に夢中になって見とれていたのでしょうが、しばらく杖をそのままにしていました。それから、しかし――わたしも、ちょうど彼のあとを追って山や谷のかなたに思いをはせていたところでした――わたしのからだのまんなかあたりで両足でとびあがりました。わたしは、なにごとが起こったのかわからないけれども、痛くて全身がふるえました。何者かしら。子供だろうか。まぼろしかしら。追いはぎかしら。それとも、自殺者だろうか。悪魔かしら。あるいは、破壊者なのか。わたしは、正体を見てやろうとおもって、ふりかえりました。――橋がふりかえったのです！　まだすっかりふりかえっていないのに、はやくも崩壊がはじまりました。わたしは、まっさかさまに墜落したかとおもうと、こなごなにくだけました。そして、いつもは激流のなかからのどかにわたしのほうを見あげていた、とがった岩たちに串刺しになってしまったのです。

（マックス・ブロート（編）前田敬作（訳）「橋」『決定版カフカ全集2　ある戦いの記録、シナの長城』新潮社、一九八一年、九〇～九一頁）

若い頃読んだ時は、それほどの感慨も持たなかった気がする。小篇群の一つとして読み流してしまったようだ。ところが七〇歳を過ぎた現在、読み直してみてギョッとすることがあった。まず、語り手が橋であること。そのうえ、この橋は自分の上に跳び乗ってきた者が誰であるかを見ようとして、「ふりかえった」というのだ。別の訳者は「寝返りを打った」としている（池内紀（編訳）『カフカ短篇集』岩波文庫、一九八七年、二二〇頁）。

いずれにしても、「橋がふりかえる／寝返りを打つ」とは、どのようなことか――。単に、橋が左右に大きく揺れた結果、反転してしまうという物理的な現象を描写しているだけなのか。カフカの小篇をどのように解釈したらよいか悩んでいるとき、ふと巻末の「訳者解題」（『決定版カフカ全集2』二八三頁）に目が止まった。

橋　Die Brücke

ドイツ語では女性名詞だから、女性の言葉で訳した。

橋の振り返り／寝返りには、どのような含意があるのだろうかと考えあぐんでいた私にとって、訳者のコメントは一つの方向性を示してくれた。人気（ひとけ）のない幽谷に架けられた「橋」は、育児に孤軍奮闘する「母親」そのものの姿かもしれない――。

三〇数年前、私の住んでいた集合住宅の隣人が自殺した。幼な子をひとりで育てていた母親は、いつも俯き加減だった。当時のことばで言うところの「育児ノイローゼ」のように見えた。彼女の夫は出張が多く、母親ひとりで必死に子育てをしている様子がこちらにまで伝わってきた。四〇年近くの時が経過した今、考えてみると、都会の片隅のアパートは、山奥の深い谷と同じ閉鎖空間だったのだろう。子育ての手助けをしてくれる身寄りがない母親は、峡谷に架けられた橋そのものだったのかもしれない。両手と両足で橋（ブリッジ）を作り、幼な子を背中に乗せて必死に踏ん張っている姿が目に浮かぶ。「橋」の書き出しを読み直してみる。

わたしは、こわばった、つめたいからだをしていました。深淵のうえにかかった橋だったのです。足先はこちら側の、手はむこう側の崖に突っこみ、ぼろぼろの粘土に全身をぬりかためられていました。

これはまさに、俯き加減の女性がとっていた姿勢ではあるまいか。ある日のこと、泣き止まない娘に逆上してバタンと玄関のドアを閉めたとき、娘の手が挟まり大騒ぎになったそうである。その事故からしばらくして、この女性が自殺したものと私は思い込んでいた。しかし、私の記憶は当てにならない。妻に訊いてみると、自殺したのは彼女の夫のほうであった。

ひと世代前と比べたら、子育ての環境は著しく向上している。夫の育児休暇を筆頭に、様々な制度が導入されているため、上記のような悲劇は減少していると思われる。ところが、テレビや新聞の報道によると、母子心中や母親によるネグレクト（育児放棄）が多発しているではないか。「孤育て」ということばも最近よく目に入ってくるようになった。

（付記）厚生労働省のまとめによると、平成二九年度に全国の児童相談所に寄せられたネグレクトの相談件数は二万六八一八件（『産経デジタル』二〇二〇年三月二八日）。

このエッセイを書き終えようとした頃、札幌地裁でも同様の保護責任者遺棄致死罪に関する裁判員裁判が始まった。二歳児を部屋に閉じ込め、ほとんど食事を与えず、低栄養状態で衰弱死させた模様（『朝日新聞』二〇二〇年一一月三日）。

その他にも各地で同様の裁判が行われた。新聞の見出しを二つ紹介したい。「乳児遺棄事件、容疑の母親を処分保留で釈放　京都地裁」（『京都新聞』二〇二〇年一〇月一六日）「三歳、一歳女児放置　両親に執行猶予付き判決　鹿児島地裁、生活立て直す意思を考慮」（『南日本新聞』二〇二〇年一〇月二二日）。

そのようなニュースの中で、ひときわ私の心に突き刺さった新聞記事がある。障害を背負って生まれてきた娘に精一杯の愛情を注ぎながらも、疲労困憊して悲劇につながってしまった事件だ。未婚の母として娘を出産した後、しばらくの間、実家の両親に面倒をみてもらう。その間、昼は准看護学校に通い、夜はキャバクラで働く。「橋」の第一パラグラフ末尾でカフカは次のように書いている。

橋というものは、いったん架けられた以上は、こわれて落ちでもしないかぎり、橋であることをやめるわけにはいかないのです。

このシングルマザーも「母親」であることを止めるわけには行かず、毎日、懸命に生きていた。ところが、些細なことから生じた父親との口喧嘩がきっかけで実家を飛び出し、娘と二人だけのアパート暮らしを始める。ここから一直線に状況は悪化。当時の公判報道を基に再現してみたい。

准看護学校の実習の当日、娘が熱を出し参加できなくなった。それが引き金となり、学校を退学。そのため、シングルマザーとしての優先枠が外され、娘を保育園に預けられなくなる。徐々に娘を置き去りにして外出するようになる。生活費を稼ぐため、そして、交際相手の男性宅に行くため。初めは短時間の外出や滞在だったが、次第に長くなっていく。シングルマザーの娘を心配する母親からは実家に戻るよう促されるが、「保育園に預けているから大丈夫」と無料通信アプリに嘘を書き込む。

ここで「橋」のテクストの第二パラグラフに戻ってみたい。

ある日の夕方ごろでした。それが最初の夕方だったか、千度目の夕方だったか、わたしはおぼえていません。わたしの頭は、いつも千々にみだれ、いつもぐるぐる旋回していました。

カフカの作品を読む際、私たちは「移り目」（フリードリッヒ・バイスナーの言葉）に十分な注意を払う必要がある。粉川哲夫がバイスナーの「移り目」に言及した一文を引用しておきたい。

バイスナーが――適確にも――カフカの作品には「客観的、理性的――と仮に言っておく――世界と、過労のため一面的に見られているゆがめられた世界」とがあり、この一方の世界から他方の世界への「移り目」は、明確な場合と「意識的な技巧を用いてぼかされている」場合とがある、と指摘するとき、バイスナーは自分ではそれと知らずにシュールレアリスムやモンタージュの特質にも触れているのである。

（フリードリッヒ・バイスナー（著）粉川哲夫（訳編）『物語作者フランツ・カフカ』せりか書房、一九七六年、一二五頁）

この「移り目」に私たちは文学作品だけでなく、実生活の中で往々にして遭遇することがある。娘を置き去りにした未婚の母の場合はどうだろうか。彼女の人生における「移り目」は、どのような折りに、どのような具合で生じたのだろうか。最初の「移り目」は娘が三歳になる一歩手前（二歳一一ヵ月）の頃と推測できる。彼女は医師から娘の発達の遅れを指摘され動揺する。裁判官裁判の初公判で弁護人に訊かれ、被告は以下のように答えている。

色の識別ができない、前にジャンプできない、丸が描けない、自分の名前が言えないと。普通の子よりも発達が遅れていると思わなかったので、びっくりした。追いつかせなきゃと焦った。

（『朝日新聞デジタル』二〇二〇年四月一日「母は彼氏宅で半同居　二歳の娘がひとり家で過ごした時間」）

置き去りにしたことを悔やむものの、交際相手の男性宅へ足が向かってしまったという。検診から四日後、男性宅から自宅に帰った被告は言葉を失う。大事にしていた化粧品が部屋中に散乱。テレビには落書き。その直後、女性は「ブチギレ」という表現を使ったメッセージを妹あてのＬＩＮＥに送る。「心が折れたのか」という検察官の尋問に彼女は答える。

　その表現が同じか分からないが、見た瞬間に時間が止まるような、ぼうぜんとしたことを覚えている。（前掲記事）

その後、束の間ながら被告は母親の気持ちに戻る。それから、いつものように仕事に向かう。同記事は「ブチギレ」後の彼女の行動を以下のように記している。

　買ってきたお弁当を娘に食べさせ、お風呂に入れて着替えをさせた。娘の好きな納豆巻きを四個ほどとペットボトルの水二本。それと少しのお菓子を居間に置くと、台所へ続くドアが開かないように冷蔵庫で塞ぎ、仕事に向かった。（前掲記事）

裁判で明らかになったところによると、娘を置き去りにし自宅を出てから八日半が過ぎた日のこと。被告は男性宅を出て、娘のための弁当を手に帰宅。弁当の容器には娘の大好きなドラえもんが描かれていた。「男性宅から帰ろうと思ったのはなぜ」と弁護人に尋ねられ、被告は次のように答えている。

あれ、私いつからここにいるんだろうと思って、考えても分からなくて焦った。その時まで娘のことを一度も思い出せていなかった自分に焦った。（前掲記事）

「弁当をあげれば、いつものように駆け寄ってきて、キャラクターを指さして名前を言う」と思い込んでいたが、娘は駆け寄ってこない。居間に裸で俯せに倒れている。冷たくなっていた。低栄養状態下の低体温症と脱水による死亡。保護責任者遺棄致死罪を問われた裁判員裁判では求刑どおり懲役十年の判決。被告は控訴せず、判決は確定。

判決公判で裁判長が言い渡した判決理由は厳しいものであった。

わずかな飲食物を残したのみで幼い子供を置き去りにしたことはきわめて危険で無責任。結果も重大だ。幼い子供が長期間放置されて受けた苦痛や絶望は痛ましく、犯行に至る経緯や動機も悪質。

同罪の中でも類例が少ない重い部類に属する。
（『産経新聞』二〇二〇年三月一七日「二歳児放置死、母親に懲役十年　仙台地裁」）

被告は以前から娘を一人残して外出することが常態化していた。また、外出直後から交際相手と飲食店での勤務終了後に交際相手宅を訪れる旨のやりとりをしていた。被告は遺棄するつもりで外出したと断定できる。精神障害が影響したという弁護側の主張を退け、責任能力があったと認定する。
（『毎日新聞』二〇二〇年三月一八日「二歳娘を放置死、母親に懲役十年　地裁判決／宮城」）

さて、もう一度、カフカの「橋」に戻ってみよう。橋は自らの運命(さだめ)を悟り（第一パラグラフ）、待った末に現れる者に対して、「おまえに命をあずけた人をささえてあげる」よう自らに言い聞かせる（第二パラグラフ）。そして、待っていた人が現れ、自分の身体の上に乗ってくる（第三パラグラフ）。初めは、その人と一緒に「山や谷のかなたに思いをはせる」。ここが、バイスナー／粉川が示唆している「移り目」に違いない。まさに、次の瞬間――

わたしのからだのまんなかあたりで両足でとびあがりました。わたしは、なにごとが起こったのかわからないけれども、痛くて全身がふるえました。

「何者なのかしら、正体を見てやろう」と思い、橋は振り返った。そう、橋が振り返ったのだ。こちら側とあちら側をつなぐのが自分の役割だと橋は信じていた。「いったん架けられた以上は、こわれて落ちでもしないかぎり、橋であることをやめるわけにはいかないのです」と自分に言い聞かせていたはずだ。「通りかかる者がいたら親切に手伝ってあげなくては」と心の準備をしていたはずだ。両手と両足を踏ん張って崩れないように努めていたはずなのに――。それにもかかわらず、自分の身体のまんなかあたりで誰かが両足で跳び上がったではないか。橋は、あまりの痛さに堪えかねて、「何者なのかしら」と反転してしまう。その瞬間、粉々に砕けた状態で、真っ逆さまに激流に墜落――。

（付記）第三パラグラフ後半の「何者かしら。子供だろうか。まぼろしかしら。追いはぎかしら。……」はマックス・ブロート版に基づく翻訳である。これに対し、カフカの手稿では、まぼろし（Traum）が体操選手（Turner）、追いはぎ（Wegelagerer）が命知らず（Waghalsiger）となっていたようである。つまり、ブロートの読み間違い（正確には秘書によるタイプ起こしミス）が批判版で指摘されたことになる（明星聖子（著）『新しいカフカ――「編集」が変えるテクスト』慶應義塾大学出版会、二〇〇二年、六六～六七頁）。

さて、娘の成長の遅れに悩みながらも、交際相手の男性宅に行き、娘を何日間も置き去りにしていった被告。この女性の行状と絡めてカフカの「橋」を読むと、どのようなことが言えるのだろうか。娘の成長が遅れていると医師から言われた数日後、女性は帰宅。化粧品をいたずらされ、テレビに落書きをされているのを見て「ブチギレ」の状態になる。そして、娘を置き去りにしてから八日以上経過後、自宅にもどり、冷たくなっている娘を発見。

上記の経緯を見る限り、突発的な激情に襲われて女性は娘を放置・死亡させたと判断できよう。しかし、裁判の公判に関する新聞記事を丹念に読むと、女性の苦悩は長期間にわたっていたものであることが分かる。化粧品のいたずらやテレビの落書きは、彼女の苦悩のごく一部だったようである。彼女は独りでジッと堪えていたはずだ。カフカの「橋」という小篇を何度も読み直して、ふと気づき驚いたことがある。第二パラグラフの冒頭部分だ。再び引用してみたい。

ある日の夕方ごろでした。それが最初の夕方だったか、千度目の夕方だったか、わたしはおぼえていません。

（原文：Einmal gegen Abend, war es der erste, war es der tausendste, ich weiß nicht...）

「千度目の夕方」という表現は何を意味しているのか。第一パラグラフまで読んで、「谷川に架けられたこの橋には滅多に人が来ない」と読者である私は思い込んでいた。しかし実際には、そうでなかったのかもしれない。カフカの得意とする「移り目」に留意したい。「……わたしはおぼえていません。わたしの頭は、いつも千々にみだれ、いつもぐるぐる旋回していました」と書かれているではないか。
このことは、娘を置き去りにした女性にもあてはまるのではなかろうか。「ブチギレ」の日のずっと前から、彼女の頭も千々にみだれ、いつもぐるぐる旋回していたに違いない。子育てに必死な姿は公判記録の随所から窺える。その中から被告の供述と母親の尋問証言の一部を挙げておきたい。

被告「(授乳)量が決められていた。前回飲んでから、排泄はあるか確認して、不安だと浣腸した。いつ、どのタイミングで腸の調子が悪くなるか。ちゃんと判断できなければ死なせてしまうのではと」
(前掲『朝日新聞デジタル』の記事)
(付記)被告の娘は低体重、腹壁破裂、腸閉塞で生まれついた。

母親「孫はママのことが大好きで、置いていっているとは思いませんでした。娘も孫をとてもかわいがっていたので、置き去りにしているなんて思ってもみませんでした」
(前掲『朝日新聞デジタル』の記事)

母親「ミルクの量を量ってあげたり、一緒に寝たりしていた。不器用ながら頑張っていると感じ

ていた」　（前掲『産経新聞』の記事）

「千度目の夕方」、つまり、背中に乗っていた誰かが両足で跳び上がったため、痛くて全身が震えた夕方――。この夕方に至るまで、橋を訪れた人は誰もいなかったと私はひとり合点していた。なぜなら橋自身が次のように言っているからだ（第一パラグラフ）。

こんな道なき山中に迷いこんでくるような旅人はありませんでした。この橋は、まだ地図にも出ていなかったのです。（……）それで、わたしは、横になって待っていました。

実のところ、背中に乗ってきた人は、それ以前からもそこにいたのではあるまいか。橋とその人が一体となっているため、背中に乗っていることが意識できなかったのではないか。それは、ちょうど、被告の女性が娘と一体化しているあまり、日々の生活の中で娘の存在に気づかなくなっていたように……。そして、背中に激痛を感じて橋が振り返ったように、被告の女性も散乱した化粧品や落書きされたテレビを目にして「マジギレ」し、家を飛び出してしまったのではないか。奇しくも「千度目の夕方」は、娘の誕生から二年一〇カ月！

橋が橋であることを止めた瞬間、そして母親が母親であることを止めた瞬間。

橋の振り返りと母親による娘の置き去り――。この二つを並列したとき、私には「橋」という小篇の凄みがほんの少し分かった気がする。「橋が振り返る」とは自然現象で言えば、マグマ溜まりに蓄えられたマグマが地表に噴出する火山噴火、あるいは、徐々に溜まったプレート間のひずみが限界に達して、一挙に跳ね上がるときに発生する地震に喩えることができよう。「同様の瞬間は私たちの人生においても訪れ得る」とカフカは仄めかしているのではないだろうか。

その時、橋は橋の役目を捨て去る。母親は母親の役割を放棄する。

事件直後に飛び交ったウェブニュースは被告を容赦なく責め立てた。例えば、Yahoo!ニュースは、「自分勝手な要望や欲望まみれの素性」「×××ちゃんを邪魔者扱い」「自業自得」といった表現を使っている。しかし、このような報道は、少なくとも二年一一カ月間、母親の役割をなんとか果たそうと努めていた被告の姿には光を当てないものだ。私たちも真実を敢えて見ようとしない。それに対しカフカの「橋」では、「橋が振り返る」という素っ頓狂な表現で真実の姿を私たちに伝えようとしているのではないか。また、「振り返る」前の橋の気持ちを描写した部分（第二パラグラフの後半部分）には、被告の女性の気持ちが痛々しいほど投影されていまいか。

さあ、橋よ、しゃんとからだをのばすのですよ。手すりもない丸太よ、姿勢をただして、おまえに命をあずけた人をささえてあげるのですよ。その人の足がふるえたら、こっそりふるえをとめておやり。しかし、からだがよろめいたら、間髪を入れず、お山の神さまのような力をだしてその人を陸のほうに投げかえしてあげるのですよ。

牽強付会に響くことは承知のうえで、私は「橋」を「母親」と読み替えてきた。なぜか？　娘を置き去りにした被告も橋と同じように、自分に言い聞かせていたはずと考えるからだ。「孤立無援になっても、この子を育てるんだ」と彼女は必死だったに違いない——少なくとも「千度目の夕方」が来る直前まで。両手両足を突っ張って橋（ブリュッケ）を保とうとしている姿が目に浮かぶ。

第二部　楽しい気づきが語学継続の支え

[i]

◆ドイツ語の学習——ことばを学ぶことの楽しさ発見！

英語以外の言語に初めて接したのは高校二年生の頃。ラジオの大学受験講座から流れてきたドイツ歌曲（シューベルトの「セレナーデ」）の響きに私は魅了されてしまった。このようなラジオ講座が夜の時間帯に置かれていたことを知る人も少なくなっていると思うが……。とにかく、それがきっかけとなり、受験に必要な英語と並行して、独学でドイツ語文法の初歩を学び始めた。

すると面白いことが分かってきたのだ。それまで数年学んでいた英語の文法が、ドイツ語学習を通じて「初めて」理解できた。例えば、Good morning. という英語表現を学んだときには気にせずにいた格関係が、ドイツ語の表現 Gut*en* Morgen.〈あなたに〉良い朝**を**……）に触れたとき明確に意識できたのである（形容詞 gut は男性名詞の対格「～を」の場合、gut*en* と格変化）。屈折語に分類される英語とはいえ、歴史的に屈折が平準化され見えにくくなっているため、屈折による文法関係の提示を色濃く残すドイツ語が触媒となって、英語の構造が浮かび上がってきたというわけだ。

その後、大学でドイツ語を専攻することになったが、例に挙げた形容詞の語尾変化だけでなく、動詞の活用や名詞の性（男性・中性・女性）についての学習も、後日の古英語（Old English）・中英語（Middle English）、およびラテン語やスペイン語の学習への壁を低くしてくれた。卒業後、英語教育に携わることになった私にとって、英語以外の言語学習は様々な発見を与えてくれ、英語という言語を他言語との比較・対照の対象として見ることを可能にしてくれた。ただし、英語の持つ社会的特性に眼を開かせてくれるまでには至らなかった。

「国際共通語」としての英語指導に何ら疑問を抱くことがなかったのである。

第二部では、楽しい気づきが語学継続の支えであることを、具体的な事例で振り返ってみたい。

◆ウェールズ語の学習――母語への気づき

英語をはじめとした西欧の言語、そして西欧の文化に対する憧れは、中村敬（著）『英語はどんな言語か――英語の社会的特性』（三省堂、一九八九年）によって粉砕された。この本がきっかけとなって、私は少数言語の衰退・復興について研究を始めることになった。特に、英語という言語が広まっていく過程で、世界各地の先住民族言語がどのように衰退していったか、そして、衰退しかけている少数言語をどのように復権させようとしているかについても調べてみようと考えた。

フィールドワークを進めていくうえで指針となった本がある。梅棹忠夫（著）『実践・世界言語紀行』（岩波新書、一九九二年）だ。この本は、現地調査をする前に、どのような準備をすべきかについて大きな示唆を与えてくれた。「調査対象の人たちが日常的に使用している言語を学んでいかなければ、相手の心に入り込めない。また、調査終了後は学んだ言語を無理に保持しておく必要はない」という基本姿勢だ。

『英語はどんな言語か』に触れられていたウェルシュ・ノット（Welsh Not）という罰札を自分の目で確かめようとして、私は一九九二年の夏、南ウェールズのカーディフと北ウェールズのバンゴーにあるウェールズ民俗博物館を訪ねた。この罰札は一九世紀の英国ウェールズ地方の学校で使用されていたものであり、母語のウェールズ語（カムリ語）を喋ると生徒は首にこの札を吊るされた。次から次へと別の生徒の首にかけられ、不運にも一日の終わりにかけていた生徒が鞭打ちの罰を受けることになっていた。

さて、私自身のウェールズ語学習は偶然の出会いから始まった。「英語話者の流入によってウェールズ語話者数が減少した」ことを社会言語学の授業で話した次の週のことだ。英会話教室に通っていた受講生の女子学生が、授業の内容をウェールズ出身の講師に伝えたというのである。聞けば、ウェールズ語の衰退に関心を寄せる日本人がいるとは思いもよらず、講師はとても喜んでいたそうだ。私としてもウェールズに行きたいと考えていた矢先のこと。リアンという英会話講師にウェールズ語の教えを請いたいと告げると、彼女も私から日本語を習いたいという。数週間後、リアンさんと連絡がとれ、藤沢駅近くの喫茶店で会うことになった。さほどの時をおかずして、ウェールズ語と日本語の交換教授が始まった。約一〇カ月続いた。

リース・ジョウンズ（T.J. Rhys Jones）著 *Teach Yourself Welsh*（Hodder & Stoughton, 1991）を教科書にしてリアンさんからウェールズ語を学んでいく過程で私は不思議な体験をした。それは、母語である日本語の発音方式が「初めて」分かったという体験だ。ウェールズ語発音の特徴である語頭子音の変化（緩音現象：treigladau）は複雑であるものの体系的であって、少しずつ学んでいくと「発音と文法機能」の絡み合いがうすうす分かってくる。例えば、頭 pen [pen] は以下のように語頭音が変化する。

彼の頭：ei ben [ben]（軟音化）
私の頭：(fy) mphen [mhen]（鼻音化）
彼女の頭：ei phen [fen]（帯気音化）

この緩音現象を学んでいたとき、母語としての日本語を自分はどのように覚えていったのだろうかと、ふと考え込んでしまった。「山（やま）」「寺（てら）」を別々に身につけたあと、「山寺（やまでら）」は繰り返し聞いたり話したりしているうちに、その意味とともに無理なく発音できるようになったものと思われる。水谷宏（著）『毎日ウェールズ語を話そう』（大学書林、一九九五年）で触れられているように、「一杯・二杯・三杯」の「-p-, -h-, -b-」の音変化なども通常の場合、意識されないことが多い。つまり、ウェールズ語学習を通して、みずからの母語（の習得過程）を振り返ることができたと言える。言語学や音声学の講義で、発音に関する「最少労力の原理」という用語は学んでいたものの、ウェールズ語の語頭子音変化を学んで「初めて」母語への気づきがなされたと言えよう。

◆マオリ語の学習——世代間継承の大切さ・難しさを実感

罰札を見るため北ウェールズのバンゴー民俗博物館を訪ねた時のこと。その日は休館だったが、博物館近くで知り合った夫婦が職員に電話をしてくれ、幸運なことに入館が許された。その夫婦と一緒に学芸員から一時間ほど展示の説明を受けた。

礼を言って別れの挨拶をすると、その夫婦（二人ともウェールズ語話者）は家に泊まっていかないかと誘ってくれた。はるばる日本からウェルシュ・ノットを見に来た奇特な男を家に迎えたいというのだ。

そのような経緯で想定外のホームステイが実現し、一週間ほど北ウェールズのアバリストウィスという海辺の町に滞在。その折、マオリ語を復権させようという動きがニュージーランドで進展しているとテレビ局のディレクターであるご主人から教えられた。

翌一九九三年の春、マオリ語の学習もさほど進まないうち、私はオークランドとウェリントンに行き、現地調査を開始。未就学児を対象にマオリ語のみで保育しようとする保育園（コハンガ・レオ）や、そこを巣立ったこどもたちの受け皿としてマオリ語のみで授業をする小学校（クラ・カウパパ・マオリ）で聞き取り調査をしたいと考えていた。ほとんど白紙の状態だった。

（付記）マオリ語（Māori＝本義は「人間」）は、「マーオリ」と表記するべきであろうが、慣例に従って「マオリ」のままにした。

保育園を訪問する前に情報収集しようとして、ウェリントンにある全国コハンガ・レオ財団を訪ねた時のこと。事務局の財務を担当する女性（タイナさん）が、たまたま日本の高校へ留学していたということで意気投合した結果、コハンガ・レオ訪問の調整を快く引き受けてくれた。

この女性のマオリ語経験は特異ではあるが、当時のニュージーランドで着々と進んでいたマオリ語復権運動を象徴するものだった。つまり、タイナさんはコハンガ・レオに通う娘からマオリ語を習い、自分の母親にそのマオリ語を教えていたのだ。言語習得の順序としては逆方向であるが、コハンガ・レオが核となり、マオリの言語・文化が先住民自身の手によって継承され始めていることを知って身の引き締まる思いがした。

さて、マオリ語の学習のことであるが、ウェールズ訪問から半年後のことでもあり、基礎的な発音・語彙・文法を身に付ける余裕しかなかった。K・T・ハラウィラ（K. T. Harawira）（著）*Teach Yourself Maori*（Reed（A.H. & A.W.）, 1976）で独習。その学習過程で気にかかったことがある。現代の社会に適応できるマオリ語の語彙を、どのように整備しているのだろうかということだ。文化継承の手段、あるいは考えるためのツールとしてだけでなく、生きた言語としてマオリ語を日常のコミュニケーションに使用できなければ、子どもたちに教えても意味がないのではないかという問題意識だった。

そこで私は保育園や学校の訪問とともに、マオリ語審議会の活動に注目した。この審議会は、一九八七年マオリ言語法の制定により、マオリ語がニュージーランドの公用語として認められると同時に設置された会議体であるが、最大の目標はマオリ語の普及と新語の創造であったからだ。

限られた調査期間内で審議会そのものに辿り着くことは無理と判断し、外堀から埋めていくことにした。教育省、オークランド大学、ヴィクトリア大学、ニュージーランド国立教育研究所などを訪問し、インタビューを通して徐々にマオリ語再活性化運動の核心に迫ろうとした。ウェリントン在住（当時）の友人・海上文夫氏に面会の手はずを整えてもらい、スムーズにインタビューを行えることもあったが、直接、オフィスに伺うこともあった。国立教育研究所の所長からは四回目の訪問時にようやく許可が下りた。

マオリ語再活性化運動に取り組んでいる人々に接していくなかで、マオリ語審議会による新語創造の実態が少しずつ見えてきた。実は、訪問の前年に、『泉――マオリ語審議会による新語』（*Te Matatiki: Ngā Kupu Hou a Te Taura Whiri i te Reo Māori*, The Maori Language Commission, 1992）という出版物が出されていたのだ。現地調査するまで、このような書籍があることは想像もできなかった。これは、英語－マオリ語、マオリ語－英語の辞典形式をとっており、三四七八の新語・句の他に、政府省庁や諸機関の名称、月の名称、地名などを掲げた労作である。手渡された『泉』をパラパラとめくった時、マオリ語が再度あらゆる場面で生きた言語として使われるようになることを願う強い意志のようなものが感じられた。

新語創造の実態を把握すべく関係者に質問すると、マオリ語審議会の方針が分かってきた。既にマオリ語に採り入れてあったような借用語（例えば、hanuwiti=sandwich, tēkehi=taxi, pāmu=farm など）を一切作らず、意味の対応による置き換えや複合を中心に造語するということであった。いくつか例を挙げておきたい。

① rorohiko = roro 'brain' + hiko 'electricity' → computer（コンピューター／脳電）

② did tuha = spit out → eject（ワープロ用語）
③ wakapana = waka 'vehice' + pana 'drive away' → bulldozer（ブルドーザー）
④ ruturutu = tackle + tackle → judo（柔道）
⑤ kahu ruturutu = garment, costume + judo → judogi（柔道着）
⑥ kurupiro = throw hard + try（Rugby） → slamdunk（バスケットボールのスラムダンク）
⑦ waka tūroro = car + sick person → ambulance（救急車）

審議会作成の新語が学校教育や社会におけるマオリ語再活性化の核となる予感をもって、私はニュージーランドの初訪問を終えた。そして、言語について調べていく過程で、さまざまな人たちと知り合うことができた喜びを噛みしめながら帰路についた。

（付記）マオリの動きに触発され、ハワイ大学ヒロ校ハワイ語学部の教授陣が中心となり、辞書編集委員会を組織し、『泉』に相当する辞書を刊行。先住民族間のネットワークが迅速・強靱であることに驚く。

◆ハワイ語の学習――異文化への目覚め

ニュージーランドのウェリントンに行き、教育省マオリ局の担当者にインタビューした時、ハワイにおける動きを知った。一九九四年の春、ホノルルに飛び、手探りの状態でハワイ語の再活性化運動について調べ始めた。それ以前にもハワイに行ったことはあったが、先住民族の「静かで熱い闘い」は単なる観光客の目に入ってこようはずがなかった。

現地調査を始める前に、ハワイ語の学習に着手した。調査内容が入り組んでくると英語に頼らざるを得なかったが、英語だけの調査では築けない人間関係をハワイの先住民と築けたのではないかと独り合点している。そのうえ、先住民の言語を学ぶ過程で、異文化への目覚めを体得することができたのだ。

例えば、Alberta Pualani Hopkins（著）*Kalei Haʻaheo: Beginning Hawaiian*（University of Hawaiʻi Press, 1992）を使ってハワイ語を学び始めたとき、二人称代名詞の用法に新鮮な驚きを感じた。

両数（dual）：kaʻua = you and I（話し相手と私で、計二人）

：māua = someone else（not you）and I（話し相手以外と私で、計二人）

複数（plural）：kākou（話し相手二人以上と私で、計三人以上）

：mākou（話し相手以外二人以上と私で、計三人以上）

つまり、英語のweとは違って、話し相手を「私たち」のなかに含めるか否かによって、異なる代名詞を用いるのだ。オハナʻohana（拡大家族）を基本的な家族単位とするハワイ先住民にとって、「私たち」のなかに誰を入れるか入れないか、あるいは自らのグループに属しているかいないかは重要なことで、この関係がハワイ語のなかに反映されているのは当然といってもよいのである。ちなみに、アロハ（aloha）という語も、元来は身内の者に対する親愛感を意味しているのであって、観光客相手に発せられる「アローハ」とは似ても似つかないものだ。また、「大地への慈しみ」を意味するアロハ・アーイナ（aloha ʻāina）という表現に触れたとき、言語と文化の切り離しがたい関係を垣間見た思いがした。

◆アイヌ語の学習——国内の異言語・異文化に対する遅まきながらの気づき

ウェールズのバンゴーでもニュージーランドのウェリントンでも、先住民族言語復権運動に携わる人たちと話した時、必ず出る話題があった。アイヌ語、琉球諸語の現況、外国籍市民の抱えている言語に関する苦境などだ。日本における言語的マイノリティの存在を意識させてくれたのは、各地で知り合った少数言語再活性化運動を支える人たちだった。

一九九三年（国連の定めた「国際先住民族年」）八月、私は北海道の二風谷（にぶたに）で開催された「二風谷フォーラム93　世界先住民族の集い」に参加した。マオリ語やハワイ語を保持しようと努力する人たちと触れ合うと同時に、アイヌ語復権に邁進する人々に接することができた。

そのフォーラム会場で三冊のアイヌ語学習教材を紹介された。平取町（びらとりちょう）二風谷アイヌ語教室が発行した『やさしいアイヌ語（一）～（三）』（一九八九年・一九九〇年・一九九三年）である。萱野茂講師によるアイヌ語指導の様子を実況中継ふうに編集しているこの教材は、異文化への目覚めを私に与えてくれた。会話練習、民具や農耕用具の名称、カムイユカラの鑑賞など盛り沢山の内容だが、とりわけアイヌの自然観・宗教観についての講話が私の心をとらえた。例えば、「変死人との対面の儀式」の項では「フムカッポヘアン」ということばを萱野氏が実体験をまじえて説明している。交通事故で亡くなった人と対面した入れ墨のおばあさんが、このことばを発した場面が印象的だ。「おまえの姿、そういうことでいいのかい」と死者を叱りつけるのだが、おばあさんは「まともにいくのではなくて、背を向けて」近づきながら、このアイヌ語を発したというのである。「ことばを学ぶことによって、その背後にある文化に気づく機会が与えられる」と、このテキストは教えてくれた。

◆Art is long 芸術は長い？

中学校の英語の授業で Art is long, life is short. という格言を習ったとき、「芸術は長く、人生は短し」という訳を与えられた。それ以来、「何か変だな」と思いながら、「アート＝芸術」という繋がりを鵜呑みにしていた。

ところが英語を教える立場になってから、教壇に立つ前に不確かな点を辞典・事典の類いで確認する必要に迫られた。そのようなとき、「痒いところに手が届く」という表現がピッタリ合う辞典に巡り会った。それは、井上義昌（編）『英米故事伝説辞典 *A Dictionary of English and American Phrase and Fable*』（冨山房、一九七二年（初版））である。ちなみに、私の手許にあるのは第七版・増補版（一九七九年）。

art と life の項を調べてみて、長年のモヤモヤが吹き飛んだ。art の項には語義から始まって、語の変遷が詳細に記されている。

手先のわざ、手わざ、たくみ、技術、技芸、芸術、美術、技巧、熟練、練習、手練手くだ、術、策、人工、人為。

ギリシア語 armos, それから出たラテン語 armus, arma の根本的な意味「つなぎ合わせ」、「組み合わせ」から、上記のような多くの意味をもつラテン語 artis, ars ができ、それが古代フランス語を経て英語 art となった。

人間は「手さきの器用さ」で、いろいろのものを「つなぎ合わせ、組み合わせ」て、「器具」、「装飾品」、「芸術品」をつくり出し、「技術」をねり、「芸術」を生み、「学芸」を発達させ、天然自然にたいする「人工」、「人為」のあらゆる文化を生み出したのである。だから、art という語は根本的には、「うで」を意味する arm や「武器」を意味する arm と関係があるわけである。〔参照 Arm〕

日本語でも「うで」には art と同じく「わざ」、「たくみ」、「手ぎわ」、「技術」などの意味がある。すなわち、「うでまえ」、「うできき」、「うでくらべ」、「うでだめし」、「うでをみがく」、「うでがなる」、「うでをふるう」、「うでにおぼえがある」などの「うで」である。文化は、「うで」、「手さき」を器用に使うことで造り出した。【山中】

さらに Art is long, Time is fleeting. という見出しが置かれ、以下のような説明が続く。

学びの業（わざ）は道遠く、時は矢のごとく過ぎ行く。Longfellow の *A Psalm of Life* にある有名な句。これはギリシアの医者 Hippocrates（460–357B.C.）の箴言（しんげん）Ars longa, vita brevis または

Seneca の Vita brevis, longa ars の 'Art is long, life is short'（芸術は長く、生命は短かし）の句を作り換えたものという。〔参照 Psalm（A）of Life〕

次に life の項を見てみると、Life is short; Art is long. の説明が更に細かく記されている。

Life is short; Art is long. の句は、今日ヨーロッパ一般の格言となっているが、順序は少し変わって Art is long, life short. となっている。ラテン語の Ars longa, vita brevis. がよく用いられる。日本語には「芸術」と訳されたのをみるが、原語（ギリシア語）の technē, ラテン語の ars, Chaucer の訳による 'craft' などからみて、明らかにもっと広義の「技（わざ）」の意味である。人生は短いとか、時の経過は早いとかいう格言はどこの国にも多い。（例示省略）【斎藤静】

さらに、Art is long, life is short. の解説は続く。

＜L. Ars longa, vita brevis.（ものを習得する術は長く、命は短し）

これは一般に「芸術は長く生命は短し」と訳されているが、これが再検討されるべきことはいまさら、いうまでもなく、出隆氏が「空点房雑記」の中で、「芸術は長いか」の標題のもとに詳述されているとおりである。特に、その p.148 において「ここに芸術と訳され、そして英語では art, ドイツ語では Kunst と訳されているところのラテン語の ars は、そのもとのギリシア語では technē であって、これはだれも知るとおり、単にいわゆる芸術にかぎらず、むしろ広く「学問技芸」の意であった。それを芸術と訳したものだから、芸術青年を毒したのである。しかも本来生命は短いが、その人の学問技術は長く後生に残るというようなおめでたいものではなくて、かえって学び窮めるべき学問技術の世界は広くて前途はほど遠いが、この世の短きをいかにせんと嘆息した句であったはずである」と述べているのには敬服せざるを得ない。【安井（曠）】

この後にも Hippocrates や Seneca のアフォリズム、あるいは Chaucer の作品を引用した解説が続く。

結論として言いたいことは、この『英米故事伝説辞典 *A Dictionary of English and American Phrase and Fable*』を「断捨離」などという言葉に唆（そそのか）されて手放すわけにはいかないということ。そして、私のクラシックギター演奏が上達しないわけは「芸術が長い」のではなく、ただ単に「手の技（練習）が足りない」ということ。そのうえ、「（残された）命も短い」ということだ。

◆健全な身体に健全な精神が宿る？

中学一年生の息子の運動会を参観したときのこと。校長の挨拶が始まった。整列した生徒たちは耳を傾けている。「どのような話をされるのかな」と思いながら、観客席にいる私も耳を傾ける。すると、「健全な身体に健全な精神が宿る」という有名な句の説明を校長が始めたではないか。「深入りしないほうがいいな」という私の危惧とは裏腹に、校長の説明は進んでいく。

健全な身体だからといって健全な精神が宿るわけではありません。逆に、健全な精神だからといって健全な身体になるわけではありません。健全な精神と身体が二つ合わせてあるなどということは滅多にあるものではないのです。だからこそ、「健全な身体に健全な精神が宿りますように」という願いを表したのがこの句の本当の意味です。

耳を澄まして聞いている生徒たちは、狐につままれたようにポカンとしている。開会式直後に一〇〇メートルを走ることになっている息子の顔を眺めると、校長の話を理解して聞いているようには見えない。出走直前の競走馬のように、今にでも飛び出そうという気持ちに違いない。「心ここにあらず」という心境だろう。ところが校長の話はさらに続く。

ラテン語の詩ではメンス・サナ・イン・コルポレ・サノ（Mens Sana in Corpore Sano）というのですが、本当はその句の前に「以下のようになるよう祈るべきだ」という意味のことばがあるのです。健全な身体と健全な精神を合わせ持つことは無理かもしれませんが、あなたがたはそれに向かって今日一日がんばってください。

附属中学校の場合、校長は教育学部の教授が兼任すると聞いていたものの、出走直前の馬ならぬ生徒たちに適した話なのだろうかという疑念がわいた。しかし、ここでスピーチを締めくくらず、校長先生は恐らくアシックスの話をされるのだろうと私は半分期待しつつ待っていた。ところが、「がんばってください」で話は終わった。教育学部の教授としては一企業の宣伝を生徒の前ですることはできないだろう。それでも中学生にはアシックスという語（会社名）の由来に触れれば、退屈さも吹き飛んだであろうと思った。「メンス・サナがアニマ・サナと言い換えられてAnima Sana in Corpore Sanoというフレーズができ、その頭文字を寄せ集めてASICSになったんです」という具合に……。

[ii]

◆つまり、われわれは雪のなかの樹木の幹のようだ（カフカ「樹木」）

二〇二〇年の春、新型コロナウイルスの蔓延が世界を震撼させた。パンデミックによって顕わにされたものは何だったのか——。この問いに示唆を与えてくれる小品がある。フランツ・カフカが二四歳のとき執筆し、翌年（一九〇七年）、文芸誌『ヒュペーリオン』創刊号に発表した小片である。五年後、カフカが初めて世に問う単行本（小品集）『観察』に「樹木」というタイトルで収録された。池内紀訳で読んでみたい。

樹木

つまり、われわれは雪のなかの樹木の幹のようだ。のっかっているだけ、ちょいと押しのけられる。いや、そうはいかない。大地にしっかり根を生やしている。しかし、どうだ、それもそう見えるだけ。

（マックス・ブロート（編）池内紀（訳）「樹木」『カフカ小説全集4　変身ほか』白水社、二〇〇一年、三〇〜三一頁）

原文のドイツ語は文頭にDennが用いられている。通常、接続詞dennは後置され、前文で述べたことの理由や根拠を示す（「というのは、なぜなら、つまり」の意）。例えば、『パスポート独和辞典』には、Er kann heute nicht kommen, *denn* er ist krank.（彼はきょう来られません。というのは病気なのです）という例が挙げられている。

そうであるならば、「樹木」という小品は何かの物語の一部かもしれないと思い調べてみると、『あるたたかいの記』（一九〇九年執筆の処女作）の末尾あたり（「太った男と祈る男との会話の続行」）に載っていることが判明。平野嘉彦訳で「樹木」に相当する部分の直前から読んでみることにする。「私（太った男）」と「彼（祈る男）」との間で不可解な会話が行われている。「彼」は「私」に次のように言う。

「自分の位置を宙ぶらりんにしたままで、私たちは落ちもしない、ただばたばたと飛びまわっているばかりです。たとえ私たちが、蝙蝠よりも醜いとしても。そして、私たちが、ある日、こんな科白を吐くのを、もうほとんどだれも妨げることはありません。『ああ、神様、今日はいい日です』なんてね。なぜといって、私たちの存在は、すでにこの大地の上に組み立てられていて、私たちは自分たちの了解にもとづいて生きているのですから」
「つまり私たちは、雪のなかの木の幹のようなものなのです。だって、それは、一見、ただ滑りそうにのっかっているだけで、ちょっと突いてみるだけで、ずらせることができてしかるべきところなのです。しかし、実はそうではありません。そんなことはできないのです。というのは、それは地面にしっかりと結びついているからです。だが、ごらんなさい。それすら、ただの見かけにすぎません」

（フランツ・カフカ（著）平野嘉彦（訳）「あるたたかいの記」『カフカ・セレクション1　時空／認知』筑摩文庫、二〇〇八年、三一五頁）

「彼」の話の中にある「私たちの存在は……」に注目して読み直してみたい。「私たちの存在は、すでにこの大地の上に組み立てられていて、私たちは自分たちの了解にもとづいて生きている……」（傍点は引用者）ということは何を意味しているのだろうか。

「彼（祈る男）」の言葉を通してカフカが伝えようとしているのは、次のようなことではないか。

（1）決まりに基づいて世の中は動いていると、ほとんどすべての人が思っている。みそなわす神の存在も含めて。そして、整然とまではいかなくとも、自分たちの決めたルールに従って私たちは生きている。しかし、人間も社会も了解にもとづいて安定しているように見えても、実際には不安定なのだ。その真の姿が見えていないだけ。確かなものなんてないのだ。

（2）普段使っていることばもそうかもしれない。それなのに私たちは、その一つひとつに対して疑うことをしない。疑っていたらキリがないからなのかもしれない。「木は木なのであって、しっかり根によって支えられているのだ」と考えたほうが楽だ。自分たちの了解事項を疑うことは面倒だし、他人との諍（いさか）いにつながる恐れがあると考えるからかもしれない。

（3）このことは、ことばを筆頭に、さまざまな制度、法律、規定、ルール、各種の決めごとなどにも当てはまる。自分自身では了解した覚えがないにもかかわらず、周りの人たちの間の了解事項だからといって、何の考えもなしに従っている。それが、「了解」されているかどうかにも無頓着なのだ。

そのような考え方の延長線上に「樹木」という小篇があると考えられまいか。「つまり私たちは、雪のなかの木の幹のようなものなのです」から始まる部分である。わずか数行の小片を初めて読んだとき、打ち消しの繰り返しに私は戸惑ってしまった。大枠だけを抜き出すと次のようになる。「つまり……なのです。だって……。しかし、いい、しかし、実はそうではありません。……できないのです。というのは……。だが……ただの見かけにすぎません」。

まさに否定の連続である。「雪の中にたたずむ木は、ひと押しで崩れてしまいそうだ。しかし、地下深く根を下ろしているかもしれない。いやいや、それも見かけにすぎない」というのだ。「彼」は「私」に何を言いたかったのだろうか。おそらく、因襲でずぶずぶになった頭を持つ「私（太った男）」に、その古い考えを捨てよと迫ったのではあるまいか。

この小片には「樹木」というタイトルが付けられているが、冒頭の文（「つまり私たちは、雪のなかの木の幹のようなものなのです」）から判断すると、あくまでも「私たち人間」の観察に重点が置かれている。おそらくカフカは、「一方向だけからの観察や描写では、外面の真実も内面の真実も描き得ない」という閃（ひらめ）きを得て、そのアイデアを「彼（祈る人）」に語らせたのであろう。「モノであろうとヒトであろうと、確固とした存在、疑いようのない存在など有り得ない」とカフカは考えたにちがいない。つまり、「ひとりの人であろうと、ひとつの物であろうと、固定観念の上に安住した描写や、一方向だけからの取り上げ方では真実を描けない」と考えたのかもしれない。強いて言えば、自身の小説技法の根本に目覚め、それを「彼」の口から発せさせたということになろうか。作家の真髄は処女作の中に現れているというが、まさに『あるたたかいの記』の中にカフカの目指すべき方向がそっと隠されているのかもしれない。

翻って、二〇二〇年のパンデミックによって私たちの眼前に引きずり出されたものの正体について考えてみたい。

日本の学校教育について言えば、二月二七日の全国一斉休校措置発出によって明白になったことがある。法的根拠となる規定がなくても日本の首相は、このように影響力のある措置をとれるということ。さらに驚くべきは、この措置に関して真正面に取り組もうとしたドキュメンタリー報道がほとんどないこと（唯一の例外は、四月一八日放映のETV特集『7人の小さき探求者——変わりゆく世界の真ん中で』）である。また、緊急事態宣言解除日（五月六日）の延期が決まる途上で、対面式授業から遠隔授業（オンライン授業）への切り替えをすべき好機だという論調も高まった。さらに、九月入学制に向けての論議が盛んになった。当然視されていた四月入学・三月卒業という学事の見直しが検討されるに至ったのだ。

その他、社会の至るところで、従来の制度や慣習に疑義が唱えられた。例えば、決裁のための捺印、オフィスへの出勤、新規採用の慣行など、組織における働き方に対する疑義。あるいは、医療崩壊ということばに象徴される医療・看護制度の脆弱性。特に、保健所関連の予算が削減され続けてきた実態。医療用マスクも含め、医療用物資の大部分が輸入に依存していたこと、などなど。

目を国外に向けてみよう。欧米人の習慣とみなされていたハグ、キス等の身体接触が、イタリアやフランスなどでは新型コロナウイルス感染の媒介になっていたと報じられている。また、「豊かな社会」を誇示し続けていたはずの米国では、人工呼吸器等の医療物資不足や健康保健制度の未整備が浮き彫りになり、確認済み感染者一三六万九九六四人、死亡者八万二三八七人（執筆時二〇二〇年五月一三日現在）

にまで至った。国民の間における貧富の差が「健康格差」に直結したという指摘もある。

(付記) 本エッセイの執筆から約一年後(二〇二一年六月二〇日午後五時現在)、米国における確認済み感染者数と死亡者数(米ジョンズ・ホプキンス大の集計から)

感染者数　三三五三万八〇三七人

死亡者数　六〇万一七四一人

パンデミックによって顕在化してきた事象は、上記以外にも多々あると思われる。例えば、商売の仕方、会合の開き方、食事の摂り方、余暇の過ごし方、スポーツの楽しみ方、自然との関わり方など。しかし、本質的な部分はどこを探ったらよいのか。具体例を列挙しても埒が明かない。そこで、カフカが「樹木」という断片的小品で示唆した点を再考してヒントを探りたい。

再度、カフカの意図を確認しておこう。「私たちが当たり前だと思っていることも、実は当たり前ではないのだという認識。そして、そのような認識を出発点としたときに忍び寄る心の揺らぎ。確固としたものは何もないのではないかという不安感。ことばに対する不信感」

上記の点を拠り所にして、二〇二〇年の春に起きたことを振り返ってみることにする。

四月から五月にかけて新聞やテレビのトップニュースは感染者数、実効再生産数、陽性率、重症化率などを大きく報じていたが、実は、表にあらわれない分母（＝新規検査人数）の不確かさにこそ人々は恐怖を感じていたのではあるまいか。感染者／陽性者でありながら感染者とカウントされない人の数が、発表された数より遙かに多いのではないかという危惧。要するに、「感染者」とか「陽性・陰性」ということばそのものが信じられなかったのである。「彼」の言葉で言えば、「それすら、ただの見かけにすぎません」（平野訳）。

緊急事態宣言の解除や学校の再開が問題になった頃（四月末から五月初め）のことも思い出してみたい。延期期間を二週間にすべきか、一カ月にすべきかと論議がなされていたが、「いつ解除、いつ再開」ということより、解除・再開されてもパンデミックの第二波・第三波が襲ってくるのではないかという不安が人々の気持ちの奥底にあったのではないか。あるいは、解除の日まで店を続けられないのではないかという恐怖心を抱く人も多かったのではないか。

ＰＣＲ検査によって陰性と判定された人が実は陽性であったり、陽性だった人が陰性と判定された後、再び陽性になったりという報道に私たちは日々晒されていた。その中で政治家は「ウイルスに打ち勝つ」という威勢のよい掛け声で私たちに外出自粛を要請した。要請された私たちはどうだったか。新型コロナウイルス禍は数週間後、ないしは二、三カ月後に消え去るものと期待しつつ、不安感は拭い切れなかった。擬陽性、擬陰性、不顕性感染（無症状感染）、再燃、ウイルス変異などという用語が独り歩きし、不安感を募らせたのだ。

実は、コロナ騒動のずっと前から不安感は通奏低音のように私たちの身体の中で響いていた。その不安感がウイルスの蔓延によって急激に増幅されたと言うこともできよう。経済的な逼迫感に襲われ、個人的な悩みや不安を深めた人が多いのではないか。健康、交友、恋愛、進学、就職、結婚、解雇、失業、貧困、離婚、出産……。さまざまな面でパンデミックの影響が出ていると思われる。その結果、これまで以上の貧困に陥って苦しむ人が多い。今まで隠されていた経済格差などの不平等が、パンデミックによって一挙に噴き出たのだ。

社会や国家の脆弱性も顕わになっている。医療崩壊・介護崩壊ということばがマスメディアを賑わし、危機感を煽り立てた。年金や介護など社会保障面でのひび割れも大きくなる。また、経済活動の自粛に伴い、休業、廃業、倒産、恐慌に対する不安も膨張。その結果、治安の悪化、トラブルや事件の発生などによって被害を受ける人が出てくる。社会に断層が走り、新たな差別や偏見が生まれる。例えば、ウイルス感染者だけでなく、医療従事者や長距離トラック運転手の家族に対するＳＮＳ上の嫌がらせなどだ。

敢えて見ようとしてこなかった「不確かさ／不安」という暗闇が、新型コロナウイルスの蔓延によって私たちの眼前にさらけ出されたのだ。「樹木」の中で「彼」がさらりと言っているとおり、私たちの生活は「雪のなかの木の幹」と同じように「一見、ただ滑りそうにのっかっているだけで、ちょっと突いてみるだけで、ずらせることができてしかるべきところ」なのである。
わずか数行でありながら、この掌編は示唆に富んでいる。「今まで当たり前と思っていたことが、当たり前ではないのだ」とカフカは私たちにそっと教えてくれる。パンデミックを経験した今だからこそ、私たちはカフカの囁(ささや)きを素直に聞くことができる。人間存在そのものが、いかに不安定で不確かであるか、また、人間の社会が、いかに脆弱であるか。「彼（祈る男）」の言葉を通してカフカが仄(ほの)めかしているように、「つまり、われわれは雪のなかの樹木の幹のようだ」

◆鏡に映ったその衣服が……（カフカ「衣服」）

前項で取り上げた「樹木」と同じプロセスを経て『観察』に所収された小品がある。つまり、『あるたたかいの記』という採石場から切り出してきた断片だ。短いパラグラフ三つだけから成るこの一篇にカフカは「衣服」という題を付けている。円子修平訳で読んでみたい。

衣服

しばしば、美しい肉体を覆う、襞や襞飾りや総(ふさ)がたくさんついた衣服を見ると、ぼくは、こういう衣服もながくはこのままでいない、皺がよって二度と消えなくなり、飾りに詰った塵(ごみ)はもうとれなくなってしまうのだ、それからまた、この高価な衣服を、毎日、朝に着て晩に脱ぐほど、自分を惨めにも滑稽にもする人間なんているだろうか、と考えてしまう。

けれどもぼくは見るのだ、さまざまの魅力的な筋肉や小さな関節やはちきれそうな皮膚や豊かに波打っているほそい髪をもった若い娘たちが、あろうことか、毎日毎日、この生れながらの仮装舞踏会の服装であらわれ、いつでもその同じ顔を同じ両手の掌に挟んで鏡に映すのを。

ただ、ときおり夜に、なにかの賑やかな集りから遅く帰って来たとき、彼女たちは鏡に映ったその衣服が、着古され、むくんで、埃りに汚れ、もうみんなに見られたからこれ以上は着られない、と思うのである。

（マックス・ブロート（編）円子修平（訳）「衣服」『決定版カフカ全集1　変身、流刑地にて』新潮社、一九八〇年、二七頁）

「衣服」がテーマ？　それとも「若い娘たち」？　疑問を解消するため、『あるたたかいの記』の末尾に近い部分（III）を平野嘉彦訳で読み直してみる。

「私」と連れの男「彼」との会話がしばらく続く。二人は共に夜会を辞去したあと、ラウレンツィ山中の道を辿っているところだ。この男が夜会という場をわきまえず、知り合ったばかりの恋人について大声で喋り出したため、「私」は耐え難くなり外に連れ出した。『あるたたかいの記』の冒頭に出てきたこの若い娘の話が再び二人の間で交わされている。「あなたの恋人は美人じゃないですか、私がさんざ聞かされたところによれば」と言う「私」に対して、「彼」が答える。

「ええ、彼女は美人ですよ。（・・・）しかし、彼女は笑うときに、当然、そう予期していいところなのですが、歯をみせないのです。そして、ただ暗くて、細くて、湾曲した口の穴がみえるだけです。彼女はまた、笑うときにも、頭を後ろへ反らせるのですが、それがどこか狡猾で、年寄りくさくみえてしまうのです」

（フランツ・カフカ（著）平野嘉彦（訳）「あるたたかいの記」『カフカ・セレクション1　時空／認知』筑摩文庫、二〇〇八年、三二二頁）

それに対して「私」が溜め息をつきながら次のように言う。

「それは否定できませんね。どうやら私も、それをみましたよ。だって、そこまでくると、目立たないわけにはいきませんからね。しかし、それだけではありません。眼につくのは、そもそも若い娘の美しさそのものなのですよ！」

（平野訳、三三二頁）

この直後に「衣服」の本文が段下げもなく続く。原文のドイツ語と日本語訳を以下に示すと――

Oft wenn ich Kleider... sehe, dann denke ich, daß *sie* nicht lange so erhalten bleiben, sondern Falten bekommen...

（Franz Kafka, Die Acht Oktavhefte, www.projekt-gutenberg.org 斜線部は引用者）

（円子訳）しばしば、・・・衣服を見ると、ぼくは、こういう衣服もながくはこのままでいない、皺がよって・・・と考えてしまう。

（傍点部は引用者）

（平野訳）しばしば私は、・・・衣裳をみるたびごとに、こう思ったりするのです。彼女たちもそうそういつまでもこのままではもたないだろうな、そのうちしわができてしまって・・・

（傍点部は引用者）

斜線部 *sie*（三人称複数の代名詞で英語の they に相当）の取り扱いに注目していただきたい。円子訳で「こういう衣服（Kleider）」と捉えられている sie が、平野訳では「彼女たち（Mädchen）」と解釈されている。

「衣服」というテクストのみを読む限りでは、円子訳のほうが分かりやすいが、このテクストの前段に当たる「私」と「彼」との会話を考慮すると、平野訳も捨て難い。「眼につくのは、そもそも若い娘の美しさそのものですよ!」という「私」の言葉の直後に、「衣服」の冒頭文 Oft wenn ich Kleider... sehe, dann denke ich, daß *sie*... が来るからだ。つまり、書き手の意識にあるのは、あくまでも Mädchen（若い娘たち）であって、Kleider（衣服）そのものではないと考えられる。

ここまで書いてきて、ふと思いつくことがあった! どちらともとれる両義的な代名詞 sie は、カフカの策略だったのではあるまいか。「この代名詞が何を指しているか考えながら読み進めてね……」と読者に挑んでいるのではないか。あるいは、「どちらにとっていただいても結構ですよ」と突き放しているのではないか。

さて、他の訳者はどのように解釈しているだろうか。前田訳と池内訳に当たってみると――

（前田訳）女性の美しさ全般がそうなんですよ。プリーツやフリルやふさ飾りなどをごたごたつけた、美しい肉体を美しくつつんでいる娘たちの服を見るたびに、しょっちゅう考えることなんですが、こんなものは、いつまでももつものではありません。そのうちにしわが寄って・・・

（マックス・ブロート（編）前田敬作（訳）「ある戦いの記録」『決定版カフカ全集2　ある戦いの記録、シナの長城』筑摩文庫、五一頁）

（池内訳）娘の可愛さそのものが問題です！　いろんな襞や、飾りや、房のついた服が、美しいからだをきれいにつつんでいるのを見かけると、つい思うんだが、長くはもつまい、しわが寄って・・・

（フランツ・カフカ（著）池内紀（訳）「ある戦いの記録（A稿）」『カフカ小説全集5　万里の長城ほか』白水社、二〇〇一年、九四〜九五頁）

前田訳によると、代名詞 sie は「こんなもの」になっている。「物」でもなく「者」でもない。「もの」という訳語に翻訳者の苦労が滲み出ている。それに対し、池内訳では「……長くはもつまい」となっていて、sie に相当する訳語は明示されていない。日本語では既知の物や者に言及したいとき、改めて表出する必要はない。そのルールを適用して池内氏は sie を訳出しなかったのかもしれない。いや待てよ。池内氏はカフカの罠に気づいて、その罠（両義的な代名詞 sie）を意図的にスキップしたのではないか。そのように考えて、池内訳をもう少し読むことにする。

いろんな襞や、飾りや、房のついた服が、美しいからだをきれいにつつんでいるのを見かけると、つい思うんだが、長くはもつまい、しわが寄って、飾りに詰まった埃がとれなくなる。そもそも高価な一張羅を、朝ごとに着て、夜に脱ぐなんて、そんな悲しくておかしなことをする人間がいるものか。

（池内訳、九四～九五頁）

「長くはもつまい」「しわが寄る」「飾りに詰まった埃がとれなくなる」――このような表現は衣服にも若い娘にも当てはまりそうだ。この部分の池内訳を読んでいると、「衣服」について語っているかと思いきや、次の段階では「人間」に話が移っているではないか。さらに、「……人間がいるものか」の直後には、「ところがどうでしょう、娘たちときたら……」という具合に、焦点は「衣服」から「娘たち」に移動する。

ウ～ン、sie は何を指しているのか――。頭を冷やして、「衣服」のテクストを再読してみることにする。

「ある戦いの記録（A稿　一九〇七／〇八年）」の中でワンパラグラフになっていたものが、『観察』（一九一二年）所収の一篇「衣服」では三つのパラグラフに分かたれている。代名詞 sie の指すものを念頭に置きつつ円子訳を読んで、パラグラフ構成について考えてみたい。

（第一パラグラフ）派手な衣服を見ると、ついつい考えてしまう。こういう衣服は、いずれヨレヨレになってしまうだろうということ。それに、そうした高価な衣服を日常的に着るバカな人間はいないだろうということ。

（第二パラグラフ）ところが、はち切れそうな若い娘たちは、毎日、そうした仮装舞踏会の服装で現れたり、その姿を鏡に映して悦に入っているではないか。

（第三パラグラフ）ただし、賑やかな催しから夜遅く帰ってきたとき、鏡に映った派手なドレスが——そして自らの姿が——すでにヨレヨレになっていることに彼女たちは気づくことがあるものだ。

パラグラフ構成に焦点を当てて読んだとき、私は既読感を抱かざるを得なかった。そう、先に読んだ「樹木」の構成と瓜二つなのだ。否定の連続（Aだ。いや、そうではなくBだ。いや、やはりAだ）という図式が「衣服」にも当てはまるように思える。A（派手な衣服は日常的に着られるものではない）、いや、B（若い娘たちは着ている）、それでも、A（着たくないと思える瞬間がある）という流れである。

「樹木」を読んだとき、「人の命は樹木と同様に儚（はかな）いものだ、いや、そうではなく大地に根ざしている、いや、実際は矢張り、押せば倒れるくらい儚いものだ」という否定の連続を通して、「人の命は儚いものだ」という帰着点に達したつもりでいた。ところが、今回、「衣服」を読んだ後、第三パラグラフのメッセージをそのまま受け容れることは誤りなのではないかと気づいた。つまり、A－B－Aの流れのなかで最終的にAだと断定するのではなく、A－B－A－B……という具合に、「Aを決着点と見るのではなく、事態は動いてAから再びBに移る」、あるいは、「AとBとの間で揺れ動いている」と捉えるべきではないか。

華やかなパーティーから帰宅した娘たちは、アクセサリーを外し、ドレスを脱ごうとした瞬間、そのしわくちゃになったドレスだけでなく、疲れきった自分の顔を見る……。カフカの描く若い娘たちに起きたことは、往々にして現在の私たちにも起きる。今までに何度となく味わった感覚だ。例えば、結婚式が終わり家に帰り、白のネクタイを外しながら自分の顔を鏡の中に見る。そこに見えるのは安堵と不安の入り混じった顔だ。あるいは、葬式に参列後、黒のネクタイを外しながら鏡を覗いたとき、そこに映し出されているのは絶望と後悔と安堵の入り混じった顔……。

鏡を見るまでもなく、日常ではそれほど抱かない不安や虚脱の気持ちを、そのような特別な機会に感じることがある。非日常的な出来事のなかにこそ、人生の真実のかけらが垣間見られる。非日常性は永続しないからこそ、非日常的と形容できるのであろう。特別な日の翌日は再び日常に戻るということだ。生きるということは、まさにこのことの繰り返しなのかもしれない。

「Aだ、Bだ」と断定せず、「AがBになることもあるし、BがAにもなりうる」と考えたほうがよいかもしれない。ただし、その変わり目／移り目に敏感でありたい。なぜなら、そこに真実が隠されているかもしれないから。カフカは、そうしたことを「ぼく」に代弁させたのではないか……。

そのようなことを考えているうちに、「sie が何を指すか」という問題は、どうでもよいと思えるようになった。強いて言えば、時間の経過とともに古びて、皺が寄り、埃が付いてしまうのは衣服であり、若い娘たちであり、私たち一人ひとりなのかもしれない。普段は気づかなくとも、ある日、何かの折に気づく。しかし、翌日には日常の暮らしに戻り、忘れてしまう。そして、ヨレヨレになっていく我が身が見えなくなる。いや、見ようとしなくなる。

◆少々ワインを飲みすぎはしなかったか（カフカ「走り過ぎていく者たち」）

カフカの小篇のなかには、鮮やかな情景を後々まで読者の脳裏に残すものが多い。そのような作品の一つ「走り過ぎていく者たち」（『観察』の十番目に所収）を池内紀訳で読んでみたい。

走り過ぎていく者たち

夜、狭い通りを散歩中に、遠くに見えていた男が――というのは前が坂道で、それに満月ときている——まっしぐらに走ってくるとしよう。たとえそれが弱々しげな、身なりのひどい男であっても、またそのうしろから何やらわめきながら走ってくる男がいたとしても、われわれはとどめたりしない。走り過ぎるままにさせるだろう。

なぜなら、いまは夜なのだから。前方がのぼり坂で、そこを明るい月光が照らしているのは、われわれのせいではない。それにその両名は、ふざけ半分に追いかけ合っているだけなのかもしれないし、ことによると二人して第三の男を追いかけているのかもしれず、先の男は罪もないのに追われていて、ことによると背後の男が殺したがっており、とすると、こちらが巻き添えをくいかねないのだし、もしかすると双方ともまったく相手のことを知らず、それぞれがベッドへ急いでいるだけなのかもしれないのだし、あるいは夢遊病者かもしれず、ひょっとすると先の男は凶器を持っているかもしれないのだ。

それにそもそも、われわれは綿のように疲れていないだろうか。少々ワインを飲みすぎはしなかったか。第二の男も見えなくなって、ホッと胸をなでおろす。

（フランツ・カフカ（著）池内紀（訳）「走り過ぎていく者たち」『カフカ小説全集４　変身ほか』白水社、二〇〇一年、二二四～二二五頁）

満月の夜、狭い坂道、二人の男——。「何が起きているのか、これからどうなるのか」と読者はハラ満月の夜、細い道を行く二人の男、そして、その男たちを見守る主人公。そうだ、「ごんぎつね」の一場面だ。何十年前に読んだにもかかわらず、情景が今でも鮮烈に浮かんでくる。早速、書棚に向かう。まだ「断捨離」は済んでいなかった！　読者の皆さんも久しぶりにご一読のほど――

月のいい晩でした。ごんは、ぶらぶらあそびに出かけました。中山さまのお城の下を通ってすこしいくと、細い道の向こうから、だれか来るようです。話し声が聞こえます。チンチロリン、チンチロリンと松虫が鳴いています。ごんは、道の片がわにかくれて、じっとしていました。話し声はだんだん近くなりました。それは、兵十（ひょうじゅう）と、加助（かすけ）というお百姓でした。

「そうそう、なあ加助」と兵十がいいました。

「ああん？」

「おれあ、このごろ、とても、ふしぎなことがあるんだ」

「何が？」

「お母（かあ）が死んでからは、だれだか知らんが、おれに栗やまつたけなんかを、まいにちまいにちくれるんだよ」

「ふうん、だれが？」

「それがわからんのだよ。おれの知らんうちに、おいていくんだ」

ごんは、二人のあとをつけていきました。

(『校定　新美南吉全集　第三巻　童話・小説Ⅲ』大日本図書、一九八〇年、「ごん狐」、一二〜一三頁)(付記　一部、仮名遣いを変更。)

しばらくして、お念仏を終えて帰る兵十と加助のあとを、ごんは再びついていく。すると加助の口から、「さっきの話は、きっとそりゃあ、神さまのしわざだぞ」という言葉が飛び出す。びっくりする兵十に加助は、「おれは、あれからずっと考えていたが、どうも、そりゃ、人間じゃない、神さまだ、神さまが、お前がたった一人になったのをあわれに思わっしゃって、いろんなものをめぐんで下さるんだよ」と畳みかける。「そうかなあ」と首をかしげる兵十に、加助がさらに「そうだとも。だから、まいにち神さまにお礼を言うがいいよ」と駄目押しをする。そして、この場面の締めくくり——

ごんは、へえ、こいつはつまらないなと思いました。おれが、栗や松たけを持っていってやるのに、そのおれにはお礼をいわないで、神さまにお礼をいうんじゃぁおれは、引き合わないなあ。

(「ごん狐」一四頁)

さて、カフカの小篇と新美南吉の「ごんぎつね」に共通するものは何だろうかと考えてみた。状況設定だけなのか――。しばし考えたところ、共通点として二つのことが浮かび上がってきた。

一つは、人の動きや物の有り様が具体的であること。その結果、読者の記憶に永く残るのだろう。「走り過ぎていく者たち」という断章の中でさえ、カフカは状況や登場人物に関する様々な情報を読者に提供してくれる。散歩中の通りは行く手が上り坂になっていて、満月の光に照らされている。こちらに走ってくる男が弱々しげで酷い身なりなのかどうか。その男の後ろから来る男は大声で叫んでいるか。この二人はふざけて追いかけっこをしているのかどうか。あるいは、第三の男を追っているのかどうか。二番目の男は人殺し？　二人は全くの赤の他人？　または夢遊病者？　最初の男は武器を所持？

カフカの中長編を読めば、具体性がさらに深化していることに気づく。二、三の例を挙げるだけで十分であろう。「変身」では、ベッドから下りようとするグレゴール・ザムザの必死な姿。「流刑地にて」では、非情なまでに精確に動く処刑システムの歯車。『審判』では、石切場でKが殺される際に二人の男の間で行き来する肉切り包丁の動き。

一方、新美南吉の作品における具体性はどうだろうか。何十年前に読んだ覚えのあるこの作品には、残影として蘇ってくる場面がいくつかある。いたずら好きなごんが、兵十のびくから魚をつかみ出し川へぽんぽん投げ込んだあと、太いうなぎをつかもうとする場面。頭をびくの中に入れて、うなぎの頭を口にくわえると、うなぎがキュッと言って、ごんの首に巻きつく。あるいは、六地蔵さんのかげに隠れたごんが、兵十の母親の葬列を見つめる場面。カーン、カーンと鳴る鐘の音、赤い布（きれ）のように咲いている彼岸花、白い着物の葬列、踏み折られた彼岸花、そして、白い裃（かみしも）を着けて位牌をささげる兵十にフォーカスが当たる——


いつもは赤いさつま芋みたいな元気のいい顔が、きょうは何だかしおれていました。

「ははん、死んだのは兵十のお母（かあ）だ」

ごんはそう思いながら、頭をひっこめました。

その晩、ごんは、穴の中で考えました。

「兵十のお母は、床についていて、うなぎが食べたいと言ったにちがいない。それで兵十がはりきり網をもち出したんだ。ところが、わしがいたずらをして、うなぎをとって来てしまった。だから兵十は、お母にうなぎを食べさせることが出来なかった。そのままお母は、死んじゃったにちがいない。ああ、うなぎが食べたい、うなぎが食べたいとおもいながら、死んだんだろう。ちょッ、あんないたずらをしなけりゃよかった」


（「ごん狐」一〇～一一頁）

この物語を読む小学生の心に最も残るのは、おそらく、ごんが兵十の火縄銃で撃たれる最後の場面であろう。鈴木三重吉の補筆があったようであるが、一七歳の著者の描くこの場面には具体性が溢れている。


兵十は、立ちあがって、納屋にかけてある火縄銃をとって、火薬をつめました。

そして足音をしのばせてちかよって、今戸口を出ようとするごんを、ドンと、うちました。ごんは、ばたりとたおれました。兵十はかけよって来ました。家の中を見ると土間に栗が、かためておいてあるのが目につきました。

「おや」と兵十は、びっくりしてごんに目を落しました。

「ごん、お前だったのか。いつも栗をくれたのは」

ごんは、ぐったりと目をつぶったまま、うなずきました。

兵十は、火縄銃をばたりと、とり落しました。青い煙が、まだ筒口から細く出ていました。


（「ごん狐」一五頁）

もう一つの共通点は、「物語性」ということであろうか。言い換えれば、両著者の作品では、登場人物と読者の間を語り手が巧妙に繋いだり、故意に引き離したりしている点だ。「走り過ぎていく者たち」

では最終パラグラフで語り手がズッコケ発言をして一挙に話を終えてしまう。つまり、これからサスペンスのドラマが始まると思いきや、語り手は「疲れている」とか「ワインを飲み過ぎた」とか奇妙な言い訳をしてストーリーをプツンと切ってしまう。遠くからこちらへ走ってくる男たちについて、いろいろ想像をめぐらせるのだが、最後の一文で「第二の男も見えなくなって、ホッと胸をなでおろす」と急転直下、現実にもどってしまうのだ。想像から現実への急激な転換で、読者は置き去りにされてしまう。ましてや、「ぼく」や「私」ではなく、語り手が「われわれ（wir＝一人称複数形）」になっているではないか。そもそも読者は語り手の話が正しいと思って向き合っているはずなのだが、こんな調子ならば「われわれ」などという語り手を信じることはできない。読者を小馬鹿にして煙に巻くなんて！　拍子抜け以外の何ものでもない。

——しかし待てよ、ここにこそカフカの書き方の原点があるのではないのか。そして、カフカの文学が現代においても読者を惹き付けるのは、まさに、この手法によるのではないか。

語り手が全知全能の神のように真実を語り、読み手は語られたことをそのまま受け容れる——。それに対し、カフカの目論見は別のところにあるのかもしれない。つまり、一つのこと（真実と呼んでもよい）の見方は一つだけではないということを読者にそっと示す——。

例えば「変身」の読者は、主人公グレゴールの言い分を当然正しいものと信じて語り手や母親の言葉を聞いている。ところが、勤め先の支配人が現れ、突如、別の見方があることを知らされる。つまり、長い間、仕事一筋で働いてきたとするグレゴール側の主張を真っ向から覆す形で、この上司はグレゴールの勤務実態が思わしくないという事実を家族に突きつけるのだ。読者も慌てふためく。あれれ、こんなはずはない。「あの子は仕事のことしか頭にないんですからね……」と母親が息子をかばって支配人に言っていたではないか。それなのに突然、その上司がグレゴールに対して次のように言い放つ。

ご両親に不要な心配をかけ、そして、これはついでに是非言っておきたいことなんですが、とんでもないやり方で仕事上の責任を放棄する。(...) このところ、あなたの仕事の成績は思わしくなかった。今は売れる季節ではないことは我々も認めます。でも、全く商売のできない季節というのは存在しないのです。ザムザさん、それはあってはならないことなのです。

(多和田葉子(編・訳)「変身(かわりみ)」、『ポケットマスターピース1　カフカ』集英社文庫、二〇一五年、二〇～二一頁)

グレゴールと母親の主張、そして支配人による勤務実態の暴露。両者は衝突するだけで何の解決も見られない。両者の言い分が交差することなく、ただぶつかり合っているだけ、そしてそのまま時間が経過していく――。このようなことはSNSはじめ新聞やテレビというメディアでは日常茶飯事ではないか。あるいは、職場、学校、家庭においても、しばしば見受けられることではないか。真実の見方は一つだけに限らないのかもしれない。むしろ、カフカの描き方によってこそ真実を映し出すことができるのではあるまいか。

妻の気持ちと夫の気持ちがちぐはぐだったり、親子の思いがすれ違ったりすることは大いにあり得る。例えばカフカの「判決」では、ペテルブルクに住む友人のことが主人公ゲオルク・ベンデマンの視点から語られる。読者は当然のこととしてゲオルクと友人との関係を受け容れながら読み進めていく。ところが、この友人のことを話した途端、父親が反撃する。

どうして嘘をつく。つまらんことじゃないか。馬鹿な話じゃないか。嘘はやめろ。おまえ、ペテルブルクに友人などいやせんだろう?

(池内紀(編訳)「判決」『カフカ短篇集』岩波文庫、一九八七年、一二一～一二三頁)

驚くのはゲオルクだけではない。読者である私たちも動揺する。あれ、今までの話とは違うではないか? 主人公や、その友人について語り手の話してきたことは嘘だったのか。それとも、父親がでたらめを言っているのか。別々の視点からの言動が明らかにされていきながら――しかし解決されることなく――事態は進行していく。う～ん、このようなことは私の家族内でも何度となく繰り広げられてきたかもしれないな～。

さて、「物語性」について、「ごんぎつね」の場合には、どのようなことが言えるだろうか。物語の原点が「語り」であることに留意して、この童話の冒頭部分を確認しておきたい。

これは、私が小さいときに、村の茂平というおじいさんからきいたお話です。
むかしは、私たちの村のちかくの、中山というところに小さなお城があって、中山さまというおとのさまが、おられたそうです。
その中山から、少しはなれた山の中に、「ごん狐」と言う狐がいました。

（「ごん狐」七頁）

いたずらぎつねとして読者の前に現れたごんが、ふとしたことから自分のしたいたずらに気づく。その後、罪滅ぼしに栗や鰯を兵十の家にこっそり持っていく。ところが、カフカの小篇のアナロジーとして挙げた月夜の場面が来た後、最終的に兵十はごんを火縄銃で撃ち殺してしまう。読者（主に小学生だろうが）はハラハラしながら最後の場面まで読むことになる。「兵十、やめて！　このキツネは悪いことをしたと思って、栗や鰯をここに持ってきているんだから。撃たないで！」。ところが兵十は、栗や鰯は神さまが持ってきてくれたと思い込んでいる。「こないだうなぎをぬすみゃがったあのごん狐め、またいたずらをしに来たな。ようし」と言ってから、火縄銃に火薬をつめ、足音をしのばせて近寄り、戸口を出ようとするごんをドンと撃つ。

ごんの思いと兵十の思いが交わらないまま、話は最後の場面に来てしまう。読者である小学生は、ごんと兵十の関係を通して、自分と他の人との間には異なる思いや感じ方があることに気づくかもしれない。そこにこそ「ごんぎつね」の作者の狙いがある。登場人物（ごんと兵十）の行動や心模様を読者は逐一つかんでいる。そして目の前で起きようとしていることを予期しながら、止めることもできずオロオロしている。

引用文の冒頭に示されているように、ごんぎつねについての話は語り手の「私」が小さいときに村の老人から聞いたという設定である。つまり、語られた話を語り継ぐという形で物語が進行する。二番煎じゆえに話の内容が薄まってしまうどころか、おじいさんの頃の話が今まさに「私」によって語られることで、読者の心にストンと落ちてくる。語り手を二重にすることによって、「私」という語り手の一方的な話ではないという気持ちを読者に抱かせるのだ。「ごんと兵十の間に起きていることは、どうも他人事ではなさそうだ……」。そのように考え、読者の気持ちは登場人物に寄り添うことになる。

そして、ごんの思いと兵十の思いを平行状態に保っておいて——換言するならば、舞台上の登場人物自身は真実を知らされていないが、観客は何が起きるか分かっている状態で——最後に火縄銃の場面を用意する。読者は知らず知らずのうちに語り手に誘導されているのだ。

新美南吉の「ごん狐」が『赤い鳥』の入選作となったのは一九三二年（昭和七年、南吉一八歳の時）のこと。その二年後、南吉は最初の喀血。それから十年少したった一九四三年（昭和一八年）三月二二日、咽喉結核で死去。享年二九。カフカの三〇年後（一九一三年／大正二年）に生まれ、喉頭結核によるカフカの死去（一九二四年）の一九年後に亡くなったことになる。

亡くなる少し前の一九四一年（昭和一六年）、二八歳の南吉は『早稲田大學新聞』（一九四一年一一月二六日）に一篇の童話論を寄稿している。「童話に於ける物語性の喪失」と題された文章の抜粋を以下に示しておく。

現代ではすべての文筆家が多かれ少かれ何等かの条件乃至は制限を加えられて書くことを要求されるのである。（・・・）ジヤアナリズムのかかるやり方が害毒を流してしまった。（・・・）ここから文学が貴重なものを失った事実は、容易に首肯される。文章をひきのばす努力のため、簡潔と明快と生気がまず失われ、文章は冗漫になり、或いはくどくなり、或いは難解にして無意味な言葉の羅列になった。同時に内容の方では興味が失われ、ダルになり煩瑣になってしまった。これらをひっくるめて物語性の喪失と私はいいたい。

文学一般が物語性を失ったため、「児童文学も見よう見まねで堕落してしまった」と南吉は以下のように続ける。

今日の童話を読んで見るとその物語性の殆ど存していないことに人は気付くだろう。(...)何故口で語られる童話と紙に印刷される童話が全然別種なものとされねばならぬのか。私には紙の童話も口の童話も同じジヤンルだと思われる。紙で読んで面白くない童話は口から聞かされても面白くない。口から聞かされてつまらない童話は紙で読んでもつまらなくない筈がない。

童話はもと――それが文学などという立派な名前で呼ばれなかった時分――話であった、物語であった。文学になってからも物語りであることをやめなかった。

そして南吉は、アンデルゼンやソログーブの童話の例、あるいはフランクリン、ディケンズ、ゲーテが自分の書いたものを友人たちに読み聞かせた例を挙げている。そのうえで以下のように小論を締めくくる。

これらのすぐれた文士達は、こうして、文体の簡潔、明快、生新さ、内容の面白さを失わぬように努めた。これは昔風な馬鹿正直なやり方のように見える。しかし、今日、童話が物語性を再び身につけるには、少しでも話の内容なり文章なりが退屈になればすぐ聴手がごそごそしはじめるので全然作家のひとりよがりを許さない。この厳しい方法が最もよいと思う。

（「童話に於ける物語性の喪失」『校定　新美南吉全集　第九巻　戯曲・評論・随筆・翻訳・雑纂』大日本図書、一九八一年、二四二～二四五頁）（付記）一部、仮名遣いを変更。

ところで、「ごんぎつね」の制作過程を調べた際、興味深いことが分かった。この作品の原型は、南吉が半田中学卒業後、半田第二尋常小学校で代用教員をしていた一七歳の頃、子どもたちに語ってきかせた話のようだ。当時の教え子の一人が思い出を以下のように記している。

私が「ごんぎつね」の話を直接先生から話して戴いたのは、尋常六年生で確か昭和六年の初夏の、雨の降っている体操の時間であった。（中略）どんな筋であったかも忘れてしまって、ただ最後の「青い煙が、まだつつ口からほそくでていました」という結びのところを、例の丸い目をさらにまん丸くして、口をとんがらし、両手で煙の上がるさまを手真似して、声を落として話を結ばれたあの強烈な感銘が、三十年近い今日もはっきりと頭の中に残っている。

（「ごん狐」二一頁）

さて、「走り過ぎていく者たち」と「ごんぎつね」の間にある共通点を二つに絞って考えてきた。具体性と物語性という特徴を追っていくなかで、魅力的な物語にとって「語り」という要素が不可欠である点に気づくことができた。

再度カフカにもどって締めくくることにしたい。カフカは自分の書き物を人前で朗読することが好きだったようである。『判決』や『流刑地にて』は公の場で朗読している。『判決』は未発表作品として一九一二年一二月四日、プラハのシュテファンホテルで、一方、『流刑地にて』は一九一六年一一月一〇日、ミュンヘンの文学サロンで朗読（S.Fischer, *Franz Kafka: Kritik und Rezeption zu seinen Lebzeiten 1912–1924*, S.Fischer Verlag, S.112 und S.118　S・フィッシャー著『フランツ・カフカ：生前発表作品（一九一二年〜一九二四年）の批評と受容』）。

『判決』の朗読については、フェリーツェ宛の手紙（一九一二年一二月四日から五日への夜）で以下のように記している。

ぼくは朗読するのが恐ろしく好きで、聴衆の待ち受けている注意深い耳のなかにどなるのは、あわれな心臓を喜ばせてくれます。
（マックス・ブロート（編）城山良彦（訳）『決定版カフカ全集11　フェリーツェへの手紙Ⅰ』新潮社、一九八一年、一三七頁）

聴衆の一人はカフカの朗読に感激したらしく次のように述べている。「薄暗い会場で淡々とながら鬼気迫る魔力をもって朗読した著者カフカの姿が、二十年以上経った今でもなお目の前に浮かんでくるようだ」（S・フィッシャー著『フランツ・カフカ』一一三頁）。

ところが『流刑地にて』の朗読については、芳しい講評が多くない。グロテスクな内容であるというだけでなく、カフカの朗読が下手だったというのだ。失神した女性を運び出すため会場がざわついただけでなく、ゾッとする場面に差しかかると席を立つ婦人が次々とあらわれたようである（S・フィッシャー著『フランツ・カフカ』一一九〜一二〇頁）。恐らくこれもカフカの思う壺だったのではないかと推測したら、考え過ぎだろうか。

私的な集まりでも、恋人、友人、両親の前で自作の物語を朗読したという記録が残っている。恋人のフェリーツェ・バウアーに「ブルームフェルト、ある中年の独身者」の一部を朗読したようである（『フェリーツェへの手紙II』新潮社、六二九頁）。親友のマックス・ブロートには相当早い時期から自作を朗読していたという証言がある。例えば、一九〇二年ないしは一九〇三年にカフカが『ある戦いの記録』を朗読してくれたとブロートは記している（決定版カフカ全集2　前田敬作（訳）『ある戦いの記録、シナの長城』新潮社、一九八一年、「あとがき」、二七一頁）。また、ブロートやフランツ・ヴェルフェルなど友人の集まりで『流刑地にて』を朗読したと『日記』（一九一四年一二月二日）に書き残している。さらに、両親の前で「火夫」を朗読したという記録もある。そのとき、父親が「この上もなくいやいやながら耳を傾けていた」と『日記』（一九一三年五月二四日）は伝えている。

とりわけ私にとって興味深いのは、カフカが好んで妹たちの前で朗読したことだ。一晩で『判決』を書き上げた後の行動が『日記』（一九一二年九月二三日）に残されている。

二時に時計を見たのが最後だった。女中が初めて控えの間を通って行ったとき、ぼくは最後の文章を書き終えた。電燈を消すと、もう白昼の明るさだった。軽い心臓の痛み。疲れは真夜中に過ぎ去っていた。妹たちの部屋へおそるおそる入ってゆく。朗読。その前に女中に対して背伸びをして言う、「ぼくは今まで書いていたんだ」

（マックス・ブロート（編）谷口茂（訳）『決定版カフカ全集7　日記』新潮社、一九八一年、二一二頁）

朝の六時過ぎ、兄の作った物語を聞かされる妹たちの心境は如何だったろうか。奇妙な作り話を聞かざるを得ない彼女たちの寝ぼけ眼が浮かんでくる。しかし朗読者としてのカフカは、一睡もしなかったにもかかわらず、意気揚々としていたに違いない。「女中」に対して言ったカフカの言葉に、その得意満面の様子がうかがえるではないか。――「ぼくは今まで書いていたんだ」

インスピレーションを得て文字に書き留める。その産物を誰かに伝えたい――できるならば今すぐ。聴き手の反応も愉しみたい。『判決』や『審判』の朗読を聞いた聴衆から笑い声が起こったという記録もある。聴衆と一緒に笑い転げるカフカ。あるいは、聴衆の反応をチラッと見てから、ニヤッと笑い読み進めるカフカ。途中で退席する人がいても、自分の世界に浸っているため気がつかないでいるカフカ。

このような描写は決して誇張ではないだろう。「書く」ことに対するカフカの異常なこだわりの源泉は、まさにこのあたりに見いだされるのではなかろうか。「言葉を駆使するエンターテイナー」という側面がカフカにはあったのだ。

例えば『判決』終盤の場面を思い起こしてみよう。父親がゲオルクに対して、「わしは今、おまえに死を命じる、溺れ死ね！」(池内紀訳)と宣告する場面だ。朗読しているカフカのその時の様子を想像するだけでゾクゾクしてこないだろうか。ちなみに原文のドイツ語では、**Ich verurteile dich jetzt zum Tode des Ertrinkens!** であるが、カフカの声色(こわいろ)や抑揚がどのようであったのか、この場面に差しかかったときカフカは聴衆の方を見ていたのだろうか――。あれやこれや思いを巡らせるだけで愉しくなる。

そのように考えて初めて私は、「走り過ぎていく者たち」の最終パラグラフが理解できたような気がしている。

それにそもそも、われわれは綿のように疲れていないだろうか。少々ワインを飲みすぎはしなかったか。第二の男も見えなくなって、ホッと胸をなでおろす。

読者を小馬鹿にするような締めくくりの言葉ではあるが、著者の立場からすると、読み手(あるいは聴き手)の呆気にとられた顔を見るのが愉しいのだ。そのような意味でカフカにとって、「書く」ことや

「語る」ことは「遊ぶ」ことだったに違いない。「走り過ぎていく者たち」という小篇の場合、第二パラグラフで掻きたてられた想像力は、最終パラグラフで一気に現実に引き戻される。文脈をずらすことにより、段差が生じる。その段差は読者にとって「拍子抜け」と感じられようが、著者は「遊び」とみなしていたのだ。このような段差を生み出すことこそが、カフカにとって最大の喜びだったのではないだろうか。

◆思わずすこしばかり頭をそらせたときに（カフカ「路地の窓」）

引き続きカフカの小篇を読んでみる。今回は「路地の窓」と題された作品で、執筆推定は一九一一年前後（カフカ二七〜八歳）、初出は短篇集『観察』（一九一二年）である。

路地の窓

ひとり寂しく暮らしていて、それでもときおりはどこかに繋がりをもちたいと願う者、一日のスケジュールや、天候や、仕事の都合や、その他もろもろの変化を顧慮するなら、とにもかくにも、だれであれ頼りになる友に会いにいきたいものだと思う者——そのような者は、路地の窓なしでは、到底、やっていくことができないだろう。そして、彼はこんな具合ではなかろうか、とくに何をもとめるというわけでもなく、ただ生きることに疲れた男さながら、窓の外の通行人と空とのはざまにときおり眼をやりながら、腰壁に歩みよる、と。そして、思わずすこしばかり頭をそらせたときに、下で待ちかまえる馬が、車馬と騒音がともなう巷へ、それとともに、ついには人々が睦みあう場へと、彼を引きさらっていくのである。

（フランツ・カフカ（著）平野嘉彦（訳）「路地の窓」『カフカ・セレクション1 時空／認知』筑摩文庫、二〇〇八年、一四頁）

独り暮らしの男が窓から路地の様子を眺めている。「ぼんやりと外を眺める」（第一部）と同じ設定である。男は「彼」と三人称で描かれているが、「私」（作者自身）の目線から眺めた光景（あるいは心象風景）であろう。

この小品で描かれた人物を逆の立場から見た覚えが私には何度もある。散歩の途上、ふと窓ガラスの奥を見ると、お婆さん（不思議なことに、お爺さんではない！）が座っていて、一瞬、視線が合ってしまうことがある。どのお婆さんも寂しげな瞳である。私はギョッとして即座に目をそらし、何ごともなかったかのように歩みを続ける。

もう一つ別の記憶がある。亡き母も晩年、障子を少し開けた窓から外の道路を見ていた。大音量のテレビには目を向けず、ぼ～っと外を見つめていた。しかし、近所の人が通りかかると軽く会釈をすることがあった。会釈された相手は窓の中が見えなかったかのように、そさくさと歩き去る。カフカの小篇に出てくる人物同様、母も寂しかったのだろう。年齢の近い身内や知り合いが一人欠け、また一人欠け……。茶飲み友だちも足腰が弱くなり訪ねてくることができず、とりとめのない話もできなくなり……。子どもや孫は始終話し相手になってくれるわけでもなく……。介護保健制度という得体の知れないシステムに振り回され、右往左往し……。そこから派遣されてくるヘルパーや看護師には無理が利かないし……。

調理が好きだった母は、きっと自分の足でスーパーマーケットに行けた頃のことを頭に浮かべ、悔しい気持ちを抱いていたにちがいない。あるいは、夫の車であちこちの店に買い物に出かけた時のことを思い出していたのかもしれない。隣り村の志村農園で蜜柑を箱ごと買ったり、尻擦り坂上の市場でジャガイモを買い子どもたちに分けたり、岩浦の朝市でアジを買いバケツに詰め込んだり……。

自分が死ぬときになったらどうしたらよいのか……。死んだあとはどうなるのだろうか……。「こんな時に――」と母は想像したかもしれない。「自分の望む所どこへでも連れて行ってくれる乗り物があって、瞬間的に移動できたら、どんなによいか」と。

「路地の窓」で外の通行人を眺めたり、視線を上げて空を見たりしている独り暮らしの男は、「馬が空からやってきて自分をさらっていってくれないものか」と思ったのではなかろうか。「思わずすこしばかり頭をそらせたときに」、斜め向こうから何頭かの馬がやってきて自分を乗せ、路地にまで引きさらっていく。そこには馬車の座席が置かれていて、あたりは巷の喧噪で溢れている。馬車に乗り込むと馬は駆け出し、望んでいた場所に自分を連れて行ってくれる……。そこには家族団欒や、友人との心置きないおしゃべりがある。

平野さんの日本語訳とは少々異なった読み方をしてしまったかもしれない。冒頭に提示した訳によると、「（彼が）思わずすこしばかり頭をそらせたときに、下で待ちかまえる馬が……彼をひきさらっていく」としている。この部分の原文を読んでみたい。

... und er will nicht und hat ein wenig den Kopf zurückgeneigt, so reißen ihn doch unten die Pferde mit in ihr Gefolge von Wagen und Lärm und damit endlich der menschlichen Eintracht zu.

（試訳）それから彼は何気なく、ほんの少し顔を反らせた。すると、何ということだ、（斜め向こうから）馬が何頭かやってきて、彼を下の方に連れて行くではないか。路上には馬車の座席が置かれていて、あたりは巷の喧噪で溢れている。そして馬車に乗り込むと、馬は（孤独な窓辺から彼を引き離し）家族や友人のところに連れて行くのだ。

unten は「下の方へ、下の方に」という意味を表す副詞として読みたい。男がたたずむ窓辺の現実世界から、馬が窓辺に駆け上がり男をさらっていくという非現実世界への瞬間移動――。カフカが描きたかったのは、現実と非現実が背中合わせになっている心象風景ではなかったか。そうであるならば、現実世界から非現実世界への橋渡しをカフカは読み手に気付かれないように差し出していまいか。つまり、「彼は何気なく、頭をすこし後ろにそらせる（er will nicht und hat ein wenig den Kopf zurückgeneigt）」という仕草を私たち読者にヒントとして与えているのではないか。

私がこのような読み方をしたのには、フリードリッヒ・バイスナーと粉川哲夫からの影響が大きい。「実存主義的カフカ・アプローチを越えて」という一文で、粉川はバイスナーのカフカ解釈を以下のように紹介している。

カフカの作品は、読みすすめるうちに、「夢」と「現実」、「日常」と「非日常」、「正常」と「狂気」といった認識論的区別が意味をなさなくなってくるが、これは、カフカが決して「夢」を「夢」として描いたり、「現実」を「夢」のように描いたりはせず、まさに映画におけるモンタージュさながらに、質的に異なる世界を、矛盾・対立しあったまま接続し、読者に提示するからである。

（フリードリッヒ・バイスナー（著）粉川哲夫（訳編）『物語作者フランツ・カフカ』せりか書房、一九七六年、

一二九頁）

さらに粉川氏はバイスナーの言う「移り目」を見落とさないよう注意喚起する。

バイスナーが――適確にも――カフカの作品には「客観的、理性的――と仮に言っておく――世界と、過労のため一面的に見られているゆがめられた世界」とがあり、この一方の世界から他方の世界への「移り目」は、明確な場合と「意識的な技巧を用いてぼかされている」場合とがある、と指摘するとき、バイスナーは自分ではそれと知らずにシュールレアリスムやモンタージュの特質にも触れているのである。（前掲書、一二五頁）

現実から非現実・超現実へ移り変わる際の「きっかけ」をカフカは潜ませているというのだ。おそらく書きながらニヤッと笑っていたであろう。「路地の窓」という掌篇の場合、カフカがそれとなく仄めかしてくれたのは「彼は何気なく、ほんの少し顔を反らせた」という文と「下の方に」という語だったのではなかろうか。

◆わが身から悪魔を追い出す（カフカ「サンチョ・パンサをめぐる真実」）

八つ折り判ノートG（一九一七年一〇月～一九一八年一月）に書き込まれ、カフカ没後の一九三一年に発表された「サンチョ・パンサをめぐる真実」という小篇を読んでみたい。ちなみに、このタイトルは親友マックス・ブロートが付けたものである。

言うまでもなく、サンチョ・パンサはセルバンテスの『ドン・キホーテ』（前編一六〇五年・後編一六一五年）に登場する人物で、主人公ドン・キホーテの遍歴・冒険に従士として同行する男である。サンチョは無学・野卑の農夫として描かれているが、騎士道精神に取り憑かれたドン・キホーテの奇行に対して沈着冷静な指摘をする。例えば、主人が風車を巨人と見間違え突撃する際には、以下のように言って愚行を止めようとする。

> おめえ様、待ってくんなせえ。あそこにめえるは巨人でねえ。粉挽場の風車でがすよ。腕とめえるのがね、それ、風でまわって石臼を動かす、翅木だあよ。
>
> （セルバンテス（著）永田寛定（訳）『ドン・キホーテ（正編一）』岩波文庫、一九四八年、一七八頁）

騎士小説を読みふけり狂気にとらわれた挙げ句、世の不正を正すべく立ち上がったラ・マンチャの男（ドン・キホーテ）とは対照的に、従士サンチョ・パンサは、主人が荒唐無稽なトラブルを起こすたびに世間的分別で対応する。理想を追い求める痩せぎすの主人とは全く逆に、地に足のついた考え方をする太鼓腹（サンチョはこの意）の従僕。『ドン・キホーテ』序文の中で、作者が読者に向けて述べている以下のことばを心に留めておきたい。

諸君を、その従士たる評判のサンチョ・パンサと知合いにならせる一事は、ぜひとも恩に着てもらいたいな。（前掲書、九三頁）

さて、カフカはサンチョ・パンサという男をどのように見ているか――。「サンチョ・パンサをめぐる真実」を池内紀訳で読んでみることにする。

サンチョ・パンサをめぐる真実

サンチョ・パンサはとりたてて自慢するでもなく、何年もの間、夕方から夜にかけて騎士道小説や盗賊物語を読みふけり、その結果、自分のなかの悪魔を――のちにドン・キホーテの名を与えたものだが――まんまとわが身から追い出した。そやつはあてもなくバカげたことをしでかしたが、前もって定めておいた――つまりサンチョ・パンサその人であるところの――相手がいなかったので、だれの害ともならなかった。自由人サンチョ・パンサはこともなげにドン・キホーテのお伴をする。おそらく、ある種の責任感である。そしてドン・キホーテが死の床につくまで、とびきり意味深いよろこびを味わった。

（フランツ・カフカ（著）池内紀（編訳）「サンチョ・パンサをめぐる真実」『カフカ寓話集』岩波文庫、一九九八年、四二頁）

刈り込んだ日本語になっている池内訳とは異なり、以下に記す吉田訳は原文に忠実な訳になっている。

サンチョ・パンサは――ちなみに彼はこのことを一度も自慢したことはないが――永年にわたって夕べといわず夜といわず、おびただしい騎士小説、盗賊小説のたぐいをあてがうことによって、のちに彼がドン・キホーテと名づけた彼の悪魔を、自分からみごとそらすことに成功した。そこでこの悪魔は見さかいもなく奇想天外な行動の数々を行なったが、これらの行動も、サンチョ・パンサ自身がなるはずだった「予定された相手」を欠いたために、誰にも害を加えることはなかった。一個の自由人たるサンチョ・パンサは、平静に、おそらくはある種の責任感から、ドン・キホーテの数々の遠征につき従い、その最期にいたるまで、そこから大きな有益な楽しみを享受したのであった。

（フランツ・カフカ（著）吉田仙太郎（編訳）『夢・アフォリズム・詩』平凡社、一九九六年、九四～九五頁）

まず書き出しの文に注目してみよう。池内訳では「サンチョ・パンサは……騎士道小説や盗賊物語を読みふけり、自分のなかの悪魔をまんまとわが身から追い出した」としている。それに対し吉田訳は原文に即し、「サンチョ・パンサは……騎士小説、盗賊小説のたぐいをあてがうことによって……彼の悪魔を、自分からみごとそらすことに成功した」としている。下線部に相当する原文のドイツ語は durch Beistellung である。durch は「～を通して」の意味を表す前置詞。Beistellung は beistellen の名詞形で、「～のために……を使用に供する」の意。池内訳の場合、「読みふける」主体がサンチョであること以外には考えられない。ところが吉田訳を注意深く読むと、サンチョは「誰にあてがったのか」という疑問が生じてくる。彼の悪魔にあてがう？ そうだとしても、どういうことなのだろうか。池内訳でさらりと読んだときには湧いてこなかった疑問である。

そこで、この小篇の英訳版（The Truth about Sancho Panza）を参照してみる。全文を以下に記す。

Sancho Panza—who incidentally has never boasted about this—used to leave out piles of novels about knights and robbers in the evenings and for the long hours of the night, and by doing so for several years he succeeded in distracting his devil, whom he later gave the name Don Quixote, so completely that this devil threw himself into all kinds of crazy exploits, which, because they lacked a definite target—it should have been Sancho Panza—never hurt anyone. Sancho Panza, a free man, calmly followed Don Quixote on his quests, perhaps out of a sense of responsibility, and got a great deal of edifying entertainment from him till the end of his days.

（*The Unhappiness of Being a Single Man: Essential Stories* edited and translated from the German by Alexander Starrit, Pushkin Press, London, 2018, p. 35）

一行目の leave out という句動詞に注目したい。おそらく訳者はドイツ語の Beistellung に相当する名詞または動詞を探して、この句動詞に行き当たったのであろう。ちなみに、手もとにある英和辞典（『ウィズダム英和辞典』）を調べてみると、「（洗濯物など）を外に出したままにしておく、（車など）を外に出しておく」と定義されている。また、『研究社・ロングマン　句動詞英和辞典』は「（物を忘れたりして）外へ出した（残した）ままにしておく、（食べ物などを（人）のために）出しておく、用意しておく」と説明している。

leave out の語義に照らして考えてみると、吉田訳の「あてがう」は以下のように解釈できるのではないだろうか。つまり、「（世間的常識のある）サンチョAが（狂気にとらわれた）サンチョBにあてがう」。一人の人間としてのサンチョはA＋Bであるから、Aが分身のBにあてがうといっても外観としては「読みふける」(池内訳)ことになる。しかし、leave out という句動詞を使うことによって、「サンチョが読みふける」と断定せず、「分身のために用意しておく」と曖昧な表現ができる。もともと原語の Beistellung からは、「サンチョ自身が読みふける」という断定は難しい。一つの語を別の解釈ができる語として、そっと文の中に忍ばせるカフカの手法といえよう。

このように解釈することによって、第二の文の意味が明らかになってくる。「そやつ(ドン・キホーテ)は——前もって定めておいた——つまりサンチョ・パンサその人であるところの——相手がいなかったので、だれの害ともならなかった」。要するに、サンチョAがあってこそのサンチョB(ドン・キホーテ)なのである。どんな奇想天外な行為も対照をなす世間的常識がなければ、奇行とはみなされないということだ。

その流れで次の文(「自由人サンチョ・パンサはこともなげにドン・キホーテのお伴をする」)を読むと、「自由人」の意味が理解されるのではないか。Sancho Panza, ein freier Mann(原文)にしても Sancho Panza, a free man(英訳)にしても、「自由人」という定型表現で置き換えるのではなく、「分身であるBを切り離して自由な身になったサンチョは……」と捉えたほうがよいのではないだろうか。英語に限って言えば、Sancho Panza, who was set free より Sancho Panza, a free man(名詞中心の構文)のほうが、熟(こな)れた表現である。

さらに、「おそらく、ある種の責任感から」という曖昧かつ強調された表現も、「サンチョ＝A＋B」

と考えることによって、具体的なイメージが湧いてくるかもしれない。つまり、もともとA＋Bだった者が、Bを切り離してAだけになれたとしても、A（＋B）という具合に分身Bの残影が付きまとうだろうからだ。人間は誰しも（程度の差こそあれ）「A＋B」の存在であると考えれば、「ある種の責任感」を引きずっていかざるをえまい。人生の一時期、親子、夫婦、きょうだい、師弟、先輩後輩などといった関係にあれば、Bが離れていった後もAは何らかの責任感を抱いていくものと思われる。ましてや、分身であるBを切り離したのであれば、サンチョ・パンサ（A）が「ある種の責任感」を胸に秘めつつ、ドン・キホーテの旅に同行したであろうと推測できはしまいか。

ところで、「おそらく、ある種の責任感から」を「曖昧かつ強調された表現」と察したのには二つの理由がある。一つは副詞の vielleicht である。英語版では perhaps（ひょっとすると）を当てている。この語は、断定を避けつつ、自分の意図を相手に伝えるために使う表現の一つで、英語では softener（語調を和らげる語［句］）という。英語の例を挙げると、Tradition is *perhaps* the most basic concept of conservatism.（伝統は保守主義のおそらく最も基本的な概念だ）。上掲の英和辞典は、「最上級の前で用いられる perhaps は控え目に表現することで逆に判断の正しさを強調する」という注を付けている。同様に、ドイツ語 vielleicht について『小学館独和大辞典』は、「（陳述内容の現実度に対する話し手の判断・評価を示して）ひょっとすると、もしかすると」と定義し、*Vielleicht* hast du dich getäuscht.（もしかすると君の錯覚だったかもしれない）という文修飾の例を挙げている。カフカも「ひょっとすると」上記の効果を狙って vielleicht を使ったのではあるまいか。

さて、「曖昧かつ強調された表現」とした二つ目の理由は、gewiß という形容詞が使われている点である（英語の certain に当たる語。ただし英訳版では a sense of ... で代用）。certain の定義を上掲の英和辞典で確認すると、「通例話し手はわかっているが言いにくいことを婉曲的に言うときに用いる」として、a *certain* person（ある人）の例を挙げている。同様にドイツ語の gewiß について上掲の独和辞典は、「（それを明示せずに）特定の、ある［種・程度・分量の］、なんらかの」と、この形容詞を定義し、ein *gewisses* Örtchen（einen *gewissen* Ort）aufsuchen（【俗】便所へ行く　Ort は「場所」の意）等の例を挙げている。

「おそらく、ある種の責任感から」という箇所のドイツ語は vielleicht aus einem gewissen Verantwortlichkeitsgefühl となっている。責任感に当たる名詞の長さに驚いていてはなるまい。ここでカフカはニヤッと笑っていたかもしれないのだ。この法律用語とも言うべき長たらしい語を用いて、さらに vielleicht や gewissen という口調を和らげる語で煙幕を張りながら、サンチョ・パンサの心境を描いているのではあるまいか。

ここで付言しておきたいことは gleichmütig（「沈着冷静に、落ち着いて、平気に」の意）という副詞が「お伴する」という動詞を修飾している点である。肩の荷を下ろしてホッとした様子のサンチョに感情移入しているカフカがそこにいるようだ。池内訳では「こともなげに」、吉田訳では「平静に」となっている。いずれにしても、騾馬にまたがってドン・キホーテの脇を行くサンチョの姿を私たちも心安んじて想像することができる。

最後に、池内訳で末尾を読み直してみよう。この小篇は、「そしてドン・キホーテが死の床につくまで、とびきり意味深いよろこびを味わった」で終わっている。「サンチョ・パンサをめぐる真実」という題をマックス・ブロートが用意したとおり、まさに主従が逆転していることに着目したい。つまり、サンチョ・パンサの側から見た『ドン・キホーテ』という物語なのだ。

「ドン・キホーテが死の床につくまで」という箇所について、室井光広が興味深い考察をしている。

> キホーテの病が癒え、ただの善人アロンソ・キハーノにもどる時、物語も終わってしまう。だからサンチョは、もういっぺん野に出かけようよ、と臨終の床にある主人に切々と呼びかけるのである。
>
> （室井光広（著）『カフカ入門』東海大学出版会、二〇〇七年、一八七頁）

サンチョA（サンチョ・パンサ）にとってもサンチョB（ドン・キホーテ）が隣りにいなければ、人生という旅は面白くないものになるということだろうか。サンチョAもサンチョBに感化され、次第に「頭がおかしく」なっていったのであろう。人間は誰しも理想と現実のはざまで生きている。ひとりの人間の中でサンチョAとサンチョBは日々、葛藤していると言ってもよいだろう。

「サンチョ・パンサをめぐる真実」という断章的小品を高く評価している批評家がもう一人いる。ヴァルター・ベンヤミン（ドイツの思想家・批評家）である。彼はこの小篇を「カフカのもっとも完璧な文章」と評している。そしてサンチョ・パンサに触れて、以下のように「フランツ・カフカ　没後十年を迎えて」というエッセイを締めくくっている。

分別のある愚か者にして頼りない助手サンチョ・パンサは、彼の騎士を先へ送り出した。ブケファルスは自分の乗り手より長生きした。人間であるか馬であるかは、もはやたいして重要ではない。もし重荷がその背中から除かれてしまってさえいれば。

（付記）ブケファルスは、カフカの小篇「新しい弁護士」に出てくる弁護士。マケドニア王アレクサンドロスの軍馬だったという設定。

（ヴァルター・ベンヤミン（著）浅井健二郎（編訳）『ベンヤミン・コレクション2　エッセイの思想』ちくま学芸文庫、一九九六年、一六三頁）

「もし重荷がその背中から除かれてしまってさえいれば」というベンヤミンの言葉は意味深長である。しかし、「サンチョ・パンサをめぐる真実」というカフカの小篇を読んだ今、その意味するところが焦点を結んできたような気がする。つまり、書く、読む、語るなどという行為を通して、自らの中に潜む毒の部分をいったん外に追いやり、人間も馬も重荷をその背中から除くことができるということであろう。毒（ドン・キホーテ）を外に出すことによって、サンチョ・パンサは心穏やかに冒険のお伴を楽しんだと解釈できそうである。

カフカにとって「文学こそが生きること」だったのである。

第三部　怖さへの気づきが新たな世界への入り口

◆母親の絶句、そしてイルカのコミュニケーション（『武満徹エッセイ選――言葉の海へ』）

大学卒業とともに私は就職し、実家から自動車通勤を始めた。夏のある日、通勤途上で交通事故を起こした。事故のことを電話で伝えた途端、母親は絶句……。その十秒ほどの間が長く感じられたことを今でもよく覚えている。受話器にシグナルが送られてこない。私も言葉を発することができずにいた。しばしの沈黙のあと、声が届く――

ケガは……なかった？

あれから何十年が経っただろうか。事故の記憶も薄れていたころ、武満徹のエッセイに出くわした。イルカがどのようにコミュニケーションを取り合っているかについて書かれたものである。シグナル（イルカの声）そのものより、シグナルとシグナルとの間に流れた間（ま）のほうが大事なのだという。『武満徹エッセイ選──言葉の海へ』(小沼純一編、筑摩書房、二〇〇八年、一三一頁)から引用しておく。

イルカの交信がかれらのなき声によってはなされないで、音と音とのあいだにある無言の間の長さによってなされるという生物学者の発表は暗示的だ。

翻ってテレビのワイドショーをのぞいてみよう。MC(司会者)やコメンテーターたちが流暢にしゃべっている。MCは「放送事故」を恐れて、数秒の間も生じないよう淀みなくしゃべり続ける。コメンテーターは、他のコメンテーターたちに割りこまれないよう、息継ぎを極度に短くする。聞いているこちら(視聴者)が酸欠状態になるくらいだ。

われわれ人間のコミュニケーションは、イルカと比べて何と世知辛いことか。まさに、「ことば、ことば、ことば(Words, words, words.)」(『ハムレット』第二幕第二場)だ。静かに振り返ってみると、日常の言語生活には「人間のコミュニケーション」に関して奇異に感じられることが多い。しかし当然視するあまり、何気なくやり過ごしてしまいがちだ。まともに立ち向かうと恐ろしいことに出くわしそうな予感がするからである。

第三部では、そのような気づきに触れてみたい。

◆どもり（吃音）について（武満徹「吃音宣言」）

「どもり」ということばを見聞きすると、若い頃の苦い思い出が脳裏に浮かぶ。私の甥は五歳の頃、どもり始めた。私を呼ぶときは「こーちゃんおじさん」と言えず、「コッコッコ〜ちゃんおじさん」になってしまう（連発の症状）。虫とりの好きだった甥は、コメツキバッタや蝶々を見つけると、どうしても私に伝えたくて「コッコッコ〜」と絞り出すような声で訴えた。

その頃、姉夫婦の関係は決して良好な状態ではなかった。両親の間に広がる冷え切った空気を全身で感じ取り、甥はどもり始めたのではなかろうか。はっきりしたことは分からない。しかし、最初の甥であるこの子を不憫に思い、長期休暇になると私は甥とよく遊んだ。幸いなことに、夫婦仲が元にもどって数カ月後、甥の吃音はスーッと消えたのである。

（付記）最近の研究によると、吃音は「親のしつけや家庭環境が原因」ではなく、「会話に関係する脳の一部分（運動野）が過剰にはたらくからであり、言語発達の副産物である」ことが確かめられているようだ（『朝日新聞デジタル』二〇二〇年一一月二八日「バイデン氏も悩んだ吃音

――マンガに描いた嘲笑と涙と希望」）。

以上のような経緯があって、「どもり（吃音）」という語に私は否定的な印象を持ち続けていた。ところが、ずいぶん後になって、その捉え方を覆すエッセイに出会った。武満徹「吃音宣言」（小沼純一編『武満徹エッセイ選――言葉の海へ』ちくま学芸文庫、二〇〇八年、二一三～二一七頁）である。「どもりのマニフェスト」という副題をもったエッセイで著者は、どもりの肯定的側面を以下のように述べている。

自分を明確に人に伝える一つの方法として、ものを言う時に吃ってみてはどうだろうか。ベートーヴェンの第五が感動的なのは、運命が扉をたたくあの主題が、素晴らしく吃っているからなのだ。

ダ・ダ・ダ・ダーン。

・・・・・ダ・ダ・ダ・ダーン。

吃ることで自分の言葉を、もういちど心で嚙みしめてみる。内容が空転して吃るのではなければ、まあ、話し方は我慢できるというものだ。

（前掲書、二一五頁）

武満徹は更に一歩進めて次のように断言する――

どもりはあともどりではない。前進だ。どもりは、医学的には一種の機能障害に属そうが、ぼくの形而上学では、それは革命の歌だ。どもりは行動によって充足する。その表現は、たえず全身的になされる。少しも観念に堕するところがない。

（前掲書、二一五頁）

どもりは伝達の父であり母である。どもることでもう一度言葉の生命を　嚙みしめてみる。観念の記号に堕した言葉にふたたび本来の呼び交うエネルギーを回復するために。

（前掲書、二二一頁）

武満は子どもの頃、「どもり」だったようである。七歳のとき、大連にいた家族から引き離され、東京の小学校に入学。中国語やロシア語を話す友だちに囲まれていた環境から突如、日本語だけの学校生活に放り込まれる。戸惑わないはずがない。子ども心に環境の変化は、あまりに大きすぎたのであろう。そのような経験に裏付けられているからこそ、さらに、音楽や言葉についての深い考察に裏付けられているからこそ、武満の「吃音宣言」には説得力がある。

◆急行列車の通過——そのときの静謐

仕事帰り、プラットフォームで友人と話しているところへ下りの急行列車が轟音とともに駅を通過していく。通り過ぎるまでの十数秒間、私たちは会話を中断。ふと横に目を向けると、中学生が数人、何ごともないように手話で語らっている。——静謐そのものだ。

約三〇年経過後でも、この光景は私の網膜に焼き付いている。わずか十数秒間の出来事ではあったが、手話で語らいあう生徒たちが別世界に住んでいるような印象を受けた。空から射し込んできた光が生徒たちだけを包み込み、静かな世界を現出しているようだった。

さらに遡ること二〇年(約半世紀前)、県立の高校に赴任したばかりの私は、この駅の近くにある養護学校を訪問していた。おそらくプラットフォームで見かけた生徒たちの通う学校であろう。訪問は新採用教員研修の一環として行われたものである。県の教育委員会がどのような意図で研修プログラムに養護学校訪問を組み込んだのかは定かでない。しかし、バスで数カ所を巡ったなかで、記憶に残っているのは、ここしかない。新米教員にとって衝撃的な訪問であったことは確かだ。

重度のハンディキャップを背負ったクラスメートが身近にいなかったせいもあって、養護学校の子どもたちを憐れむ気持ちが働いていたのかもしれない。あるいは、教員生活のスタートを切るにあたって、この学校の教職員の働きぶりに目が向き、「大変な仕事だなあ〜」と思わされたのかもしれない。現に、教員として働くようになり苦境に立たされたとき、養護学校訪問時のことが思い出されてきた。そのたび、「出来て当然」という態度で生徒に接するのではなく、一人ひとりの生徒に寄り添う必要があると自分に言い聞かせていた。実際には、「寄り添う」ことの難しさを日々感じていたのだが……。

四半世紀、教員生活を送ってから私が転勤した先は、偶然、この養護学校と同じ下車駅近くにあった。そこで冒頭のシーンに遭遇したわけである。「聞こえない子・聞こえにくい子は、かわいそうだ」とか「言葉が使えないから聴覚障がい者の学習指導は大変だ」と思い込んでいた私にとって、「独自の世界」で静かに、しかも活き活きと生きている生徒たちとの出会いは心に残るものだった。

しかし、その後「多言語・多文化・共生」という言い回しが少しずつ市民権を得るようになっても、手話は言語として認知されにくかった。「口話のほうが優れているから、人工内耳の手術を受け、少しでも聴者（聞こえる人）に近づくべきだ」という考え方が強かったのであろう。つまり、ろう者が自己表現の手段として「手話という言語」を持っている事実に気づかなかったのだ。

二〇一八年の春、「静かで、にぎやかな世界——手話で生きる子どもたち」というテレビ番組を観たとき、私はプラットフォームでのめぐり逢いを思い出した。この番組は、難聴のディレクター・長嶋愛さんが明晴学園（東京・品川区）の生徒たちの日常を取材したもので、文化庁・芸術祭大賞やイタリア賞・シグニス特別賞などテレビ番組コンクールで、いくつかの賞を受賞。長嶋さんの撮った子どもたちは、「聞こえない自分」を卑下することなく、活き活きと豊かに、そして静かではあるが、にぎやかに生きている。手話が言語であることを、この番組は私たちにそっと教えてくれる。

◆希望しないのに希望退職？

ある晩のこと、友人から電話があった。日系アルゼンチン人のHさんからで、声の調子がいつもとは違う。たどたどしい日本語でHさんは次のように訴えてきた。

松原さん、会社の人が言いました。「あなたは希望退職です」って言いました。私は希望していません。それなのに、どうして希望退職なのですか。

突然のことで私も慌ててしまったが、「Hさんが希望するのではなくて、Hさんの退職、つまり辞めることを会社が希望しているという意味なんですよ」というような説明をした覚えがある。Hさんが戸惑うのも無理はない。「希望……」とはいえ実質的には「強制……」であって、日本語が覚束ない外国人労働者にとって理解し難い表現だからだ。

「リストラ（restructuring：再構築）」という短縮語も一時期よく耳にした。「解雇」や「首切り」と言わず、「リストラ」と言ったほうが企業にとって好都合だったのであろう。一九九〇年の法改正によって多くの日系人が働き口を求めて日本にきた。Hさんもその一人だ。母国アルゼンチンの財政状況が悪化し、公務員に対する給与が未払いとなってしまったため、高校教師だったHさんも家族を連れて日本に来た。ところが企業の経営が上手く行かなくなると、非正規雇用の外国人労働者が真っ先に解雇されてしまう。同様のことはリーマンショック直後にも起きた。二〇〇九年、多くの日系ブラジル人が一時金を手渡され、再入国しないという条件で帰国させられている。

企業（時には役所）の使用する宣伝文句に騙されてはいけない。例えば、最近は使われなくなった「サービス残業」も分かりにくい言い回しである。誰が誰に対してサービスするのか、外国人労働者でなくとも首をかしげたくなる表現だ。実態は「無報酬残業」なのだから。

◆Why not? のあとの沈黙

夏休み中の二週間、新採用教員研修の一環として民間の英会話学校で実施されたクラスに通ったときのこと。ひとクラス七人の新米教員を指導してくれたのはK・O先生だった。先生はカリフォルニア州生まれの日系三世。この先生の印象が半世紀後の今でも残っているのにはわけがある。一つはファーストネームが私と同じだったこと。もう一つはユニークな教授法で指導してくれたためだ。一般的に、質問に対する応答が遅れるとヒントを与えたり、次の生徒を指名したりする先生が多い。ところが、K・O先生は生徒から答えが発せられるまで辛抱強く待つという方針を堅持された。私に発せられた質問の一つを今でもよく覚えている――

原子力発電に賛成しますか。

一九七〇年代半ばのことである。実を言うと私は原子力発電について真剣に考えたことはなかった。答に窮して数秒間、沈黙した。しかし、ためらいながら反対（No）の意思表示をした。すると先生は即座にWhy not? と質問。適切な返答ができず私は再び沈黙。五秒……一〇秒……「他の受講生に悪いな」

と思いつつ、反対の理由が思い浮かばない。

先生はというと、教卓のところで腕を組んでジッと待っている。さらに五秒、一〇秒と時間が経過。頭が真っ白になった私は「次の人に質問してくれたらよいのにな」と考える。しかし先生は、うつむき加減で黙って私の答を待っている。やっとのことで、しどろもどろに反対の理由を挙げると、「根拠は？」とたたみかけられる……。

このような授業が二週間続き、新米の英語教員である私は疲労困憊。とはいえ、何かがつかめたという充実感はあった。

この研修に参加する数年前、私はベ平連（「ベトナムに平和を！」市民連合）のデモに加わってアメリカ大使館周辺を歩いていた。数メートル先にはハンドマイクを持った小田実の姿。大使館の前に差しかかったとき、小田氏が英語でスピーチを始めた。骨子は以下のようであったと思う。

あなたがたは独立戦争のとき、英国の横暴に敢然と立ち向かいました。今、ベトナムの人たちも北爆という横暴に立ち向かっています。あなたがたの抵抗が強固であったのと同じように、ベトナムの人々の抵抗も強固です。ささやかな抵抗に思えるかもしれませんが、簡単に押しつぶすことはできません。今すぐ北爆を停止しなさい。

小田実はアメリカ合衆国の歴史を引き合いに出して、ちょっと早口な英語でベトナム戦争に反対する理由を堂々と述べた。これが私にとって消すことのできない心象風景となっている。当時、ロックアウト状態になっていた大学に通うこともできず、気持ちの捌け口が見つからず悶々とした日々を送っていた。そのような日々だからこそ、アメリカ大使館前での体験は私の記憶に残っているのかもしれない。

K・O先生の授業と小田実のスピーチ——この出会いによって私は言語教育において「自己表現」の要素が如何に大切かを教えられた。もっとも、日々の授業において学習者を「自己表現」に導く難しさに悩み続けてきたのだが……。

◆ハノーファー・ユースホステルに忘れ物！

手許に日本ユースホステル協会発行の会員証がある。パラパラとページをめくると、若い頃ヨーロッパ各地を転々とした記憶がよみがえってくる。そのうちの一つ、ハノーファー・ユースホステル（ドイツ）滞在の時の失敗談。スタンプの日付は一九七四年七月三一日から八月二日となっている。

その二年前（一九七二年）、東西ドイツ間の往来が認められたことをニュースで知り、ベルリンの壁を自分の眼で確かめようと思い立ち、ハノーファー経由でベルリンに入ろうとしたのだ。ところが事はスムーズに運ばなかった。

まず、チェックポイント・チャーリー（検問所）での揉め事。持ち歩いていたソニー製の小型カセットテープレコーダーが取り調べの対象になる。スパイ容疑をかけられても不思議ではない。なぜなら、ウォークマンの前身ともいうべきこの録音機は当時、画期的な製品であったからだ。電車の中で操作しているとドイツの若者たちが「それは何だ。見せてくれ」と言い寄ってくることが何度かあった。さらに悪いことに、シベリア鉄道の車内で録音したロシア人の声がテープに残っていた。ちなみに、チェックポイント・チャーリーはアメリカ統治地区とソ連統治地区の境界線上に設置されていた。取調官の尋問・審査は三〇分近く続いたかもしれない。

職業は何？　なぜ持ち込んだのか？　録音した内容を調べるので少し待て。

自分は外国語の教員であること、そして生徒に聞かせるための教材として録音したことを述べ、返してほしいと訴えた。やっとのことでカセットテープレコーダーが戻り検問所を通過できたとき、私は憔悴しきっていた。

このような時に悪いことは重なる。二つ目の災いはユースホステルの受付で起きた。チェックポイント・チャーリーを後にし、西ベルリンのイギリス占領地区にあるシャルロッテンブルク・ユースホステルに到着。このユースホステルだけは日本を出発する前に宿泊予約をしてあったため安心していた。ところが……である。受付で会員証を提示しようとしたとき、リュックサックのどこを探しても出てこない。ベルリンの壁を見たい見たいと熱望するあまり、前の晩から興奮していたのだ。ハノーファーのユースホステルを出発するとき会員証を受け取らずに来たことに思い当たる。一難去ってまた一難。事情を話し宿泊許可を取ってから、電話ボックスに向かう。

今朝そちらからベルリンに出発した者だが、会員証を忘れてしまったため、シャルロッテンブルクのユースホステルに送ってもらいたい。

たったこれだけのことを言うのに長い時間がかかったように記憶している。ペニヒ硬貨の落下音が今でも耳に残っている。

ボチャリ。

今でこそ電子メールやSNSがあるから容易に連絡がとれるが、一九七四年の時点で壁を乗り越えるには電話か手紙しか手段はなかった。ちなみに、東西ドイツ間の電話が通じるようになったのは一九七二年のことである。

一九六一年に建設が始まったベルリンの壁は、様々な悲劇を生み出した後、一九八九年一一月九日に崩壊。そして一九九〇年の東西ドイツ統一。その間、遙か離れた日本の地からベルリンで起きていることに心を寄せていた。そして今でもベルリンのニュースを見聞きするたび、ドイツ語がスラスラ出てこないもどかしさと共に、「ボチャリ」という音が耳に響いてくる。半世紀前のことを振り返ってみて、つくづく思うことがある。「あのように無謀な独り旅は、若い頃だからこそできたのだ」と。

◆色即是空　空即是色（『般若心経』）

色即是空、空即是色についてラジオで男声が解説している。その話しぶりに惹きつけられて私は路肩に車を停め、しばらく聴き入った。詳細は覚えていないが、以下のような話であった。

「色即是空」については無常との絡みで、私たちはおおよそ分かったつもりでいる。だから、このフレーズは単独で使われることが多い。しかし直後に「空即是色」が続いていることを忘れてはいけない。二つのフレーズの連続をどのように解したらよいか――。雲を想像したらよいのではないか。さきほどまで雨を降らせていた雲。この雲がスーっと消えて晴れ上がる。しばらくして、また雲が沸き立つ。つまり、形あるもの（色）としての雲は形を無くす（空）。何もない（空）ところから形ある雲（色）が生まれる。その繰り返しが「色即是空　空即是色」なのではないか。

この男声は「ギャテイ　ギャテイ　ハラギャテイ　ハラソウギャテイ　ボジソワカ」の部分を朗々と吟じて解説を終えた。その直後、「新井満さんでした」というアナウンサーの声。ああ、「千の風になって」の新井満さんではないかと独りで納得し、ハンドルに両手をかけたままジッと余韻を楽しんだ覚えがある。

それから二〇年ほどの歳月が経った。ラジオで聞いた新井満さんの解説で、色即是空、空即是色の意味は漠然とながら分かったつもりでいた。しかし体得できたという実感はなかった。そこで『般若心経・金剛般若経』（中村元・紀野一義訳註、岩波書店、一九七二年）を読み直したり、このフレーズの意味について妻の意見を求めたりもした。この本の話になると妻は「うるさいわね」と声に出して言うことはないが、いかにも迷惑そうな顔をしていた。

そのような折、私は独り旅に出た。行く先は福島県白河市。ポーランドのアウシュビッツに行きたかったのだが、体力的に自信がなかったため、国内にあるアウシュビッツ平和博物館を訪ねることにしたのだ。白河駅下車後すぐに小峰城跡まで歩いたり、谷津田川（やんたがわ）せせらぎ通りを散策したりした。気が付くと、歩数計は二万歩近かった。小原庄助さんが眠っているという墓地の近くに宿をとり、翌朝、記念館に向かった。降車した白坂駅は無人駅。駅周辺で休もうとしたが店らしきものがない。日陰を探し探し、暑いなかを歩くこと十数分、記念館に到着した。木陰で休んでいると開館時刻前にもかかわらず入館させてもらえたため、ひとりでゆっくり展示物を見学。そのうえ、この地に移転した経緯などを館長からうかがうこともできた。

展示資料は一つ一つが胸に突き刺さるものだった。時間をかけて見学してから、猛烈な日射しのなかを無人駅まで引き返す。かなりの強行軍だった。この時点ですでに、「体力を消耗しているな～」という感覚はあった。やっとのことで新白河駅に辿り着き、新幹線に飛び乗る。車内販売のサービスがなくなっていることを忘れていたため、空腹状態が続く。非常食用のチョコレートをかじり、ペットボトルの水を飲む。そしてトイレで……大量の血尿。アレヨ、アレヨと思って見つめている間、始めから終わりまで真っ赤だった。プロセス途中での中断もままならなかった。生まれて初めてだったので、ただただ気が動転してしまった。

翌日、泌尿器科を受診。数日後、検査結果が判明――前立腺肥大の可能性が大きいとのこと。ただし、顕微鏡的血尿が認められる場合、間歇性があるため、自覚症状がなくとも再度診察の必要ありということだった。

「色即是空　空即是色」という例のフレーズ連続の意味が、血尿騒ぎのお陰で体得できた。血尿の後、しばらくして色が消える……色即是空……。しかしまた血の色が現れる。肉眼で見えることもあれば、見えないこともある。顕微鏡が教えてくれる……空即是色……。ああ、これが新井満さんの言う「繰り返し」ということだったのか——。この悟り（！）を小声で妻に告げてみた。すると、「怒髪天を衝く」とはこのことかと思えるほどの勢いで妻が言う。

「色即是空　空即是色」なんてことを言い続けてたから、こんなことになるのよ。

妻の論法はよく分からなかった。しかし反駁することはできなかった。

◆他人事（ひとごと）ではない「変身」（カフカ『変身』）

「色即是空　空即是色」の項を書いてから数カ月経過したころ、また肉眼的血尿が私を襲った。泌尿器科で検査してもらうと、ＰＳＡ（前立腺特異抗原＝前立腺癌のマーカー）の数値が急上昇していた。そこでＭＲＩ検査も受けることになった。空洞つきの台に寝かされた途端、ガガガ、ギギギ、ガーッ、ゴーッと身体の上を器械が動いていく。私はカフカの「流刑地にて」という短篇のことを考えていた。すると、その短篇の不気味な結末に相応しく、私にも前立腺癌という判定が下された。「骨転移(こつてんい)の疑いあり」とのおまけつきである。

その後、前立腺針生検（病理組織診断検査）によるグリーソン・スコア（癌組織の悪性度を点数化したもの）も芳しくないため、精密検査のできる病院に紹介状を書いてもらう。一週間後に出かけてみると、短時間の診察後、担当医は尿道・膀胱鏡検査を行うと言って同意書に署名させた。ゆっくり読んでいる暇もなく、処置室の椅子（拷問台に見えた！）に坐らせられ両脚を開く（後で分かったことだが、「戴石位」と言うらしい）。カーテンの向こうから「じゃあ始めま〜す」という医師の賑々しい声だけが聞こえてくる。これから何ごとが起こるか理解できぬ間にファイバースコープが尿道に——

麻酔はしたのだろうか？　異物が奥に移動するたびに痛みが走る。しばらくして、医師が「ダクトかな」と独り言。意識はハッキリしているため、このような状態でも私は、「尿道のことかな。それとも尿管というのかな」と考えていた。いま思うと信じられないほど英語の単語に耳が反応していたのである。数秒後、「ダクタル」という声がカーテンの向こうで響く。さらに数秒後、「ダクトだ」と駄目押し。

その声は雄叫(おたけ)びのように聞こえた。想定外の驚きだったのだろうか。それとも探そうとしていたものが見つかった喜びだったのだろうか。検査が終了し、再度、診察室に呼ばれ、検査結果を聴く。医師は、いくぶん興奮気味に次のように言った。記憶の範囲内で再現してみる。

あなたの前立腺癌は特別で、前立腺の外側ではなく、左右の前立腺の真ん中にある尿道に出来ている。この導管癌は極めて稀なケースで、全体の五パーセントくらいだ。英語で ductal adeno... of the prostate と言うのだが、普通の前立腺癌より進行が速く、たちの悪い癌だ。

説明（告知！）を受ける側の私にとって、医師の口調は少しばかり誇らしげに聞こえた。特に病名を英語で告げたときの滑らかな発音には、喜びが滲み出ているようだった。確率の小さい癌に巡り会えたからだろうか。宣告された私も何だか嬉しくなるほどだった。

進行の速い癌であるため、その日からホルモン療法の薬を処方すると言う。そして二回目の診察後には、血液検査、尿検査、超音波検査に加えて、心電図や造影剤ＣＴ検査、さらにホルモン療法の一環としての皮下注射……。臍の両側に一本ずつ打ってくれた看護師は、「痛みが出てくるかもしれませんが、遣(や)り過ごしてください」と、退室する私にサラリと告げた。

遣り過ごすべきものが来たのは寝入る前のことだった。ひどい痛みが下腹部を襲う。たまらず睡眠導入剤を飲んで眠りにつく……。そして夜明け前の四時ころ、下腹部の痛みで目を覚ます。仰向け状態では痛みが治まらないので、右側に寝返りを打とうとする。ウムム……今までに経験したことのない辛さ。そこで、作戦を立てる。まず右脚を上方に向けて少し曲げてから、左脚を覆い被せる。同時に、右腕を頭の下に潜り込ませる。ところが、作戦途上で下腹部に疼痛。しばしの休憩後、左側への寝返りを試みる。先ほどと同じ要領で、左脚を曲げてから右脚を覆い被せ、左腕を頭の下に……。再び激痛が襲ったため、左側に傾いた状態のまま痛みを遣り過ごそうとする。数分後、反対側に寝返りを打とうとして、右脚を曲げたとき、右足に痙攣が走る。

痙攣を遣り過ごした後、立ち上がることができるか試してみる。試行錯誤の末、いったん腕立て伏せをして片脚を引きつけ、なんとか立ち上がることに成功。普段、腹筋の働きを意識していないことに気づく。下腹部に痛みがあると、寝返りどころか咳ひとつするのにも苦労するものなのか……。今までどおりの意識はあるのだが、思うように身体が動かない。あれ、待てよ。これに似た描写がカフカの『変身』にあったはずだ。早速、多和田葉子訳『変身』で、この箇所を探してみる。

> 「もう少し眠って、道化の馬鹿騒ぎみたいなことは忘れてしまおう」とも思ったが、また眠るなんてほとんど実行不可能だった。ザムザは右を下にして寝ることに慣れていたが、今の位置から右を下にした姿勢にもっていくことなどとてもできそうになかった。どんなに力をいれて身体を右に

振ってみても、すぐ仰向けに振り戻されてしまう。ばたばたとあがいている脚を見たくないので目をつぶって、百回は同じことを繰り返しただろうか、脇腹にこれまで感じたことのない鈍い痛みを感じ始めたので、向きを変えるのは諦めた。

（多和田葉子（編・訳）「変身（かわりみ）」『ポケットマスターピース1　カフカ』集英社文庫、二〇一五年、一〇頁）

あった～。見つかった～。痛みを抱えながら明け方、こっそりと『変身』を読み直すとは、シュールなように思えようが、まさにリアルな出来事だった。高校生のときからカフカの『変身』は幾度となく読んできたが、今回ほど主人公グレゴール・ザムザに感情移入できたことはない。癌の告知、そしてホルモン治療の注射、下腹部の疼痛――。そのような「非日常」に投げ込まれ、初めて「日常」に思いを致すことができた。実は、日常と非日常は対極にあるのではなく、日常のすぐそこに非日常はあるのかもしれない。背中合わせにあると言ってもよさそうだ。あるいは別の視点から見ると、「非日常の中にこそ、人間の真実や社会の真実が浮かび上がってくる」とも言えよう。そのような真実は、ある日、非日常の中で露顕する。人間の弱さや儚（はかな）さ、そして社会の脆（もろ）さは日常の暮らしに潜んでいるはずだが、私たちは強いて見ようとしない。自覚症状がないことを口実に（正直に言うと、ほんの少しだが十年ほど前から症状はあったのだが！）、私が前立腺癌の存在、いや、進行・転移に長い間、目を向けてこなかったように……。

（付記）ここに書いた一連の出来事は、二〇二〇年三月に起きた。新型コロナウイルスの猛威が世界中の人々を震撼させていた時期である。

◆天国と地獄（シェイクスピア『マクベス』）

前項「他人事ではない「変身」」で書いたとおり、私は泌尿器科の検査を立て続けに受けた。それと並行して呼吸器内科の診察・検査も受けなくてはならなかった。造影ＣＴ検査の結果、右肺に腫瘤（しゅりゅう）が見つかったからだ。悪性腫瘍の可能性が高いらしい。ただし、その腫瘤が原発性肺癌か転移性肺腫瘍かは断定できないとのこと。前立腺癌の治療と並行して肺腫瘤の経過を見ていきましょうと担当医は言う。そこまでの説明は静かに聞いていたのだが、医師の発した次の言葉に私は目眩（めまい）を感じた。

前立腺癌の場合、肺に転移すると、すぐ脳にも転移するんですよね〜。

この医師は不用意に言ったのではなく、専門医としての確信があって私に告げたのであろうが、告げられる患者としては、言葉を失うほど衝撃的であった。「えっ、脳に転移？　どういうこと？　まさか脳に癌が……」と頭の中で堂々巡りの独り言をつぶやいていると、目の前にいる女性は「脳のＭＲＩを来週にでも入れておきましょうか」と畳みかけてきた。ここまで来たら、追い詰められたマクベスの心境である。引き下がることはできない。その挑戦、受けねばなるまいて――

血の流れにここまで踏みこんでしまった以上、今さら引返せるものではない、思いきって渡ってしまうのだ、怪しげな影が、この頭のなかに、そして、それが手にのりうつろうとしている、そうだ、とめることはない、やってしまうのだ、考えるのはあとでよい。

（シェイクスピア『マクベス』第三幕第三場、福田恆存（訳）、新潮文庫、一九六九年、六九頁）

スコットランド王・ダンカンを殺害した後、亡霊に怯え次のステップに踏み出すことができないマクベス。そういう弱気な夫を焚き付け、王位簒奪を完全なものにしようと唆（そそのか）すマクベス夫人。私の場合、スケールは小さく、全く個人的な決断に関する悩みだったのだが、担当医の唆しを受け入れ、脳のＭＲＩ検査を受けることにした。そうだ、「今さら引き返せるものではない」のだ。

さて、前立腺のＭＲＩ検査の結果、「骨転移の疑いあり」という烙印を押されたため、さらに「骨シンチ」という検査を受けることになった。骨シンチ（グラフィー）は、癌が骨へ転移しているかどうかを検出するもので、骨転移病巣に薬剤が集まり画像として確認できるとのこと。放射線科（核医学）に行くと、肩に注射を打たれ、三時間後に検査を受けるよう告げられた。薬剤が全身に浸透するまで、そのくらいの時間がかかるというのだ。

指定された時刻に放射線科に戻ると、ＭＲＩの時のような検査台に寝かされ、三〇分ほどの撮影。その間、何かを考えようとするが、頭の中は千々に乱れてしまう。ところが、聴こうとするわけではないが、若い男性の放射線技師二人の話し声は耳に届いてしまう。仕事の打ち合わせらしいが、時々、笑い声が混じる。壁の時計を見ると……一〇分経過。薬剤が肩の骨、肋骨、背骨、大腿骨に集結する様子を想像してしまう。別のことを考えたほうがよさそうだと思い、身近な人の顔を思い浮かべようと努める……。ようやく二〇分経過。「あと一〇分だ」と思ったとき、かすかに音楽が聞こえてきた。おそらく最初の頃から流れていたのだろうが、耳には入ってこなかった。

タタタタ・タッター　タタタタ・タン・・・タッタンタッター　タタタタ・タタタン　タッタンタッター　タタタタ・タタター

「あれ？　聞き覚えがあるメロディーだな」と思い、曲名を必死に思い出そうと努める。運動会の時に耳にする曲ではないか。それとも、日劇のダンサーが踊るラインダンスのＢＧＭではなかったかな。

しばらく考えた結果、検査終了間際になって、ようやく思い出すことができた。「天国と地獄」だ！残念ながら作曲者は頭に浮かんでこなかった。

このとき私の頭に閃いたのは、「誰が選曲したのだろうか」という問いだった。

前立腺癌は骨に転移しやすいと聞いていたが、薬剤が様々な部位に集まって、ピカピカ光っているのを想像するだけで寒気がする。ああ、それなのに、それなのに、患者の気持ちを考慮せずに、この曲を選ぶとは！　患者にとっては「天国と地獄」ではなく、「天国か地獄」なのだ。

その二週間後、妻と一緒に検査結果の説明を聞きに行った。ＭＲＩ検査での予測どおり、骨シンチでも転移が確認された。帰り道、例のメロディーが私の頭の中で鳴り響いていた。選曲に対する恨み辛みは少しあったが、それ以上に「骨シンチを受ける患者の心を天国に導いたり地獄に突き落としたりという意味で、なんとまあ、絶妙な選曲ではないか」と感心すること頻り。そして、女性ダンサーがするように、片脚ごと交互に膝を曲げないで大きく振り上げてみた。もちろん、前を歩いている妻が見ていないかどうかを確認して、そっと隠れて……。

◆もっと早くから気にかけておくべきだった（カフカ「おそらく私は、もっと早くから」）

「他人事ではない「変身」」の項で述べたとおり、私は七一歳のとき、前立腺癌の宣告を受けた。前兆らしきものはあったのだが、気づかないふりをしていた（自分自身に対して！）。もっと早くから気にかけておくべきだった……。まさに、「後悔先に立たず」だ。癌の治療を開始してしばらく経ったころ、カフカの断章に巡り会った。タイトルは付いておらず、書き出しの文の冒頭部が目次に掲げられている――「おそらく私は、もっと早くから」。この小品を平野嘉彦訳で読んでみたい。

おそらく私は、もっと早くから

おそらく私は、もっと早くから気にかけておくべきところだったのだ、この階段がどのような状態だったのか、ここにどのような関連があったのか、ここで何を予期しなければいけなかったのか、それをどのように受けとめるべきであったのか、ということを。何しろおまえときたら、この階段のことを一度として耳にしたことがないというのだから、と私は、弁解がましく自分にむかっていった。新聞紙上であれ本のなかであれ、もうありとあらゆる事柄が、たえずこきおろされている。しかし、この階段のことに関しては、何ひとつ眼にすることがなかった。そうかもしれない、と、私は、自分自身にむかって答えた。それは、おまえの読み方がおろそかだったということにほかならない。しばしば、おまえは上の空だったし、段落をいくつもすっとばしたりして、それどころか見出しだけで満足したりしていたが、おそらくそこに階段の記事が掲載されていて、おまえはそれを見逃してしまったのだ。そうして、いまになって、おまえは、ほかでもない、自分が見逃したことを必要としている、と。そして、私は、一瞬、立ちどまり、こうした異議について思いをめぐらせた。そのとき、かって子供の本のなかで、あるいは似たような階段について何か読んだことがあるのを、ふと思いだせそうな気がした。それも多くはなくて、どうやらそうしたものが存在していることに言及しているにすぎなかったのだが。それは、全然、私の役にたちそうもなかった。

（平野嘉彦（編訳）「おそらく私は、もっと早くから」『カフカ・セレクション1 時空／認知』ちくま文庫、二〇〇八年、二一四～二一五頁）

「階段」がテーマ？ 変てこな文章だなと思いながら、「階段」の部分を「前立腺癌」で置き換えて読んでみた。現在の私の最大関心事だからだ。

もっと早くから気にかけておくべきだった。この癌がどのような状態だったのか、前立腺癌の発生と日常生活にどのような関連があったのか、不調を感じたとき、何を予期しなければいけなかったのか、宣告を受けたとき、それをどのように受けとめるべきであったのか——

な……なんということだ。カフカは私の病気のことを知っているのか。そんなはずはないと思い返し、読み進めてみる。

この癌のことを一度として耳にしたことがないのだから、と私は、弁解がましく自分にむかっていった。新聞や本には色々な情報があふれているのに、この癌のことに関しては、何ひとつ眼にすることがなかった。そうかもしれない……

そうそう、前立腺が身体のどこにあるかさえ知らなかったのだ。まして、他の持病（複数！）のことが気がかりで、この病気のことは何ひとつ知ろうとしないできた。脳天気な私を見ていたかのように、カフカは筆を進める――

それは、おまえの読み方がおろそかだったということにほかならない。しばしば、おまえは上の空だったし、段落をいくつもすっとばしたり、見出しだけで満足していた。おそらくそこに前立腺癌の記事が掲載されていたのに、おまえはそれを見逃してしまったのだ。そうして、いまになって、おまえはほかでもない、自分が見逃したことを必要としている。

「カフカさん、やめてくれ、これ以上私を非難しないで！」と呟きながら、目はさらに先を読み進めてしまう。

以前読んだ本のなかで、似たような病気について何かを読んだことがある。ふと思いだせそうな気がした。でも、どうやらそうしたものが存在していることに言及しているにすぎなかったのだが。それは、全然、私の役にたちそうもなかった。

「階段」という語が五回言及されているが、「前立腺癌」と差し替えても全く違和感がない。待てよ、「　」の部分に他の語を挿入してもよいかもしれない。例えば、「津波」「豪雨」「難民」「コロナウイルス」「甲状腺」「脳梗塞」「癌」「結核」「原発」「地球温暖化」「高齢化」「少子化」「老化」「死」……。「もっと早くから、あのようにしておけばよかった、こうしておくべきだった」と後悔の念を抱きながら思いつく語はまだまだありそうだ。

この小品を一気に二回読んでしまったが、頭を冷やしてから三読目に入ってみた。新聞や本で読んだことがあるはずなのに、「心ここにあらず」で見逃してしまったと小篇の「私」は自分自身に言い聞かせている。この「私」とは筆者である私のことかもしれない。高校時代、「保健」という科目の授業で身体各部位の名称・位置・働きについて学んだはずなのだが、入試に直接関係ないと考えて、真剣に取り組まなかったのだ。一度だけのペーパーテストの結果、この科目の成績は5段階評価の2だったという記憶がある。

さらに言えば、保健の授業で癌について習った記憶が全くない。真面目に聴いていなかったからだろうか。調べてみると、癌教育が正式に学校の教育内容に組み込まれたのは二〇一七年からということらしい。それにしても、高校を卒業してから今まで、様々な情報が目や耳に飛び込んできたはずだ。それなのに、何も知らないまま馬齢を重ね、七〇歳を超えてしまった。確かに、雑誌・テレビ・ネット情報で前立腺癌に言及していたものがあったのかもしれない。いや、あったはずだ。しかし、「それは、全然、私の役にたちそうもなかった」

よく考えてみると、親戚・友人・知人・同僚のなかで、この癌に罹患した人が何人かいたことに思い当たる。ところが正直のところ、我が身のこととして考えることができなかった。この癌以外で苦しんだ親戚や友人もかなりの数に上る。それでも、まさに他人事だったのだ。カフカの言葉によると、「上の空だった」。仕事に追われていたころ、前立腺癌にかかった同僚の話を聞いても、右の耳から左の耳に抜けて行ってしまった。

癌の告知を受けた今となって、「ほかでもない、自分が見逃したことを必要としている」のだ。そもそも前立腺が自分の体のどのあたりにあるかさえ知らなかった。まして前立腺肥大症と前立腺癌の違いなど知る由もない。何が原因で、この部位に癌ができたのか。何年くらい前にでき始めたのか。手術以外に、どのような治療法があるのか。転移しやすい癌なのだろうか。ステージ4になる前にすべきことがあったのではないか。癌宣告をどのように受けとめるべきなのか。直腸診は三回、ＰＳＡは定期健診のオプションで二回受けたが異常はないと言われてきた。なぜ急に悪化したのだろうか。そもそもなぜ、人間ドックの必須検査項目にＰＳＡが入っていないのか。今まで何十回となく健康診断を受けてきたのに、なぜ医師は前立腺癌について示唆してくれなかったのか。他人を責めても仕方がない。私自身が——

もっと早くから気にかけておくべきだったのだ。

この断章的小品は、いわゆる八つ折判ノート（マックス・ブロート編集による『カフカ全集』では全八冊の創作ノートの第六冊）に書き込まれていたもので、カフカが三四歳のとき（一九一七年）に執筆したようである。一九一七年はカフカにとって多事多難な年であった。『カフカ全集』（一九五八年刊、日本語版一九八一年）の「作品解題と注」のなかで、マックス・ブロートは以下のようにカフカの慌ただしい身辺を記している。

（一九一七年の）前半は、彼にほとんど周期的に現れてくる創作意欲昂進が前年からもちこされ、一九一九年にクルト・ヴォルフ社から出版する短篇小説集『田舎医者』の大半がこの創作ノートその他に書かれた、いわば創作の時である。妹オットラが、前年末自分のために借りていた家を兄に書斎として提供、これが五月初めまで続く。六月、ユダヤ問題にあらためて関心を深め、ヘブライ語を習う。七月、フェリーチェ来訪、二度目の婚約とはやくもその破綻のきざし。八月初旬、喀血。以後七年間、肺結核に苦しむ。九月、妹オットラが父の反対を押切って農場経営を試みようとしたツューラウへカフカも行き、妹の看護を受けながら八箇月滞在する。下旬、フェリーチェ訪れてくる。キルケゴールを集中的に読む。十月半ば、アフォリズムを創作ノートに記入しはじめる。クリスマスに、プラハでフェリーチェと最後に会い、婚約を解消。年末、オットラのことで子供の忘恩をなじる父親と諍(いさか)う。ざっとこんな具合である。

（マックス・ブロート（編）飛鷹節（訳）『決定版カフカ全集3　田舎の婚礼準備、父への手紙』新潮社、一九八一年、三四二頁）

「おそらく私は、もっと早くから」という断章の執筆が、初めての喀血（一九一七年八月九／一〇日）の後であると仮定して再度この小篇を読んだとき、奇妙なことが私の頭に浮かんできた。「階段」には何か秘密が隠されているのではないか――。

日本語訳で「階段」となっている語を原文に当たってみると、Treppe であって、T から始まる。おそらく偶然であろうが、「結核」を表すドイツ語（Tuberkulose）も T から始まる（英語の tuberculosis やツベルクリン＝Tuberkulin も同語源）。ちょっと斜に構えたカフカのことだから、結核のことを書くときでもストレートに「結核」と言及せず、ひと捻りして何か別の単語に置き換えようとしたのではないか。Tから始まる語は何かないだろうか——。ふと窓の外を眺めたとき、視界に階段が飛び込み、Tuberkulose の代わりに Treppe としたのではあるまいか。何の確証もない。ただの妄想である。

しかし、この妄想だけを頼りに『決定版カフカ全集9　手紙 1902–1924』（マックス・ブロート（編）吉田仙太郎（訳）、新潮社、一九八一年、五六六〜五七四頁）に付された年譜を遡及的に読み直してみたい。傍点とゴチックでハイライトした部分を目で追っていただきたい。

一九二四年六月三日（41歳の誕生日の一カ月前）、ウィーン近郊のサナトリウムで**フランツ・カフカ死去**。**喉頭結核**（Kehlkopftuberkulose）**に腸カタルを併発したのが死因**。二カ月前から病状が急速に悪化し、咽頭が腫れて食物が飲みこめなくなっていた。

一九二三年（40歳）冬から春にかけて、ベッドで過ごすことが多くなる。夏はバルト海の保養地にある妹オットラの夏の家に滞在。

一九二二年（39歳）保養のため北ボヘミアへ。上級書記官に昇進するも（二月）、恩給付退職（七月）。

一九二一年（38歳）医学生ローベルト・クロップシュトックを知る。彼は最期までカフカを看護。

一九二〇年（37歳）保険局書記官に昇格するも、病欠・療養休暇が重なる。北イタリアの保養地に三カ月滞在。

一九一九年（36歳）病欠が増える。

一九一八年（35歳）スペイン風邪のため高熱を発し四週間病床に（一〇月）。再び発熱（一一月）。シレジアの保養地に滞在。

一九一七年（34歳）フェリーツェと二度目の婚約（七月）。**初めての喀血**（八月九／一〇日）。肺尖カタルと診断。肺結核の怖れがあり、三カ月の休暇をとるよう警告を受ける。フェリーツェとの婚約を解消（一二月）。

一九一六年（33歳）オットラの借りていた錬金術師（アルヒミステン）小路の小さな家で精力的に文筆活動。

一九一五年（32歳）徴兵検査に合格。ただし、職場に「不可欠」という理由で兵役免除。北ボヘミアのサナトリウムに二週間滞在。

一九一四年（31歳）フェリーツェの家庭で婚約式（六月）。一カ月後、婚約解消。賜暇旅行（七月）。このときに友人と共にデンマークの海水浴場へ（「海辺のカフカ」の写真）。

一九一三年（30歳）副書記官に昇格（三月）。ヴェニスに旅行（九月）。

一九一二年（29歳）ドイツ中央部ハルツ山地の自然療法サナトリウム「ユスト・ユングボルン」で保養（七月）。『判決』を一気に書き上げる（九月二二〜二三日、夜の十時から朝の六時にかけて）。『変

身』の執筆（一一月一七日～一二月六／七日）。

一九一一年（28歳）北ボヘミアへの出張旅行先で、自然療法家の工場主シュニッツァーに会う（四／五月）。マックス・ブロートとミラノ、パリなどへ休暇旅行（八月～九月）。引き続きカフカはチューリッヒ郊外の自然療法サナトリウムに一週間滞在。

一九一〇年（27歳）パリ旅行（一〇月）。観劇のためベルリンへ（一二月）。

一九〇九年（26歳）北イタリアのブレッシャで飛行大会見物。

一九〇六年（23歳）法学ドクトルの学位取得後、前年に引き続きツックマンテルのサナトリウムで保養。


年譜をカフカの死から青年時代にまで逆に読み直すことによって、どのようなことが見えてきただろうか。三つに絞って考えてみたい。

一つめは、カフカが相当な「健康オタク」だったことである。サナトリウムや海水浴場で保養することを好んだ様子がうかがえる（年譜で傍点の箇所を参照）。また、医師である叔父の感化でカフカは自然療法の信奉者になり、菜食を好んだようである（『決定版カフカ全集7　日記』（マックス・ブロート（編）谷口茂（訳）、新潮社、一九八一年、二八頁、一九一一年一二月二七日）。あるいは、サナトリウムでの食事がきっかけで、後年、菜食主義に傾いたという指摘もある（「カフカ文学をめぐる十二章　健康法」池内紀・若林恵（著）『カフによって癒す」という療法に熱心な取り組みをしたようである。

カ事典』三省堂、二〇〇三年、四二〜四五頁)。そのうえ、サナトリウムでの同種療法(ホメオパティ)に共鳴し、「病いを病い

二つめは、最初の喀血に至るまで、結核という病気に本人が相応の配慮をしていなかったということだ。保養地で「健康オタク」の側面を発揮すると同時に、散歩や各種スポーツに勤しんだり、休暇をとり外国旅行に出かけたりしている。しばしば、『日記』や『手紙』で胃の不調を嘆くことはあるが、結核の兆候についての記述は見当たらない。最初の喀血の二年前(一九一五年)には徴兵検査に合格。そして、兵役免除になったにもかかわらず、「戦争が長びいた場合には、兵役免除の取消しをお願いしたい」旨の手紙を上司に渡したと記している(『日記』三五六頁、一九一六年五月一一日)。

もちろん、不治の病いとして怖れられていた結核をカフカが意識していなかったはずはない。現に、「田舎医者/村医者」の中では結核の症状に言及している。この短篇は最初の喀血の前(一九一七年の前半)に執筆され、一九一九年刊行の短篇集『田舎医者』に主要作品として収録されている。

ある晩のこと、村のお抱え医師が、吹雪の中を馬車で往診に向かう。家族に迎えられた後、患者のところへ行くと、健康そのものに見える若者がベッドに寝かされている。ところが、その若者のほうへ歩み寄ったとき——

私はいまようやく気がつく、そうだ、この若者は病気なのだ、と。彼の体の右側に、腰のあたりに、手のひらほどの大きさの傷が口をひらいていた。薔薇色で、さまざまな濃淡があるなかで、中心が濃く、縁に向かって次第に淡くなっていて、ところどころ柔らかい粒状をなしていながら、不均等に鬱血している、そのさまは、さながら露天掘りの鉱山のようである。遠くからみているかぎり、そんな具合である。近づいてみると、さらに重篤な病状が明らかになってくる。小さく口笛でも吹かないことには、だれがいったいそれを正視できるだろうか？　太さも長さも私の小指とおなじくらいの虫の群れが、もともと薔薇色なのだが、それにくわえて血を浴びて、傷の内部に閉じこめられたまま、白い頭と長い足を蠢かせながら、光をもとめて身をよじりつつ、這いまわっている。かわいそうな若者よ、おまえはもう助からない。私は、おまえの大きな傷をみつけだした。おまえの横腹に咲いているこの花のために、おまえは破滅していくのだ。家族は幸福そうだ。彼らは、私が働いているのを眺めている。妹が母親に話しかけ、母親は父親に話しかけ、父親といえば、つま先だって、両手を左右にのばして均衡をとりながら、ひらいた戸口に射している月の光をくぐり抜けてはいってくる、二、三人の客たちに話しかけている。「俺を助けてくれますか？」と、若者は、自分の傷口のなかに存在している生に眩惑されて、すすり泣きながらささやきかける。このあたりの人間は、そんな調子なのだ。いつだって、不可能なことを医者にもとめるのだから。

（平野嘉彦（編訳）「村医者」『カフカ・セレクション1　時空／認知』ちくま文庫、二〇〇八年、九八〜九九頁）

『カフカ事典』（前掲書）によると、この短篇の執筆年は一九一七年となっていて、最初の喀血の前なのか後なのかが明記されていない。いずれにしても、喀血を体験したからこその臨場感・緊迫感が読者に伝わってくる書きぶりである。

三つめは、カフカとほぼ同時代の明治期の俳人・正岡子規（一八六七年／慶応三年〜一九〇二年／明治三五年）の辿った人生との類似点である。カフカの死（一九二四年、満四〇歳）に先立つこと二十年ほど前、一九〇二年に子規は肺尖カタル（結核性の脊椎カリエス／結核性脊椎炎）で亡くなっている。満三四歳であった。子規もカフカ同様、最初の喀血前には一見健康的な生活をしていた。周知のように、捕手として野球にも興じている。最初の喀血（一八八八年／明治二一年八月、二二歳）は、鎌倉旅行の最中であったという。その翌年（一八八九年／明治二二年四月、二三歳）にも子規は、友人と東京から水戸まで徒歩旅行をしている。しかし、その旅行直後の五月、大喀血をし、肺結核の診断。鳴いて血を吐くというホトトギスになぞらえて「子規」と号し、俳人・歌人として活躍。一八九五年／明治二八年、二九歳のとき、日清戦争の従軍記者としての帰途、船中で多量の喀血。その後、容体悪化し、三四歳で、寝返りもできないほどの臥床生活。

一八九六年／明治二九年三月二七日、脊髄カリエスの手術に立ち会った高弟の河東碧梧桐は、子規の病状を以下のように記している。

成程脊髄の中央部に腫物でもなければ、筋肉の膨張でもないエタイの知れない大きな隆起がある。大山が出来たというのも、患者の感覚ばかりでもない、驚くべき贅瘤なのだ。当時、天下無二の国手の手術というのが、鋭く長い漏斗状をした銀色の管に、力に任せて贅瘤の肉へ突き刺す、無造作なものであった。局部麻酔など進歩した方法もなかったのか、患者は身を震わして痛みに耐えていた。突き刺した管をそのまま、さぐりを入れて、中の膿をさそい出すのであるが、刺し込み場所がよくないとかで、二度び管を刺し替えた。

（河東碧梧桐（著）「カリエス手術」『子規の回想』昭南書房、續編（四）、一九四四年、三〇七頁）

手術後、一、二年たったころ、「背中の穴はもう塞がったのかな」と不用意に問う河東に対し、子規は、いつになく荒々しい語気で次のように言ったという。

背中の穴どころか、此頃はお前、臀の方が蜂の巣のやうな穴だらけさ。脊髄カリエスは段々下方に移動して、尾骶骨骨辺に及び、自然に膿汁のハケ口を臀部に求めて、手術もしない膿穴が、皮肉を浸触しているものらしかった。もうそうなっては、膏薬だとか、消毒だとか、内用も外用も、手

> あての方法はない、腰一面綿をあてがって、ソーツと維帯でもして置くだけのことさ、まアなんじゃな、ところどころ柘榴（ざくろ）のような口が裂けていて、そこから二六時、膿がじびじび出てくる、臀なんか大概爛れて腐っているさ。
>
> （上掲書、三〇八頁）

子規の病状と心境を察することができずにいた自らの怠慢を痛感し、河東は以下のように「カリエス手術」の項を締めくくっている。

> モヒ剤を飲んで、一時病苦を忘れる、最後の手段を見付けたのも、その時分であった。劇薬は習慣性になる、そんな常識的なことを言っている場合ではなかった。子規が、なぜもっと早くこれを飲むことを教えてくれなかったか、と、その効果の顕著な話をして欣然としていたのも、実は涙を包む淋しい笑いであった。
>
> （上掲書、三一〇頁。傍点は引用者）

「なぜもっと早く……」と問う子規の心境は如何だったであろうか。河東に対する譴責の心ではなく、死の病に取り憑かれた絶望感・虚脱感だったのかもしれない。歩行不能になった子規は、叔父・大原恒徳あて毛筆の書簡（明治二九年一二月一日付）で、「詩を作り俳句を作るには誠に誂え向きの病気なりとて自ら喜びぬ」と記したそうだ（『産経デジタル』二〇一七年四月四日「正岡子規の未公開書簡見つかる」）。子規の愛した野球の用語を使って言うならば、「スローカーブ」に似たこの表現は、「ストレートの速球あるいは内角のシュート」という球種以上に子規の失意失望を如実に伝えているのかもしれない。

子規の『仰臥漫録』を傍らに置いて、カフカの『手紙』の末尾に付されている「会話メモ～一九二四年」を読んでみた。このメモはローベルト・クロップシュトック（死の間際までカフカの看病をした研修医）がカフカの言葉を記録したものである。当時（一九二四年五～六月、死去の直前）、カフカは喉頭結核のため飲食だけでなく喋ることもままならぬ状態であり、クロップシュトックとの会話は紙上のメモで行われていた。この頃、カフカは激痛に耐えかねてモルヒネの処方を望んだようであるが、そのような病状であるにもかかわらず、周りの人や物に対して最大限の気配りをする様子が、この会話メモの端々に垣間見られる。

看護のため人が部屋に入ってくると、「ドウカ、私ノ咳ガカカラヌヨウ、注意シテ下サイ」というメモを書く。また、植物に対しても気遣いを怠らず、いくつものメモを渡す。いくつか例を挙げてみたい。

　トクニ芍薬ノ世話ヲシテミタイ、トテモヒ弱ダカラ。

ソレニ、らいらっくヲ日向へ。

芍薬ガ花瓶ノ底ニ触レテイナイカ、見テ下サイマセンカ。ダカラ皿ニ入レテオカネバナラナイノデス。

斜ニシテ。モット飲メルヨウニシテヤルタメノ、僕ノ発案ノヨウナモノダ、葉ハ取ッテ。

ナント驚クベキコトジャナイ？　らいらっく（男性名詞）・・・瀕死ノ彼ガ、マダ飲ンデイル、ガブガブ飲ンデイル。

花瓶タチニ押シコメラレテイルトコロ、ソコノ一バン下ノ花ガ苦シマナイヨウニ、気ヲツケナクテハ。ドウスレバイイダロウ。実際、水盤ナンカガ一バンイイカモシレナイ。

（『手紙』五三一〜五三九頁）

一方、子規については『仰臥漫録』冒頭の詞と「病床のながめ」という見出しのついた句を二つ紹介するにとどめたい。

明治三四年九月二日　雨　蒸暑(むしあつし)
庭前の景は棚(たな)に取付(とりつい)てぶら下りたるもの
夕顔二、三本　瓢(ふくべ)二、三本糸瓜(へちま)四、五本夕顔
とも瓢ともつかぬ巾着形(きんちゃくがた)の者四つ五つ

病床のながめ
雨の日や皆倒れたる女郎花(おみなえし)
子を育つふくべを育つ如きかも

（正岡子規（著）『仰臥漫録』岩波文庫、一九二七年、七～九頁）

◆続・もっと早くから気にかけておくべきだった（カフカ「おそらく私は、もっと早くから」）

さて、カフカにもどろう。カフカがこの小篇を創作ノートに記したのは「最初の喀血の後」と仮定して論を進めてきた。なんと、その仮定は間違いであった！　ここまで読み進めていただいた読者に、お詫びせざるをえない。私の仮定は、まさに妄想に過ぎなかったのだ。

もっと早く気づいておくべきだった！

マックス・ブロートの編集による『カフカ全集』（S・フィッシャー社、一九五八年刊）の日本語版（新潮社の『決定版カフカ全集』、第3巻は一九八一年刊）を読んだ後、池内紀（訳）『カフカ小説全集5　万里の長城ほか』（白水社、二〇〇一年刊）に収録されている「八つ折りノートC」（二八〇〜三〇六頁）を読んでみた。この本によると、「もっと早く気をとめておくべきだったのだ」という書き込みは「一九一七年二月、三月」になされているということだ（二八〇頁）。池内訳が手稿に基づく『批判版カフカ全集』（S・フィッシャー社、一九八二〜一九九七年刊行）所収の遺稿集（全二巻）によることからすると、最初の喀血（一九一七年八月九／一〇日）より半年前に書かれたものとして、この小篇を読み直さなくてはいけないことになる。

まず、「最初の喀血に至るまでカフカは結核という病気に無頓着であった」という想定を疑うことから出直す必要がある。『手紙』や『日記』を読み直してみよう。

最初の喀血から約一カ月後の一九一七年九月五日、カフカはマックス・ブロートあての手紙で「田舎医者」に言及している。

マックス、君にお礼を言う、僕は行って本当によかった、君がいなかったらとてもこんなふうにはなっていなかっただろう（＊注）。それにしても君はあそこで、僕のことを軽率だなどと言っていたが、とんでもない、僕は打算がすぎるのであって、そうした手合の運命は、すでに聖書が予言している。しかし僕は不平を言わぬことにする、いつもよりもとくに今日は。しかも僕自身が、このことを予言していたのだ。「田舎医者」のなかの血まみれの傷を憶えているかい？

（マックス・ブロート（編）吉田仙太郎（訳）『決定版カフカ全集9　手紙 1902–1924』新潮社、一九八一年、一八一頁、傍点は引用者）

『手紙』に付された注（＊）のなかでブロートは、「医者へ行ったこと、カフカの病気が初めて確認されたこと」と記している（『手紙』五五〇頁）。この手紙でカフカは、喀血前から自分の運命を作品の中で予言していたと書いているが、作品の中だけであろうか。実のところ、カフカは自らの身体に結核の予兆を感じていたのではあるまいか。

そのような観点から、一九一七年八月（初めての喀血）から一九一〇年（カフカが日記を書き始めた年）にまで遡って『日記』を読んでみた。逆順に読むことによって徐々に明らかになってきたことがある。それは、肺結核という病気そのものの症状（咳・痰・微熱・倦怠感・寝汗）に関する記述はごく僅かだが、死に至る病に繋がる日常生活の不摂生が顕著であるという点だ。特に、一九一六年後半から翌年の前半に至る多産期（前述）には、間借りした寒い部屋で夜通し執筆し、朝の早い時間帯に仮眠してから出勤という生活を送っていたようである。これが直接的な引き金になったのではないか。

過労・不眠・ストレス、そして不規則な生活……。まさに、空気感染か飛沫感染による感染性肺結核発症の条件を自ら整えていたと言ってよいであろう。現代風に言えば、自然免疫力の低下をカフカ自身が日々の生活のなかで準備していたということになろう。肺結核は、最初の感染から一年以上、ときには十年、二〇年あとに発症することもあるそうだが、十年以上も続いていたカフカの不摂生からして、感染・発症の確率はかなり高かったのではなかろうか。ちなみに、一九一八年のスペイン風邪（十月の第二波）に罹患したカフカは高熱を発し危篤状態に陥り、四週間病床に就いていたようである（年譜を参照）。

騒音が気になり神経過敏になったため、筆が進まないため、書くこと・読むことに熱中したため、講演後の興奮で体が熱くなったため、文学上のライバル（ヴェルフェル）の朗読を聴いて反発を感じたため……。さまざまな理由による不眠をカフカは『日記』に書き連ねている。その記述は初めての喀血の遙か以前から始まっているのだ。例えば、一九一三年七月二一日――

眠れない。夢ばかり見て、一睡もできない。今日は夢のなかで、急傾斜した公園のため新しい交通機関を発明した。

（『日記』二二三頁）

次は、よく知られている一九一二年九月二三日の日記を、少し長めに引用しておきたい。カフカが精神的・肉体的に、どのような姿勢で（つまり、ストレスのかかる状態で）執筆に立ち向かっていたかを彷彿とさせる。

この『判決』という物語を、ぼくは二二日から二三日にかけての夜、晩の十時から朝の六時にかけて一気に書いた。坐りっ放しでこわばってしまった足は、机の下から引き出すこともできないほどだった。物語をぼくの前に展開させていくことの恐るべき苦労と喜び。まるで水のなかを前進するような感じだった。この夜のうちに何度もぼくは背中に全身の重みを感じた。すべてのことが言われうるとき、そのときすべての——最も奇抜なものであれ——着想のために一つの大きな火が用意されており、それらの着想はその火のなかで消滅し、そして蘇生するのだ。窓の外が青くなっていった様子。一台の馬車が通った。二人の男が橋を渡った。二時に時計を見たのが最後だった。女中が初めて控えの間を通って行ったとき、ぼくは最後の文章を書き終えた。電燈を消すと、もう白昼の明るさだった。軽い心臓の痛み。疲れは真夜中に過ぎ去っていた。妹たちの部屋へおそるおそる入ってゆく。朗読。その前に女中に対して背伸びをして言う、「ぼくは今まで書いていたんだ」。人が寝なかったベッドの様子、まるでいま運びこまれたとでもいうような。自分は小説を書くときには、恥ずかしいほど低い段階の執筆態度をとっているという、ぼくのこれまでの確信が、ここに確証された。ただこういうふうにしてしか、つまりただこのような状態でしか、すなわち、肉体と魂とがこういうふうに完全に解放されるのでなければ、ぼくは書くことはできないのだ。
（『日記』二一二頁）

不眠が引き起こす慢性的な睡眠不足、疲労、倦怠感、不快感、焦燥、苦悶、絶望……。そして、燃えるような頭痛、腹痛、神経熱や不消化のげっぷ……。さらに、「心臓の衰弱」とか「衰弱した肺」などという言葉が散見される。神経過敏・不眠・頭痛という書き込みが頻繁に見受けられるのだが、その原因は一九一一年二月一九年の日記（朝と夜）にも書かれている。

わたくしは今日ベッドから下りようとしたとき、へたへたと坐りこんでしまいました。わたくしは完全に過労なのです。それも役所のせいではなくて、わたくしの他の仕事のためです。（・・・）責任があるのはわたくしであって、役所はわたくしに対してこの上もなくはっきりした、最も正当な要求を持っております。ただこれは、まさにわたくしにとってのみ恐るべき二重生活で、これから逃げる道はたぶん狂気のほかには何処にもないでしょう。わたくしは今このことを快い朝の光をうけて書いているのですが――
最も幸福なる者にして最も不幸な者であるぼくが、今、夜中の二時、床に就こうとしているときに包まれているこの特別な種類のインスピレーションは（このインスピレーションは多分ぼくがこれをせめて思念することに耐えさえすれば、いつまでも続くであろう）——

（『日記』三二一〜三二二頁）

肺結核感染の条件を自ら整えているかのような不摂生に関する記述が、一九一七年から遡ってどこまで続くかなと思い読み進めてみて、ハッと気づいた。『日記』をつけ始めた最初のころ（一九一〇年）からなのだ。例えば一九一〇年一二月二五日と二六日の日記——

点燈された電球。静かな住い、外の暗さ、目の覚めている最後の短い時間、こういったものがぼくに書く権利を与えてくれる、たとえその権利が一番みじめなものであるにしても。そしてこの権利をぼくは急いで行使する。これがぼくという人間なのだ。

（一二月二五日、『日記』一八頁）

二日半——もちろん完全にではないが——独りでいた。そしてぼくは、人間が変わってしまっていないにしても、やはりもう変わりつつあるのだ。独りでいることは、ぼくを支配する力を持ち、この力はけっして機能を停止することはない。ぼくの内面はほぐれ（差し当り表面だけだが）、そしてもっと深いものを解放する用意を整えている。ぼくの内面のささやかな秩序が回復し始める。

（一二月二六日、『日記』一八頁）

「もっと早くから気にかけておくべきだった」という文章を創作ノートに書き込んだのが、初めての喀血の後であったならば、子規とカフカの屈折した心境には、多少なりとも相通ずるものがあったと述べることが出来るだろう。スタイルこそ違うがカフカのほうは、「階段（Treppe）」というカムフラージュの語を書き留めて、「結核（Tuberkulose）」について自らの心境――後悔の念や恐怖心――をノートに吐露したと考えられるからである。

ところが、初めての喀血の数カ月前にカフカは「もっと早くから……」という小篇を書いていたのだ。身体を蝕む仄かな徴候を漠然とながらカフカは感じ取っていたにちがいない。

結核の症状に関する直接的な記述は『日記』には見当たらない。しかし、親密な人たちに秘密を明かしているのではないかと考え、オットラ（三人の妹のうち最も気の合った妹）にあてた手紙を熟読してみた。すると、意味深長な記述が見つかった。一九一七年八月二九日（初めての喀血から二週間少し経った日）の手紙で、カフカは吐血時の生々しい描写をした後、自らの生活態度を妹に吐露し次のように書いている。

喀血を体験したことを、私はこんな風に考えています。すなわち、間断なき不眠、頭痛、熱っぽい状態、緊張などが私を衰弱させたあげく、私は結核性のものにかかりやすくなっていたのです。偶然にも私はその時以来、Fにも手紙を書く必要がなくなりました。二通の長文の手紙のうちの一つに、非常にいやなとは言えないまでも、ほとんど醜悪な箇所があって、この私からの二通には、今日まで、まだ返事がありません。

これが要するに、この精神的な病気、結核の状況です。ちなみに私は昨日もまた博士のところへ行き、彼は肺の異常音（私にはしばらく前から咳があります）をみとめるにやぶさかではありませんでしたが、なお決然と結核を否認して、結核にかかるにしては、私は年をとりすぎているというのです。

（H・ビンダー／K・ヴァーゲンバッハ（編）柏木素子（訳）『決定版カフカ全集12　オットラと家族への手紙』新潮社、一九八一年、三三二頁。傍点は引用者）

「熱っぽい状態が続き、しばらく前から咳がある」とオットラに告白しているではないか。「しばらく前から」というのが、どのくらい前なのかは判然としない。しかし、この手紙はカフカが結核の予兆を自ら感じていたことの証しになろう。

妹に打ち明けているのならば、二度目の婚約をしたばかりのフェリーツェに吐血前後の経緯を書き送っていないはずはないと考え、『フェリーツェへの手紙』を再読してみた。すると、初めての喀血から一カ月経過した一九一七年九月九日の手紙に記載があった。長い沈黙を詫びたのち、カフカは以下のように記している。

最愛のひと、他ならぬあなたに対して、逃げ口上や少しずつ打ち明けるのはしてならないことです。唯一の逃げ口上は、ぼくが今日まで書かなかったことです。(・・・)この前のぼくの手紙の後二日して、つまり丁度四週間前、ぼくは夜ほぼ五時に肺から喀血しました。十分ひどいもので、十分間またはそれ以上、喉から血が溢れ、もう決して止まらないのではないかと思いました。次の日お医者さんに行き、その時と以後もしばしば診察を受け、レントゲン写真を取り、それからマックスに催促されてある教授にみてもらいました。その結果は、ここでは多くの細かい医学的なデータには立ち入りませんが、ぼくの両方の肺尖に結核があるということです。病気になったことでは、ぼくは驚きませんでした、喀血したことでもそうです。ぼくは不眠と頭痛によってもう長年大病を誘き寄せているので、だから虐待された血が跳び出したわけです。しかしそれが他ならぬ結核であることは、もちろんぼくを驚かせます。今三十四歳になってそれがやって来ました。家族のうちだれ一人先行者もなく、一夜にしてたちまちにです。・・・フランツ

ぼくが今特に状態が悪いなどとあなたが思わないように、補足として・・・全くそうではなく、反対です。あの晩から咳はしますが、強くはなく、時々少し熱があり、時々夜少し汗が出て、少し息切れを感じますが、その他の点ではこの数年の平均よりずっと良いのです。頭痛はなくなり、あの夜四時以来、以前よりほとんど良く眠れます。頭痛と不眠とは、少くとも現在の所、ぼくの知る

最悪のものです。

（マックス・ブロート（編）城山良彦（訳）『決定版カフカ全集11　フェリーツェへの手紙II』新潮社、一九八一年、七〇四～七〇五頁、傍点は引用者）

妹や婚約者への手紙で告白しているとしたら、親友のマックス・ブロートにも喀血前の状況を書いているに違いないと考え『手紙』を読んでみると、案の定、一九一七年九月中旬（初めての喀血から約一カ月後）のブロートあての手紙に、以下のような記述が見つかった。

たえず僕はこの病気の解釈を探している、必死で追っかけてもまだ見つかりさえしていないのだから。ときおり僕は、脳と肺が、僕の知らないうちに了解し合っているような気がする。「これ以上こんなことはないさ」、と脳が言って、五年後に肺のほうは、助ける用意があると言明したのだ。

（マックス・ブロート（編）吉田仙太郎（訳）『決定版カフカ全集9　手紙 1902–1924』新潮社、一九八一年、一八二頁、傍点は引用者）

クルト・ヴォルフ（カフカの作品を刊行した出版人）宛ての手紙にもカフカは病気のことを打ち明けている。

すでに何年もまえから頭痛と不眠症におびきよせられていた病気が、突然とび出してきたのです。これで気が軽くなったような気がします。しばらくの間、田舎へ行きます、というより行かざるをえないのです。

（前掲書、一八〇頁、傍点は引用者）

恋人ミレナ・イェセンスカ（プラハ生まれのチェコ人ジャーナリスト。カフカ小説のチェコ語への翻訳者。ラーヴェンスブリュックの強制収容所で病死）に対しては、同様のことを更に詳しく伝えている。最初の喀血から三年経過後（一九二〇年の夏）の手紙である。

私は当時の私が自分の病気のためにあみだしたもので、私の場合のみならず多くの場合にあてはまる説明だけを思い浮べています。脳髄が、自分に課せられた心労と苦痛にもはや耐えることができなくなってしまった、というのがそれです。脳髄がこう言ったのです、「俺はもう投げた。だがまだここに、身体全体が保持されなくてはどうも困るという者がいるのだったら、どうかこの重荷を少し引受けてくれないか。そうすればまだしばらくは何とかいくだろう」と。そこで肺臓が志願して出たというわけですが、肺としても悪いのはもともとで大した損失ではなかったろうと思います。私の知らないうちに行われたこの脳と肺との闇取引はおそろしいものであったかもしれません。

（ヴィリー・ハース（編）辻瑆（訳）『決定版カフカ全集8　ミレナへの手紙』新潮社、一九八一年、八頁、傍点

は引用者）

さて、ここまで「おそらく私は、もっと早くから」という小篇について考えを巡らせてきたわけであるが、カフカの書き物から発せられる「予言性」に驚かざるを得ない。小篇のなかの「私」は「結核にかかりそうだ、かかっても不思議ではない」と思いつつ、いざ自らの吐きだした鮮血を見て、「もっと早くから気にかけておくべきだったのだ」と歯ぎしりしたのではないかというのが私の推測だった。ところが、『日記』や『手紙』を読んでみると、その鮮血を実際に見る半年前、既にカフカは想像力を駆使して、「田舎医者」という短篇のなかで、そして、「もっと早くから」という小篇のなかで、結核患者の煩悶を描いていたようなのだ。カフカの想像力の逞しさに改めて感服せざるを得ない。

ところで、小篇のなかで「結核（Tuberkulose）」の代わりに「階段」（Treppe）という語を使ったのかどうかという点を再考しておきたい。語の置き換えをサラリとするカフカの表現法について、以下の二点は私たちにヒントを与えてくれる。

一つめは、初めての喀血から一カ月後、一九一七年九月のこと。勤務先の労働者傷害保険協会に長期休暇を申請したとき、カフカは医師と示し合わせのうえ「結核」という病名を避けて、「肺尖カタルと診断されたにつき」と届け出たそうなのだ（池内紀『カフカの生涯』新書館、二〇〇四年、二七八頁）。「結核」

を他の病名で置き換えざるを得ない心理的プレッシャーが働いたのであろう。私の親の世代でさえ、不治の伝染病と認識されていたことを思い起こすと、カフカの気持ちは分からないでもない。

翻って二〇二〇年七月現在、新型コロナウイルス感染の拡がりに戦々恐々としている私たち自身のことを考えてみよう。長期にわたって感染者を出さなかった岩手県に初めてのコロナ陽性者が見つかったとき、その人や勤務先に対して誹謗中傷の言葉が投げつけられた。実は、それ以前から「自粛警察」なるものが各地でコロナ患者に嫌がらせをしていたという報道もある。よく考えてみると、結核も新型コロナウイルスも共に感染症なのだ。未感染者が怖れるのは当然であろうが、最も恐怖心を抱くのは罹患者自身であろう。そのうえ、罹患者は差別・偏見の対象にもなってしまうことがある。この病名を外に向かって使うことには躊躇いが生じるはずだ。

もう一つ、これも後付けになってしまうのだが、一九一七年九月三〇日または一〇月一日付けの『日記』——。以下の記述の中にも、語の置き換えをひそかにするカフカの性向を見いだすことができよう。

ぼくはこの病気をひそかに決して結核とは考えません、少くともさし当り結核とは考えず、ぼくの一般的な破産と考えます。

(『フェリーツェへの手紙II』七〇七頁)

いずれにしても、小篇における語の置き換え（結核から階段）に限って言えば、本人に聞かなくては分からないことであるが……。

（付記）カフカの死からほぼ百年後の二〇二〇年七月、コロナ禍にいる私のもとにカフカからショートメッセージが届きました。この文章は一九一八年春に自撰したアフォリズムの中の一節だそうですから、第二波のスペイン風邪（一九一八年秋）に罹患する前に書いたようです。自らに対する外出自粛の宣言でしょうか。ここにもカフカの予言性が見られると言ってよいかもしれません。

お前が家を出て行く必要はない。じっとお前のデスクに坐って、耳を澄ますがいい。耳を澄ますこともない。ただ待つがいい。待つこともない、すっかり黙って、ひとりでいるがいい。お前の前に世界は姿を現わし、仮面を脱ぐだろう、世界はそうするほかないのだ。恍惚として、世界はお前の前で身をくねらすことだろう。

（フランツ・カフカ（著）吉田仙太郎（編訳）『夢・アフォリズム・詩』平凡社、一九九六年、一九九頁）

◆雄弁は銀、沈黙は金（『維摩経』）

Speech is silver, silence is golden. という英語のことわざがある。金の価値のほうが銀より高いと考えるならば、「雄弁は銀、沈黙は金」ということわざは「雄弁より沈黙のほうに軍配が上がる」と解釈できよう。しかし、銀と金を単純に比較しているのではないことに留意する必要がある。つまり、speech（雄弁）に価値を置くことが、あくまでも大前提なのだ。雄弁の力が十分に発揮された後に、silence（沈黙）の威力が遺憾なく発揮されるということであろう。この解釈に気づいたのは、ヨーロッパの文献を通してではなく、アジアの文献を通してであった。維摩経を読んだときである。

維摩経・入不二法門品は、維摩詰の「沈黙」について語っている。「どのようにしたら不二法門に入れるか」という維摩の詰問に三〇人の菩薩が、それぞれ自分の考えを述べる。最後に文殊菩薩が答えたあと、皆は維摩のことばに耳を傾ける。ところが維摩は何も語らず、黙り込んだのである。そのとき文殊菩薩は以下のように感嘆の言葉を発する。

素晴らしいことです。素晴らしいことです。良家の息子よ。菩薩たちにとって、これが不二の法門に入ることであり、そこには文字や言葉、音声、識別して認識することの追求はありません。

（植木雅俊（訳・解説）『サンスクリット版全訳 維摩経 現代語訳』角川ソフィア文庫、二〇一九年、二八九頁）

文殊菩薩の言葉どおり、維摩詰は無言の行によって、「不二とは人間と宇宙、物質と精神、生と死、煩悩と菩提、迷いと悟りが一つであること」を説いたのだ（鎌田茂雄『維摩経講話』講談社学術文庫、一九九〇年、三三二頁）。いわゆる「維摩の一默、響き雷の如し」である。

ここに至るまでの『維摩経』全体で描かれていたのが何かを考えておく必要がある。在家の仏教信者である維摩が自らの雄弁で出家の菩薩たちを徹底的に打ち負かしていたのである。雄弁こそが維摩の一大特性であると描かれているのだ。それにもかかわらず、最後の重要な場面で維摩は押し黙った。なぜだろうか。前記の引用のように文殊菩薩は「維摩の一默」を言葉で絶賛した。しかし、言葉による追求が困難であることを認識したにもかかわらず、言葉を介して不二法門について語ったのである。この矛盾を突くためには、更なる弁舌に頼るのではなく、沈黙しかないと維摩は判断したのだ。雄弁をもって菩薩たちを説得するより、沈黙によって彼らを悟らせようとしたのであろう。つまり、「雄弁は銀、沈黙は金」なのである。

「雄弁があってこその沈黙」というメッセージに留意しなければならない。つまり、雄弁と沈黙を対立する概念とのみ捉えるのではなく、二つで一つのセットと見るべきなのであろう。現に植木氏は次のように論を進めている。

「『維摩の一黙』しかなかったら、何のことかさっぱり分からない。(・・・)言葉の限界を知った上で、今度は衆生に利益をもたらすために積極的に言葉を発するのが、『維摩経』の目指したことではないのか」

(前掲書、四一頁)

◆いいは悪いで悪いはいい(シェイクスピア『マクベス』)

『マクベス』第一幕第一場は、全篇の基調を暗示する雰囲気や言葉で以下のように始まっている。

第一場　荒野

雷鳴と稲妻。

三人の魔女登場。

魔女1　いつまた三人、会うことに?

雷、稲妻、雨のなか？
魔女2　どさくさ騒ぎがおさまって、
　戦（いくさ）に勝って負けたとき。
魔女3　つまり太陽が沈む前。
魔女1　おちあう場所は？
魔女2　　　　　　　　あの荒野。
魔女3　そこで会うのさ、マクベスに。
魔女1　いますぐ行くよ、お化け猫。
魔女2　ヒキガエルかい。
魔女3　　　　　　　　いま行くよ。
三人　いいは悪いで悪いはいい、
　濁った霧空飛んでいこう。

（小田島雄志（訳）『シェイクスピア全集29　マクベス』白水社、一九八三年、九〜一〇頁）

「戦（いくさ）に勝って負けたとき（When the battle's lost and won）」「いいは悪いで悪いはいい（Fair is foul, and foul is fair）」という台詞は禅問答のようである。しかし私たちの日常には、この戯曲の幕あきで暗示された状況が溢れている。日本語にも「勝負に勝って試合に負けた」とか「負けるが勝ち」という表現がある。あるいは、良かれと思って言ったことや行なったことが、相手を傷つける場合もあれば、その逆の場合もある。

二つ目の台詞を別の訳者は「きれいは穢ない、穢ないはきれい」と訳している（福田恆存（訳）『マクベス』新潮文庫、一九六九年、一〇頁）。「いいは悪いで悪いはいい」（小田島訳）にしても「きれいは穢ない、穢ないはきれい」（福田訳）にしても、共通点があるように思える。つまり、「これから皆様の前で起こることは、善悪や美醜といった物差しで測りきれない要素が含まれているのです」と観客に予告しているのだ。このモチーフは第一幕第三場に引き継がれ、様々に変形していく。例えば、初めて舞台に登場する際、マクベスは次の言葉を口にする。

こんないいとも悪いとも言える日ははじめてだ。
（So foul and fair a day I have not seen.）

そこに例の魔女たちが現れて、「将来の国王、万歳！」とマクベスを唆す。以下は、マクベスと一緒に魔女の囁きを聞いたバンクォー（スコットランドの将軍）の台詞——

なぜそのようにびっくりされる？　いい知らせなのに
悪いことを聞いたようにおびえることはあるまい。
（Good sir, why do you start, and seem to fear
Things that do sound so fair?）

三人の魔女の予言を反芻しながらマクベスは次のように呟く。

（傍白）あの不可思議ないざないは
悪いはずはない、いいはずもない。
（[aside] This supernatural soliciting
Cannot be ill; cannot be good.）

魔女たちの不気味な予言にマクベスは苛（さいな）まれる。そして、明らかな「悪」と捉えていた王殺しが、夫人の唆しや脅しによって「善」の方向に傾いていく。善と悪との間にあったはずの境界線が揺れ動き、最後には消え失せてしまう。

『マクベス』から離れて、私たちの日常に目を移してみたい。Beauty is but skin deep.（美貌は皮一重）という英語の表現が示すように、美醜の基準は時間的・空間的・文化的要素を考慮すると、「あってなきがごとし」であろう。

公私の区別はどうだろうか。これも曖昧かもしれない。英国のパブリックスクール（私立）の起原が、優秀な若者を広く公から募る点であったことに留意しておきたい。そのような視点から見れば、国公立の学校・大学だけでなく私立の学校・大学に対する公的助成は何ら不思議なことではない。要するに、「公」と「私」は画然と二分できるものではないのだ。

卑近な例を一つだけ挙げておきたい。何年か前にテレビや新聞で大騒ぎした案件である。総理夫人は公人か私人か――。当時の政府は閣議決定で「総理夫人は私人」と宣言したが、私人であるはずの夫人が公的な振る舞いをしていた証拠も出てきた。結局、その論議は時間の経過とともに消えていった。いや、「消されてしまった」というほうが正確かもしれない。いずれにしても、今、考えてみると、「引けない線を無理矢理引いてしまった」ということだったのだろうか。公私混同という表現から私たちが想起するのは、はっきりとした「公」と「私」の区別であろう。しかし、絶対的な区分けがあると思い込んでいるだけなのかもしれない。

ここで立ち止まって、相反する性質と一般的に考えられている漢字二字のことばを思いつくままに記してみよう（順不同）。

明暗、真偽、虚実、貴賤、聖俗、陰陽、貧富、吉凶、愛憎、悲喜、清濁、禍福、老若、苦楽、損得、攻守、勝敗、有無、利害、功罪、賢愚、難易、優劣、正誤、正邪、正負、賛否、成否、安否、可否、当否、存否、是非、強弱、増減、緩急、動静、濃淡、高低、遠近、深浅、大小、長短、硬軟、前後、表裏、左右、上下、縦横、天地、東西、南北、天地、内外、軽重、新旧、消長、死活、生死、自他、主客、主従……

次に、対立すると考えられている漢字二字または三字同士のことばも記しておく（順不同）。

成功／失敗、正常／異常、正気／狂気、正統／異端、平凡／非凡、正当／不当、普遍／特殊、天国／地獄、天上／地上、彼岸／此岸、文系／理系、偶然／必然、実像／虚像、真実／虚偽、明示／暗示、具象／抽象、絶対／相対、加害／被害、否定／肯定、軽視／重視、軽傷／重傷、喜劇／悲劇、希望／絶望、現実／空想、理性／感性、建前／本音、直接／間接、清潔／不潔、清浄／不浄、純粋／不純、上級／下級、上昇／下降、既決／未決、有罪／無罪、有害／無害、有用／無用、有利／不利、長所／短所、先手／後手、勝利／敗北、順風／逆風、景況／不況、強者／弱者、極大／極小、弱腰／強腰、単純／複雑、成熟／未熟、虚弱／頑健、敏感／鈍感、有効／無効、苦戦／善戦、善意／悪意、安全／危険、精神／肉体、左翼／右翼、左党／右党、下戸／上戸、分権／集権、与党／野党、違法／合法、違憲／合憲、東洋／西洋、戦争／平和、内地／外地、生物／無生物、日常／非日常、平時／戦時・非常時、国民／非国民、常識／非常識、正規／非正規、公文書／私文書、不景気／好景気、積極的／消極的、楽観的／悲観的、能動的／受動的、劣等感／優越感、先天的／後天的、利己的／利他的、潜在化／顕在化……

対立する概念（二項対立・二元論）として私たちが無意識のうちに使っていることばも、実のところ、それほど明解な区別ができないのではないか。ＬＧＢＴという略語が頻用される現在、「男女」「男性／女性」も見直しが必要となろう。また、脳死下の臓器提供にまつわる論議が専門家の間で迷走したことを考えると、「生死」ですら自明のことばとして扱ってはいけないのかもしれない。新型コロナウイルスで日本列島が大騒ぎになったとき、陽性から陰性になった感染者が再び陽性と判断される（「再燃」「再陽性」）などとは考えられなかった。ましてや、偽陽性や偽陰性があろうとは思いもよらなかった。

『マクベス』から脱線してしまったが、「戦（いくさ）に勝って負けたとき」「いいは悪いで悪いはいい」という冒頭の台詞を前述の「不二」に照らし合わせてみたらどのようなことが分かってくるだろうか。「雄弁は銀、沈黙は金」の項で述べたとおり、維摩詰は「不二法門」について「一默」で菩薩たちを説き伏せた（『維摩経』入不二法門品第九）。生と死、善と悪、迷いと悟り、汚れと清らかさ、我と非我、色と空、闇と光明、知と無知、真実と虚偽、快いものと不快なものなどは、一見、相反しているにすぎないようだが、それぞれの概念は人間の知性のはたらきによって、便宜上、二つに分けられているにすぎない。実は、「二元対立（dvaya）」ではなく「不二（advaya）「a＝否定の意」」だと維摩は考える。

文系と理系、合法と非合法、安定と不安定、正常と異常、健康と不健康、虚像と実像、保守と革新（リベラル）、右派と左派、日常と非日常、幸福と不幸、善人と悪人、理想と現実、平凡と非凡、用と不用、陰性と陽性、長所と短所、劣等感と優越感、負け組と勝ち組、身障者と健常者、危険区域と安全区域などは、スペクトルの両端を指すのであって、実際は様々な色合いの中間色が境目なく繋がっている。画然とした境界線を引くことはできない。ことばで中間の様態・状況を定義したり解釈したりすることは不可能である。つまり、「不二」なのだ。

「不二」であるモノ・コトを人間は知性で分けているにすぎない。その意味で私たちが使う「ことば」は完璧であるはずはなく、あくまでもモノ・コトに付した便宜上の記号である。しかし、記号が往々にして独り歩きを始め、私たちを悩ますことがある。「いいは悪いで悪いはいい」という魔女の言葉はマクベスを、そして私たちを諫めているのかもしれない。「あなたたちが善いと思って行動に移したことは、別の見方からすれば悪いことかもしれない。その逆もある。そもそも善いとか悪いとかいう言葉自体が、あってもなきがごとしだから」と。

[ii]

◆こいつは喋れるのか？（津久井やまゆり園事件の公判）

二〇二〇年は年初から世の中を騒然とさせる出来事が続いた。一つは日産自動車前会長カルロス・ゴーン氏の記者会見。もう一つは津久井やまゆり園事件の初公判。世間の耳目を集めた二つの件に関する報道を見聞きし、私は考え込んでしまった。

前年の暮れ、保釈中のゴーン被告がレバノンに逃亡、そして二〇二〇年一月七日、フランス語、英語、アラビア語、ポルトガル語を駆使し、身振り手振りも交えて自己擁護の記者会見を行った。まさに口八丁手八丁という形容がぴったりのプレゼンだった。その会見後のテレビ番組でコメンテーターの一人が発したコメントは私の記憶に残っている。

ゴーン氏はグレート・コミュニケーターだ。

その翌日、二〇二〇年一月八日、津久井やまゆり園事件（二〇一六年七月二六日午前二時過ぎに発生した相模原障害者施設殺傷事件）の初公判（裁判員裁判）が横浜地裁で開かれた。元職員の植松聖（さとし）被告は罪状認否で起訴内容を認めた直後、右手小指を噛み切ろうとしたため退廷を命じられた。二日後の一月一〇日、第二回公判では検察官による供述調書の読み上げ。そのなかで表題の「こいつは喋れるのか？」という言葉が明かされたのだ。この経緯を『中日新聞』（二〇二〇年一月一一日朝刊 第一一版 第二社会面 三二頁）が以下のように報じている。

「被告人Aは職員を刃物で脅して結束バンドで拘束し、就寝中だった入所者の部屋へ連れて行き『こいつは喋れるのか？』などと聞いた上で話せない入所者の首辺りを刺していた。途中から『被告人Aは話せない入所者を選んで刺している』と悟った職員は入所者を守ろうと嘘をついたが、それでも被告人Aは構わずに次々と殺傷行為を重ね、『こいつは生きていてもしょうがない』とも発言した」

（『中日新聞』（二〇二〇年一月一一日朝刊「相模原殺傷公判 検察側が犯行状況 職員連れ『しゃべるか』刺す 相手尋ね選ぶ」）

この供述内容は私にとって衝撃的だった。言語の教育と研究を生業（なりわい）としてきた私の胸を抉る（えぐ）ほど強烈だった。なぜなら、定年退職し、自分の来し方を振り返っている最中だったからである。「ヒトは言葉を持つことによって人間になれる」という信念で言語の教育研究に従事してきた。学習者の言語習得を手助けすることは意義あることだと信じてきたからだ。

これは間違った思い込みだったのか。何の意味も無いことだったのか。いや、それ以上に、無反省のうちに国や社会の要請に応じる形で生徒や学生を誤った方向に誘導してしまったのではないか。つまり、「話したり書いたりできなければ人間ではない。意思疎通できない心失者（植松被告による造語＝重度・重複障害者。心神喪失者の略）は生きている価値がない」とする被告人の考えと大差ないのではないか。

「グレート・コミュニケーター」のゴーン氏は保釈中に逃亡したうえ、世界のメディア約六〇社の前で自己弁護することができた。片や、言葉で自己主張することのできなかった津久井やまゆり園の入所者たち一九人は柳刃包丁やナイフで刺殺された。

このような対比の仕方は、あまりにも粗雑すぎるかもしれない。しかし、言語の教育研究に携わってきた者として、思い当たる節があるのだ。勤めていた大学で起きた一事件を紹介しておきたい。英語の教員と学生たちとの間に生じたトラブルである。その教員は一人の学生に対して次のように言ったらしい。

> 今の世の中で英語が喋れなければ、まともに生きていけない。英語の読み書きができなければ、

まともに生きていけない。一人の人間として評価されない。

その学生を詰るというより、英語学習の重要性を説き、授業中の態度を改めるよう、教員は上記の言葉を投げかけたのであろう。将来、研究者として英語で論文を書き、国際会議でプレゼンしなくてはならない学生に対して、発破をかけるつもりだったと思われる。しかし、学生の受け取り方は異なった。人格を否定されたと思い込み、ネット空間に怒りをぶちまけたのである。恐らく、トラブル発生時点までにマグマが大量に蓄積されていたのであろう。クラスメートの多くも拡散に加勢し、大学当局の知るところにまで発展していったというわけだ。

「国際共通語」としての英語の有用性に胡座をかき、英語教員は無意識のうちに「英語ができなければ人間でない」という錯覚に囚われてはいまいか。「人間でない」という表現は極端に聞こえるかもしれない。しかし、「英語の社会的特性」に気づかないまま、ひたすら英語教育に没頭する者は視野狭窄になり、「こいつは喋れるのか?」的な思考に陥りやすい。念のため、中村敬氏の指摘する「英語の社会的特性」の骨子を以下に引用しておく。

私たちは、しばしば言語の社会的特性と言語固有の特性を混同しがちであって、社会的に優勢な言語のほうが社会的に劣勢な言語よりも、言語それ自体としても優れているのだと錯覚しがちである。こうした錯覚は、社会的に優勢な言語の使い手は、劣勢言語の使い手よりも優れているという錯覚（偏見）を生む。英語が国家レベルで「二分の一の国の言語」であるという事実は、他のどんな言語よりも社会的に優勢であることを示している。その結果、英語の使い手、あるいはその言語の背景にある文化も優れているという錯覚が生まれる。逆にいえば、それ以外の言語の使い手や文化をより劣るものと考える「偏見」が生まれる。

（中村敬『英語はどんな言語か――英語の社会的特性』三省堂、一九八九年、七～八頁）

先述のトラブルに巻き込まれた教員のみを責めているわけではない。自分自身の来し方を振り返ってみたとき、「こいつは喋れるのか？」的な考え方に溺れた我が身が脳裏に浮かび上がってくるのだ。二〇二〇年の年初、ゴーン氏の記者会見と津久井やまゆり園事件の公判を立て続けに見聞きした私の偽らざる感想である。

◆続・こいつは喋れるのか？（津久井やまゆり園事件の公判）

津久井やまゆり園事件の裁判員裁判は二〇二〇年一月下旬から被告人質問に移った。一月二四日に行われた第八回公判で、植松聖被告は思いがけない陳述をする。その主旨は、「自分の刑事責任能力を争うのは間違いだ。自分には責任能力がある。心神喪失・耗弱を理由に極刑を回避しようとする弁護方針に反対だ。責任能力がなければ即死刑にするべきだ」というものだ。

しかし、私にとって更に意外だったのは、第一回公判で指を噛み切ろうとした理由について問われ、被告人が以下のように陳述した点である（『読売新聞オンライン』二〇二〇年一月二二日「植松被告、拘置所で再び指かみ手術で縫合——皆さまに迷惑をかけた』」）。

言葉だけの謝罪では（自分が）納得できなかった。誠意を示したかった。

言葉による意思疎通を基準に入所者を殺傷しようとした植村被告が、このような発言をするとは思いもよらなかった。言動に首尾一貫性がないではないか。私は再び考え込んでしまった。「ことばを持たなければ人間でない」と考えたはずの被告人が、言葉の不完全性を口にしたのだ。つまり、「ことばがすべてではない」と白状したも同然である。

「障害者は不幸を作ることしかできません」と自己正当化する被告人。それに対し、遺族や負傷者の親族が声を絞り出すようにして私たちに伝えてきたことは何だったのか。新聞記事から声をいくつか紹介してみたい。「言葉なくとも通じ合えた　供述調書読み上げ」という見出しの記事は以下のように報じている（傍点は引用者）。

（甲Bの母）後ろから抱きついてきたり、夫が飲んでいるコーヒーを甘えてねだってみたりと、長女（当時四〇歳）は言葉を交わさずとも楽しい生活をしていた。

（甲Dの兄）言葉は話せなくても、妹（当時七〇歳）は豊かな表情の持ち主で、本当に可愛らしく思っていた。

（甲Mの兄）弟（当時六六歳）は知的傷害があり言葉を発することが難しかったものの、表情が豊かで身ぶり手ぶりで懸命に伝えようとしていた。

（甲Nの姉）生まれて初めての正月に肺炎で高熱を出して弟（当時六六歳）は脳性小児まひになったが、成長すると演歌が大好きで曲に合わせて踊り家族を楽しませた。弟が感じた恐怖や苦痛を犯人に味わわせてやりたいが、弟は帰ってこないし、悲しむだけ。怒りをどこに向ければいいのか。

（以上『毎日新聞』二〇二〇年一月一六日「言葉なくとも通じ合えた――供述調書読み上げ　遺族、苦しい思い訴え」）

ほとんどが匿名で審理に臨んだなか、「美帆」という実名を公表した母親は以下のように意見陳述している。

（美帆さんの母）美帆は自閉症で言葉を発することはなかったが、とても人が好きで、人懐っこい子でした。音楽が好きで、ドラマの主題歌やアニメの曲などに合わせて踊り、乗り物に乗ったときは楽しそうにしていました。笑顔がとてもすてきで、まわりを癒やしてくれました。ひまわりのような笑顔でした。美帆は毎日を一生懸命いきていました。私は娘がいて、とても幸せでした。決して不幸ではなかった。『不幸をつくる』とか勝手にいわないでほしいです。

（『産経新聞』二〇二〇年二月一七日「勝手に奪っていい命など一つもない――相模原殺傷事件公判、犠牲者の母親が意見陳述」）

第八回公判を傍聴した最首悟（さいしゅ）さん（社会学者）は、「被告は幸せには金と時間が必要だと言い切ったが、幸せのあり方は人それぞれ。重度障害者は不要だという短絡的な思考にしがみついている」と被告を批判している（『朝日新聞』「被告『自分は責任能力ある』」二〇二〇年一月二五日）。最首さんの娘はダウン症児として生まれ、言葉の発達が遅かったようである。それでも、「一人で歩き、ブランコや滑り台で遊ぶこともできた。しかし、白内障の手術で失明した八歳の時に、一変。言葉を一切発しなくなった」。別の記事は最首さんの心模様を以下のように報じている。

言葉による表現って実は不自由なのでは、と感じるようになった。私には娘がしゃべっているのが聞こえる。こっちの頭の中で言葉が響いているだけ、と言われるでしょう。でも、この「忖度（そんたく）」の極みがコミュニケーションの本質ではないか。何も言わない相手との「対話」には、自分の内面が映し出される。「やりとり」はどんどん深まり、「言葉の解釈」で誤解が入り込む余地はない。だから、娘は自分の意思で言葉を使わなくなった、と思えてくるんです。

（『朝日新聞デジタル』二〇二〇年一月三日「『人あっての社会』障害の娘から学んだ――元全共闘の教授」）

言葉だけでは十分でないと思ったという植村被告の陳述は、皮肉なことに、彼自身に内在する矛盾を露呈するとともに、言語の本質を浮かび上がらせた。つまり、「言語は実体（モノ・コト）そのものでなく、実体に付した記号に過ぎない」ということである。被告人が被害者の親族に対して述べた謝罪の言葉（「誠に申し訳ありません。皆様に深くお詫びします」）は「記号」に過ぎないため、指を噛み切るという「実体」を裁判員や傍聴人に示したと解釈できる。

この自傷行為には、自らの責任能力を認めながらも極刑を回避したいという植村聖被告の打算が隠されているると考えられるかもしれない。あるいは、殺傷した相手に対する気持ちを表すべきかどうか迷った挙げ句、言葉を使用しない形で実行に移したのかもしれない。現に、第八回公判の翌朝早く、被告は拘置所内で右小指の第一関節部を噛みちぎっている（『読売新聞オンライン』二〇二〇年一月二二日「植松被告、拘置所で再び指かみ手術で縫合――『皆さまに迷惑をかけた』」）。これはコミュニケーションの一形態と考えられなくもない。いずれにしても、自らの小指を噛み切るという行為を、「言葉だけの謝罪では納得できなかった」と言葉の助けを借りて釈明した点に留意したい。

「ことばが全て」でないことは、私たちの日々の生活から見て明らかであろう。そうであるならば、喋れるかどうかを絶対的な基準にして人間の生命を選別し奪い去ることは間違っていることになる。植松被告は自らの発した言葉（「言葉だけの謝罪では納得できなかった」）によって図らずも自分の間違いを認めたということになる。

◆続々・こいつは喋れるのか？（津久井やまゆり園事件の公判）

津久井やまゆり園事件（二〇一六年七月二六日）の公判報道を見聞きし、「ことばには言霊が宿っている」と思わざるをえない。アメリカ合衆国大統領選でドナルド・トランプ氏の発したことばが植松被告に大きな影響を与えていたらしいのだ。

二〇二〇年二月七日の公判では、被告の精神鑑定をした医師が以下のように証言している。

政治に関心を持ち、米大統領選の候補者だったトランプ氏らの過激な発言にも影響を受けた。

（『朝日新聞』二〇二〇年二月八日夕刊「『差別意識、勤務経験から』植松被告公判——鑑定医が指摘」）

いみじくも同日同紙の社会・総合欄には、「トランプ氏　無罪誇る」という見出しの記事が掲載されている。ウクライナ疑惑をめぐる上院の弾劾裁判でトランプ大統領に無罪判決が下されたことを報じたものだ。

これまで何年間も魔女狩りに遭ってきた。（中略）これはお祝いの場だ。私は何も間違ったことをしていない。（弾劾裁判を主導した民主党議員らは）悪であり腐敗だ。

（『朝日新聞』二〇二〇年二月八日夕刊「トランプ氏　無罪誇る　演説一時間」）

植松被告は殺害を思い立ったきっかけとして、アメリカ合衆国大統領就任前のドナルド・トランプが行った演説（「世界には不幸な人たちがたくさんいる」）と、過激派組織ＩＳＩＳ（「イスラム国」）の活動だと述べている（『時事通信』二〇一七年七月一五日「障害者『幸せ奪う存在』＝トランプ氏演説契機に——手紙でA被告・相模原施設襲撃」）。

篠田博之氏は、二〇一六年二月半ば頃に植松被告が書いた手紙の一節を「被告が語った津久井やまゆり園での仕事」という文で紹介している。

> 私はネットでISISの拷問を観たことがあります。手足を縛り戦車で踏み潰し、檻に閉じこめてプールに沈め、首に爆弾を巻きつけて殺す動画です。彼らの表情が脳裏に焼きついています。トランプ大統領は事実を勇敢に話しており、これからは真実を伝える時代が来ると直感致しました。
>
> 漠然と時代の変化を感じる中で職員と雑談している時に、深い考えもなく「この人達を殺したらいいんじゃないですかね？」と声にしました。
>
> 何気なく出た言葉でしたが、心失者の実態を考えれば彼らを肯定することはできませんでしたし、考えを深める程、全ての不幸の源と分かりました。
>
> （篠田博之（著）月刊『創』編集部（編）『開けられたパンドラの箱——やまゆり園障害者殺傷事件』創出版、二〇一八年、四九頁）

トランプ氏は大統領選以来、アメリカ・ファースト（米国第一）をスローガンに、メキシコ国境の壁建設、イスラム系移民の入国禁止、シリア空爆、イラン革命防衛隊の司令官殺害などを次々と実行に移してきている。バラク・オバマ前大統領を過剰に意識しているのかもしれないが、「本当のことは、心の中で思っているだけでなく、そのまま口に出し、実行する大統領」を演じきっている。障害者についても否定的な発言を繰り返している。植松被告だけでなく、トランプ大統領の言動に共鳴する人は少なからずいると思われる。

「ああ、そうか、皆が遠慮して言わない本音も言葉にしていいんだ。正しいと思っていることを口に出して言ってもいいんだ。やってもいいんだ」と植松被告は背中を押され、内閣総理大臣あての手紙を書き、同僚、友人、親に自分の考えを伝えたものと思われる。その後、措置入院中に犯行を決意し、二〇一六年七月二六日午前二時過ぎ、やまゆり園に潜入し、入所者一九人を刺殺、当直職員を含む二六人に重軽傷を負わせた。

植松被告はトランプ氏の言葉に感銘を受け、ＩＳＩＳの暴力行為に勇気づけられ、重度・重複障害者の殺害を企てたのであろう。被告の言葉の一つを以下に記しておこう。

「（トランプ氏は）見た目も格好良い。真実を述べていると思った。真実を語っているので、これからは自分も真実を言って良いと思った。（その真実とは）重度障害者を殺害してよいということ」

（『日刊スポーツ』二〇二〇年一月二四日「植松被告、トランプ米大統領に影響受けたと主張」）

「仕事の効率が悪い人、生産力の乏しい人は家族や社会のお荷物であり、価値のないモノなのだ」という考え方。これはトランプ氏の米国だけでなく、世界各国を覆っている考え方ではないだろうか。日本も例外ではあるまい。無意識のうちに私たちは、この考え方に染まってはいないだろうか。植松被告は極端な例であって、私たち一人ひとりも程度の差こそあれ、この考え方に汚染されているのではないか——。

言いにくいことを相手の気持ちを勘案しないで、そのまま口に出して言ってよいものか。言い放っていいものか。しかし時には、言いにくいことでも言わなくてはならないこともあろう……。あれこれ悩みつつ、吉野弘の「祝婚歌」を読み直してみる。以下のような一節がある。

二人が睦まじくいるためには
愚かでいるほうがいい
立派すぎないほうがいい
（中略）
互いに非難することがあっても

非難できる資格が自分にあったかどうか
あとで
疑わしくなるほうがいい
正しいことを言うときは
少しひかえめにするほうがいい
正しいことを言うときは
相手を傷つけやすいものだと
気付いているほうがいい

（後略）

（吉野弘（著）小池昌代（編）「祝婚歌」『吉野弘詩集』岩波文庫、二〇一九年、一八三〜一八五頁）

ここで、『ほんとうのことをいってもいいの？』（パトリシア・C・マキサック（著）ジゼル・ポター（絵）福本由紀子（訳）BL出版、二〇〇二年）という絵本についてひとこと。郷田雄二さんが、この絵本を推薦している（「あらすじで読む名作の本棚」『武蔵野くろすと〜く』二〇二〇年二月号、二八〜二九頁）。

主人公リビーは、ある事件がきっかけで「これからは、ほんとうのことだけをいおう」と決心。そして学校でも日曜学校でも、本当のこと、心に思ったことをそのまま口に出して、相手を傷つけてしまう。皆にソッポを向かれ、ひとりぼっちになってしまった娘に母親が言う――

ときどき、ほんとうのことを、いわなくてもいいときにいってしまうことがあるのよ。いいかたがわるかったり、いじわるでいってしまうの。でも、おもいやりをもってほんとうのことをいうのは、ただしいことなのよ。

その後、知り合いの女性から本当のことをズバリと言われ心を痛めたとき、リビーはハッと気づく。お母さんの言葉の意味が分かったのだ。本当のことを言うとはどういうことか、自分の何がいけなかったのか……。

さて、やまゆり園事件の植松被告とドナルド・トランプ氏の関係に立ち戻ろう。トランプ氏の言葉だけで犯行を思い立ったわけではないだろうが、植松被告が「本当のこと、正しいと思うことを、そのまま口にしてもいいんだ、行動に移してもいいんだ」と考えた形跡は確かにある。

程度の差こそあれ、正義を振りかざす人は至る所にいるものだ。若い頃の自分もそうだった。しかし昨今、その箍(たが)が外れてはいまいか。政治家の強弁や独善的な態度を「半ば諦めつつ」受け容れてしまう私たちのなかに「植松聖」の分身が潜んでいるのではないかと思いゾッとしている。

[iii]

◆幸せに過ぎていく普通の人生の時間（カフカ「隣り村」）

若い頃読んだカフカの作品を再読している。短篇とも言えないほどの小品の数々に躓き、何度も何度も読み直しては頭を抱えてしまう。そのような小篇の一つに「隣り村」という作品がある。小片と呼んでもよいほど短い。平野嘉彦訳で読んでみたい。

隣り村

私の祖父は、いつもこういっていたものだった。「人間の一生なんぞ、驚くほど短いものじゃ。いまとなってはわしの記憶のなかで、それはもうすべて、ひと塊になってしもうておって、それで、わしはほとんど理解に苦しんでおる始末じゃ。たとえば、若い者なら、隣り村へ馬を走らせようなどと、平気で決断することができて、それでいて――不運な偶然の事故は、まあ、別にしても――幸せに過ぎていく普通の人生の時間をもってしても、その短い旅にとても足りぬかもしれぬということを、若者は恐れもせんのじゃから」

（フランツ・カフカ（著）平野嘉彦（編訳）「隣り村」『カフカ・セレクション1　時空／認知』ちくま文庫、二〇〇八年、一〇頁）

この小篇でカフカが描きたかったことは何か――。解釈に行き詰まり、悩んでしまった。

そのような折、母が他界。九八歳だった。私は数年前から意識的に「傾聴」を続けていた。これまでに辿ってきた人生の道を、静かな環境のなかで振り返ってもらった。その結果、母の一生を大きく四つの時期に分けることができた。

第一期は、九人きょうだいの五番目に生まれ、尋常高等小学校を卒業した後、三浦三崎の理容店や横浜の油屋（あぶらや）に住み込みで働くようになった頃。「戦死した兄や農家に嫁いだ姉妹にくらべ、食べ物に困らなかったため、自分は幸せだった。特に二十歳（はたち）前後、横浜の店に住み込んでいたときが一番楽しかった」と母は嬉しそうに語ってくれた。ここでは詳述しないが、関東大震災（三歳）、二・二六事件（一三歳）、横浜大空襲（二一歳）などについても話してくれた。大震災の時には、家の近くの竹林で「ナンマイダ、ナンマイダ」と唱えていたらしい。二・二六事件はラジオで聞き知り、「大変なことが起きているらしい」と思ったとのこと。横浜が空襲された夜、「遠く向こうのほうの空が真っ赤に燃えていたことは目に焼き付いている。戦争だけはダメだ」と低い声で断言。

第二期は、結婚、それに続く夫の出征、そして、子育て（二男二女）・子離れの頃。「夫と子どもの弁当作りで目まぐるしかった」と振り返る。一段落するやいなや、長女の病気、次女の離婚・再婚、さらに夫の病気が続いた。夫が定年退職してからは、孫たちの世話に追われる日々。

第三期は、夫との死別により七七歳で独身にもどってからの二〇年間弱。「ひとりで買い物・調理……あの頃は本当にのんびりできた」と嬉しそうに思い出す母。

第四期は、介護保険制度を利用してからの数年間（九四歳から九八歳まで）。新しい制度に戸惑い、身の周りの世話をしてくれるヘルパーさんに「申し訳ありません。有難うございます」と繰り返した母。九七歳の誕生日ころから歩行困難になり、「死にたい、死にたい、早く死にたい、早くジイサン（夫）のところに行きたい」と訴えていた。


母親の話に耳を傾けていくなかで、「時間」について考えさせられた。それは、物理的時間と心理的時間の違いかもしれない。九八年という時間は一年一年の積み重ねなのであろうが、樹木の年輪に似て、間隔が広い年もあれば狭い年もあるようだ。母の語るところによると、実際の年月はそれほど長くなくても、あとから思い出してみると長く感じられる時期があるという。第一の時期（上記）に見られるように、楽しい思い出があると、「この時間よ、長くあってくれ」という気持ちが相まって、実際以上にゆっくり時間が過ぎていくのだろう。しかし、一見矛盾しているかもしれないが、「いま思い出せば、あの頃はアッという間に過ぎて行ったような気がする」とも母は呟いた。母にとって第三の時期も、心理的時間は長かったようである。夫の死後、近隣の人たちとのおしゃべりや、子どもや孫たちの訪問がその要因になったのだろう。

他方、あとから振り返ってみて、年輪の間隔が狭く感じられる、つまり、時間の流れが込み入った年月もあったようである。母にとって、第二期がそれに相当する。「あまりの忙しさや、家族の不幸で、当時の大変さが思い起こせない」と小さな声で言う。

さて、残された第四期は母親にとって一筋縄でいかない時期であったと思われる。時には昼夜逆転の日々が続き、本人は「頭が濁ってしまった。ゴチャゴチャになってしまった」と口癖のように訴えていた。「早く死にたい」という言葉とは裏腹に、介護保険のシステムに逆らえず、意のままにならない身体を看護師やヘルパーに委ねていた時期である。母にとって物理的時間と心理的時間が交差して、時間そのものが歪(いびつ)なものと感じられていたのではないか。

さて、カフカの「隣り村」を読みあぐねている間に母親が他界したため、やや強引に両者を結びつけてしまうかもしれない。しかし、以下のように言えるのではないか。私たちが当然視している「時」の物理的経過は、人それぞれの心理的要因に左右されている——。私の母親に即して言えば、物理的時間としての一生は九八年であったが、九〇歳を超えた時点で振り返ったとき、極めて短く感じられたということになる。以下に示すように、Aが物理的時間とすると、心理的時間はBのようになる。

A ――――――――――――――――――――――

B ------↙↘------↙↘------↙↘------

再度、「隣り村」に戻ってみたい。この小品のなかで「私の祖父」は来し方を振り返り、「人間の一生は驚くほど短い」と言う。経験してきたことは、記憶のなかで「ひと塊」になっているというのだ。短縮されてしまった一生（B）が俯瞰できた以上、すぐ近くの村（原語では das nächste Dorf：一番近い村）でさえ馬で行くなどということは考えられない。「私の祖父」にとって、そんなことに充てる時間なぞないということだろう。若者にとってその馬旅は短いように思えるかもしれないが、「私の祖父」からすれば容易に決断できるものではないと感じられる。一生の全体像が、Aのように長いものではなく、Bのように短いからだ。さらに言えば、Bのなかの矢印部分（凝縮された時間の流れ）は「不運な偶然の事故」が起きた場合と考えられ、そのような時に馬でノコノコ隣り村に行く余裕は全くない。一方、Bのなかでも破線部分（ゆったりとした時間の流れ）は「幸せに過ぎていく普通の人生の時間」と考えられるが、その時でさえ、一生が極めて短いと判明したからには、馬の旅などに充ててはいられない。そこのところ

を「若い者」は理解していない。「人間の一生なんぞ、驚くほど短いものじゃ……」

「私の祖父」を通して語られる「時」に対する考え方。これこそがカフカの感じ方・考え方だったのではないか。その捉え方は常識とは異なっていよう。しかし、歪（ゆが）んだ時間、歪（いびつ）な時間のほうが、のっぺりした時間より真実に近いのではないか。「隣り村」を母親の死と背中合わせで読み直してみて、カフカの意図がほんの少し分かったような気がする。一定のテンポで規則的に刻まれていく直線ではなく、心電図の不整脈や震度計のギザギザの波形こそが、真実の姿なのではないか。カフカは「隣り村」という小片のなかで、このことを言いたかったのではあるまいか。

繰り返し読んでも掴み切れなかった掌篇の意味を母の死が教えてくれたのかもしれない。遅ればせながら、母に感謝したい。

◆だって拍車も手綱も元々なかったんだ（カフカ「インディアンになりたい」）

「隣り村」と同じくらいの短さの小篇「インディアンになりたい」を吉田仙太郎訳で読んでみる。以下のとおり、文庫本の一頁に満たない短さである。

インディアンになりたい

ああ、インディアンになれたらなあ、取るものも取りあえず疾駆する馬にまたがり、斜めに空をつんざき、ふるえる大地の上を、いくたびも小震いにふるえ、やがては拍車を脱ぎすて、だって拍車はなかったんだ、やがては手綱を投げうち、だって手綱はなかったんだ、そして目の前の大地が、きれいに刈り取った原野と見えたかと思うと、もう馬の頸（くび）もなく、馬の頭もなく。

（フランツ・カフカ（著）吉田仙太郎（訳）「インディアンになりたい」『カフカ自撰小品集Ｉ』高科書店、一九九二年、八〇～八一頁）

原文のドイツ語は、なんとワンセンテンスである。読点（コンマ）は十個あるが、句点（ピリオド）は一個しかない。おそらく、躍動感や緊迫感を読者に伝えようとして、カフカはこのような文体にしたのであろう。訳者は、その切迫感を読点一三個と句点一個で日本語に移し替えている。見事な翻訳だ。

特に注目すべきは文末の破格構文。原文では ...shon ohne Pferdehals und Pferdekopf. となっている。この段階において、文法関係（何が主語で何が述語動詞で何が目的語か）に乱調が生じる。そのあたりを日本語訳ではどのように処理しているか、読み直してみる。終止形でなく連用形で対応し（「もう馬の頸もなく、馬の頭もなく。」）、小篇を終えている。絶妙の訳と言えよう。

さて、この小篇をどのように読んだらよいのか。「インディアンになって荒野を疾走したい」という願いが自己増殖して、荒馬に跳び乗りはしたものの、気がつくと拍車も手綱もない。暴れまわる馬の上で必死に態勢を整えようとするが、制御不能となる。そんなことにお構いなく、馬は猛スピードで空を斜めに駆けていく。時折、前方の大地が目に入ってくるが、あまりの速さに何も見えない。やがて目の前の馬の頸が見えなくなってくる。馬の頭も消えてなくなっているではないか。馬とともに身体が宙に浮き、足は支えを失い、手には握るものもなく……。それでも、アメリカに渡ってインディアンになりたいという憧れは捨てきれない。

この掌篇は『観察』（一九一二年刊行の小品集）に収められている。カフカが二九歳の時、初めて世に出した単行本である。人の心や物のたたずまいをジッと観察して、内部に潜む真実を大胆に抉り出し、スケッチとして短文に書き留めている。十数篇の作品は習作とも言えよう。しかし、素描一つひとつの中に、カフカが見ようとしていたものが浮かび上がってくるように思える。

それでは、若きカフカが「インディアンになりたい」で描こうとした要諦は何であろうか。この点について、小説家・詩人の多和田葉子さんが興味深いコメントをしている。

『火夫』の主人公が送られる先はアメリカ大陸だが、カフカにとって現実のアメリカ合衆国ではなく、アメリカへ向かう運動そのものが夢だった。(・・・)「インディアンになりたいと思う」という短文の中では、疾走する馬に乗って走るインディアンが最後には疾走運動そのものに変身する。

(多和田葉子(編)「解説・カフカ重ね書き」『ポケットマスターピース1　カフカ』集英社文庫、二〇一五年、七五三頁)

一つの願いの実現を目指して金縛り状態になったため、現実を受け容れることができず前のめりになる。その結果、お手上げ状態になったまま、夢に向かって突っ込んでいく――。カフカの描いたこの精神状態は決して幻想的なものでなく、私たちの生活の中に見いだせる現実的なものではなかろうか。

例えば二〇二〇年三月、新型コロナウイルス感染の世界的拡がりの中で、東京オリンピック・パラリンピックの中止または延期が深刻に論議されていた時のことを思い出してみたい。日本の首相はG7首脳会談(三月一九日)で、「完全な形での開催」を主張した。「規模を縮小せず観客も一緒に感動を味わっていただきたいということだ。延期や中止のことは(電話会談で)一切言及していない」と断言。ところが、米国の有力な競技団体(陸上と水泳)が延期の要請、選手からは出場辞退の声明、カナダ、ブラジル、ノルウェー五輪委が選手団派遣を拒否……。首相の乗っている馬からは、「拍車が外れ、手綱が抜け落ちて」しまった感がある。

この状態は、二〇二〇年七月以降に予定されていた東京オリンピック・パラリンピック開催の数カ月前に始まったことではない。オリンピック招致の段階で日本の首相が大見得を切った「アンダーコントロール」発言から既に始まっていたのかもしれない。大多数の国民は、ファクトによる裏付けを真剣に要求せず、「お・も・て・な・し」という言葉に騙され、疾走運動に心も体も預けてしまったのだ。

そして、新型コロナウイルスが猛威をふるう中、三月二四日、オリンピックの延期が決定。翌々日、福島から始まる予定の聖火リレーも延期が決定。(ちなみに、英字新聞では「聖火」を the Olympic flame / torch,「聖火リレー」を torch relay と簡潔に表し、「聖」の意味を付加していない。)首相は五輪開催を「人類が新型ウイルス感染症に打ち勝った証」と位置づける。この時点で、招致の際に約束された福島第一原発事故からの「復興五輪」という旗は降ろされたも同然となる。今思い起こしてみると、馬の頸も頭も消えてしまった状態で、「聖なるオリンピック」の一年延期に国民が荷担してしまったということだろうか。

二〇二〇年四月八日には首相が「緊急事態宣言」を発出。その十日後には宣言を全国に拡大。それにもかかわらず、四月中旬、感染者数が日ごとに増加し、「医療崩壊」という言葉がマスメディアで叫ばれるようになる。医療関係者にとって死活問題となったのが医療物資の供給である。飛沫感染を防ぐための医療用マスクやフェースシールド、そして接触感染防護用のゴム手袋や医療用ガウンの不足が深刻な状態であると報じられた。現に院内感染で、医療関係者の中から感染者が続出。まさに、手もと足もとの防具が消えていく様を実感しながら、延期されたオリンピックを遠い眼差しで夢みている心地なのだ。

（付記）執筆から約半年後（二〇二〇年一一月末）、新型コロナウイルス感染第三波が日本を襲っている。ＰＣＲ検査陽性率、重症化率、重症者病床占有率などがことごとく上昇し、医療提供体制の逼迫が騒がれている。クラスター（感染者集団）発生場所が多様化し、一日当たりの新規感染者数が急増したにもかかわらず、政府は旅行需要喚起策（Go Toトラベル）を部分的に中止しただけでお茶を濁そうとしている。元来、この事業は感染が収束してから実施するように制度設計されていたものの、七月の連休直前には感染者増大が予想されるなか、前倒しで実施。今回も、「旅行自体は感染の主たる原因とはならない」と強弁し、推進する姿勢を崩さない。検査・隔離が感染者を減らす基本であることは承知であろうが。まさに「もう馬の頸もなく、馬の頭もなく……」という状態であるにもかかわらず……

「アメリカへ向かう運動そのもの」「オリンピックを開催することそのもの」が夢になってしまい、現実が見えなくなる――。このようなことは、少し歴史を振り返ってみると枚挙に暇がない。カフカの提示した枠組みで、ほんの少しだけ歴史を見直してみたい。戦争や革命の最中に、「突っ込め～」状態が頻発したことを歴史は教えてくれる。神風特攻隊を皮切りに、銃剣だけの決死の突撃、竹槍だけで敵に立ち向かう作戦、バンザイクリフからの死の飛び込み、Go for Broke!（当たって砕けろ）という掛け声とともに敵陣に向かったハワイ日系人部隊。あるいは、フランス革命のとき、ユートピアを求めて猛進した群衆。ちなみに、utopia とは「どこにもない所」であって、決して「理想の国」ではない。そこに向かって群衆は突き進んだと言えよう。

戦時における自暴自棄的な「突っ込め〜」以外にも、カフカの指摘する人間心理や社会心理は往々にして見受けられる。例えば、政治家や官僚が私たちに押しつけてくることには、裏付けのない「突っ込め〜」的な要素が多い。「インディアンになりたい」という願いは一般庶民だけでなく、為政者にも当てはまるはずだ。教育行政に的を絞って、いくつか例を挙げてみたい。

二〇一九年の秋、翌年に予定されていた大学入学共通テストのうち、英語スピーキングテスト（民間試験利用）が突如、実施見合わせになった。数学や国語の記述式問題についても状況は似ていて、「拍車や手綱」がそもそも初めからなかったのだ。マスメディアは政治ショーのごとく実施見合わせを報じていたが、内情は深刻そのものである。英語のスピーキングテストに限って言えば、現在の外国語教員養成システムでは、目標言語が話されている国や地域での留学・研修は義務付けられていない。スピーキングの指導を教員（志望者も含めて）が実質的に受けていないにもかかわらず、そして受験生が高校段階でスピーキングをまともに教わっていないにもかかわらず、大学入試でこの能力を検査するという。無茶苦茶としか言いようがない。最後はお手上げ状態のまま、馬の頸も頭も……。

もう一つ、学校教育にかかわる例を挙げてみたい。一九七四年（昭和四九年）、文部省（現・文部科学省）は全国の高校に「必修クラブ」を義務付けた。生徒は必ず一つの必修クラブ（週一時間）を履修するという制度である。実施に当たって教育学的裏付けや各学校への説得もなくゴーサインが出され、高校の現場は大混乱。重い負担を抱え、現場は疲弊しながら schief in der Luft（空中で反り返って＝成田吉重氏の訳。斜めに空をつんざき＝吉田氏の訳）体勢で突き進まざるを得ない。コントロールが効かないまま空中を彷徨うしかない。足を支える拍車は抜け落ち、手綱は手から離れてしまう。いや、そんなもの元々なかったのだ。この制度は形骸化したまま二〇年近く続いたらしい。開始直後から「馬の頸も頭も消え去って」、お先真っ暗だったのだが……。

プログラミング教育導入についても同様のことが言えそうである。学校のパソコン不足や高速インターネットの未整備は棚に置いたまま、そして、プログラミング担当教員の研修は見切り発車の状態で、二〇一三年、「世界最先端IT国家創造宣言」がなされ、「PC一人一台は国家意思」というご託宣が発せられ、「突っ込め～」という号令が学校教育現場を駆け巡った。所詮、政治というものはそういうものなのだろう。

「インディアンになりたい」という願望は他人事ではない。私自身について言えば、様々な苦い経験がある。十分な準備なしに試験を受けたり、スマッシュを打ち込まれテニスのラケットを球のほうに投げたり、バスケットボールの試合で残り数秒となり、入らないのが分かっているのに遠くからブザービーターを試みたり……。その他にも、文字に書き留めておきたくないことが多々ある。「インディアンになりたい」と願ったばかりに……。

カフカは妹や友人を前に、あるいは文学に興味を持つ聴衆を前に自作を朗読したそうである。朗読しながら、おかしさをこらえきれず笑ってしまったという記録もある。もし、この掌篇「インディアンになりたい」を朗読していたら、「斜めに空をつんざき／空中で反り返り」や「だって拍車はなかったんだ。だって手綱はなかったんだ」の箇所で薄ら笑いを浮かべていたのではなかろうか。ましてや、「もう馬の頸もなく、馬の頭もなく。」という末尾は嬉々として読んだあと、チラッと聴衆に顔を向けて、はにかみ笑いをしたのではなかろうか。

「インディアンになりたい」という掌篇にはカフカの慧眼が遺憾なく発揮されている。そして読者は、この小品をいかようにも解釈できる。教訓を得ることができるかもしれないと考えてしまいがちだ。そしてカフカに声を掛けたくもなる。しかし、カフカ自身は「インディアンになって荒野を駆け巡りたいだけさ」と言って、スタスタと歩き去ることであろう。

◆が、新しい仲間づくりは、ごめんだ（カフカ「仲間どうし」）

カフカが「創作ノート」（一九二〇年八月～一二月）に書き込み、マックス・ブロートによって表題を付された後、遺稿集として刊行された小篇がいくつかある。例えば、「こま」「夜」「ポセイドン」「町の紋章」「小さな寓話」「却下」「徴兵」などである。そのうちの一つ「仲間どうし」を前田敬作訳で読んでみたい。

仲間どうし

われわれは、五人仲間である。われわれは、あるとき一軒の家からつぎつぎ前後して出てきた。まずひとりの男が出てきて、門の横に立った。つぎに、二番目の男が門から出てきた、と言うよりもむしろ、水銀玉のようにころころとすべって出てきて、最初の男の近くに立った。つづいて三番目、四番目、五番目が出てきて、ついに五人が一列にならんだ。人びとは、これに眼をとめ、われわれを指さしながら、あの五人はいまこの家から出てきたのだ、と言った。それ以来、われわれは、いっしょに生活している。これで、たえずあいだに割りこもうとする六番目の男さえいなければ、しごく平和な生活なのである。この男は、べつにわれわれに害をくわえるわけではないが、うるさくてかなわないのだ。それだけでも、害というものである。こちらはごめんだと言っているのに、どうして割りこんでくるのだろうか。われわれは、この男を知らないし、仲間に入れるつもりもない。われわれ五人も、以前はおたがいに知らなかったし、いまだって、それほどよく知っているとは言えないかもしれない。しかし、われわれ五人のあいだでなら可能であり、我慢できることも、この六番目の男の場合は不可能であり、我慢できないのである。とにかく、われわれは、五人仲間であって、六人になる気はない。それに、しょっちゅういっしょにいることに、そもそもどんな意味があるだろうか。われわれ五人の場合だって、なんの意味もないのだ。しかし、すでにいっしょになったのだから、ずっとそのままつづいているまでのことである。が、新しい仲間づくりは、ごめんだ。われわれの経験にもとづいて、そういうことは願い下げにしたい。けれども、このことを六番目の男にどうやって納得させたらよいだろうか。あんまりくどくど説明していると、すでに仲間に入れてやったも同然のようなことになってしまうだろう。相手がいくら口をとがらかそうとも、こちらは、肘鉄砲で突きとばしてやるだけだ。しかし、男は、いくら肘鉄砲をくらわせてやっても、またぞろ押しかけてくるのだ。

（マックス・ブロート（編）前田敬作（訳）「仲間どうし」『決定版カフカ全集2　ある戦いの記録、シナの長城』新潮社、一九八一年、一一五頁）

この小篇は Gemeinschaft というタイトルが付けられて、カフカの死後（一九三六年）に短篇集の中の一篇として刊行された。どのように解釈したらよいか、読者を迷わせる作品だ。ヒントが得られるのではないかと期待して、「訳者解題」を読んでみた。

一九二〇年九月末か一〇月初めの成立。カフカは、現代社会の不条理をするどく描きだしながら、この現実を変革しようという姿勢は見せなかった。六人目の仲間の拒否は、カフカの保守主義をしめしているとも読めるだろう。

（前掲書巻末の「訳者解題」、二八四頁）

訳者の意図を自分なりに噛み砕いてみると——。人種、民族、宗教、生活様式などを共有する者どうしが結束してしまい、新参者（六人目の男）の受け入れを拒否する社会。そうした現代社会の現実（不条理）を変革しようとする姿勢がカフカには欠けている。ここにカフカの保守主義的体質が滲み出ている。

この「訳者解題」に接したとき、どこかしら納得できない点があった。結末部分にある「カフカの保守主義」という表現が生煮えというか、早とちりというか……。私にとって、しっくりこないところだということに気づいた。訳者は六人目の男の受け入れ拒否を「保守的」と見なしているのだが、「男は、肘鉄砲をくらわせてやっても、またぞろ押しかけてくるのだ」という最後の文の方に重点を置いて、この一篇を解釈すべきではないか――。

「解題」に対する疑義を抱きつつ、Gemeinschaft（「仲間どうし」）を再読してみた。すると、あることに気づいた。後半部分に集中して、逆接を表す語 aber が六回も使われているではないか。日本語訳では、「……が」「しかし、」「しかし、」「が、」「けれども、」「しかし、」に当たる箇所である。これほどの多用には、何らかの意味があるに違いない。カフカは書く。「この男は、べつにわれわれに害をくわえるわけではないが、うるさくてかなわないのだ」と。さらに、「われわれ五人も、以前はおたがいに知らなかったし、いまだって、それほどよく知っているとは言えないかもしれない。しかし、われわれ五人のあいだでなら可能であり、我慢できることも、この六番目の男の場合は不可能であり、我慢できないのである」と書いている。つまり、落ち着いて頭（理性）で考えてみれば分かるけれど、肌（感情）は受けつけない、ということだろうか。

逆接を表す語（aber＝しかし）が使われている結末部分を注意深く読んでみたい。六番目の男が仲間に入れてくれと頼んでも、五人の仲間は肘鉄砲を食らわせて排撃する。ところが、どんなに肘鉄砲を受けても、新参者（六番目の男）は挫（くじ）けずに押しかけてくる――。この小篇でカフカが最も言いたかったことは、「お互い、頭の中では分かっていても、現実には、そうならないものだ」ということかもしれない。「肘鉄砲で突きとばす前に、こちら（五人仲間）がことばを尽くして受け入れできない旨を伝えても、空振りになるだけでなく、裏目に出る恐れもある」とカフカは書いている。その帰結として、「ことば(理性)には限界があるので、残る手段は実力行使のみだ」というわけである。ところが、肘鉄砲という実力行使を食らわせても、五人の仲間の平穏を乱す輩が押しかけてくる。「これこそが実態だ」と匂わせて、カフカはこの小篇を終える。

この枠組みをカフカは短篇集『観察』の中で頻繁に使用している。例えば「樹木」では、否定の上に否定を重ねてA－B－Aの構成が採られていた。そして「衣服」では、A－B－A－B……という連鎖の方式が仄めかされていた。今回の「仲間どうし」でも、A－aber－Bが幾重にも例示された後、尻切れトンボのようにプツンと話は終了してしまう。その結果、A－B－A－Bの繰り返しが余韻として読者に残ることになる。

「仲間どうし」という小篇からすぐに連想できるのは、二〇一五年の難民危機であろう。ドイツの場合、メルケル首相のリーダーシップの下、多くの難民を国内に受け入れた。しかし、その後、首相の難民政策に対する風当たりが強まり、反移民・反難民・反イスラムを標榜する政治勢力(例えば、AfD＝ドイツのための選択肢)が台頭してきた。数年の間に、ドイツだけでなく多くの国々が難民受け入れに否定的・消極的な姿勢を示すようになっている。しかし、それにもかかわらず、迫害された人々は白眼視されながらも、自国内を避難民としてさまよわざるをえない。あるいは、故国から離れた土地で、なんとか生きていかなくてはならない。また、戦争や災害によって生み出された新たな難民は故国を離れ、受け入れてくれる国を探さざるを得ない。

「仲間どうし」は、六番目の男が五人の仲間に受け入れられるというハッピーエンドの物語ではない。あるいは、五人の仲間が肘鉄砲で新参者を突きとばしたところで話を終えてもいない。「いくら肘鉄砲をくらわせてやっても、またぞろ押しかけてくるのだ」という文で話がプツンと終わる。いや、終わってはいないのかもしれない。これから先も五人の仲間と六番目の男のせめぎ合いは延々と続いていくのだろう。そこにこそ、カフカの意図があるのではないか。「難民危機」になぞらえて言えば、難民側は、たとえ認定されても新しい言語・文化・環境に慣れ、仕事を探し、生きていかなくてはならない。難民認定されたからといって、幸せな暮らしが保障されたというわけではないのだ。一方、住民側は、異なる言語・文化・宗教を背負った新しい隣人と暮らしていかなくてはならない。難民を受け入れて、一件落着とはいかないのだ。「共生」などという語は軽々しく使えない。

以上のことを考えていた際、「アンチ・メルヘン（反童話）」について書かれた本があることを思い出した。書棚を探してみると、その本が出てきた。野村泫（ひろし）（著）『昔話と文学』（白水社、一九八八年）である。この本は三〇数年前、あることがきっかけで著者ご本人から頂戴したものだ。

（付記）この本の著者・野村先生は半世紀以上も前、私の指導教官であった。それにもかかわらず、何一つ恩返しができないまま時間が経過してしまった！

目次を見た途端、カフカの名前が目に飛び込んできて驚く。第二章「昔話と現代文学」の端緒として、ゲオルク・ビューヒナー（一八一三〜一八三七）と並んでフランツ・カフカが取り上げられているではないか。まず、アンチ・メルヘン（Antimärchen／反童話）の定義が以下のようになされている。

世の中はこうあってほしい、という素朴な倫理的要求に応えているのが昔話であるとすれば、その期待に背くのがアンチ・メルヘンである。現実の世界では、公正を求める素朴な倫理的要求と事件の成行きが一致することは滅多にない。「悲劇的」というのはそこを指している。（・・・）アンチ・メルヘンの描く世界は、在ってはならない世界である。昔話（メルヘン）の場合には不幸な状況に会うと公正を求める素朴な倫理が働き、それによって世界を再生させるとすれば、アンチ・メルヘンには素朴な倫理を傷つけることによってこれを呼び覚ます、という構造がある。

（野村泫（著）『昔話と文学』白水社、八六頁、九〇頁）

さらに、『変身』『田舎の結婚準備』『ある戦いの手記』『審判』『城』『村医者』などを例に挙げながら、著者は昔話（メルヘン）と反童話（アンチ・メルヘン）の分かれ目について述べている。

人間が動物に変身するというモチーフは、昔話では当り前すぎて、枚挙にいとまがない。ところが、ほかならぬこの変身のモチーフが、カフカの小説を昔話たらしめていないのである。カフカの『変身』と昔話の最大の違いは、虫が人間に返らぬ点にある。人間に返れば、話はめでたく終り、童話となるであろう。（・・・）昔話の主人公もまた見知らぬ世界に巻き込まれている。しかしそれに信頼して突き進む。カフカの主人公は見知らぬ世界に投げ込まれて、途方にくれている。そこが昔話（メルヘン）とアンチ・メルヘンの違いである。つまり、昔話もアンチ・メルヘンも、人間を超える力に世界が操られていると見る点は同じである。ただ、その力を神と見るか、見知らぬ何者かと見るかが、昔話とアンチ・メルヘンの分かれ目であり、ロマン派以前と自然主義以後を分かつ点である。神と見るから盲目的に信頼できるのだし、不可解で無意味な何者かと見るから、途方にくれ、絶望に陥らざるを得ないのである。これは取りも直さず、現代の文学が――いや、現代の人間が置かれている状況にほかならない。

（『昔話と文学』九二頁、九五頁）

（付記）『灰色の畑と緑の畑』（ウルズラ・ヴェルフェル（著）、野村泫（訳）、岩波少年文庫、一九八一年）という短篇集は、反童話（アンチメルヘン）を具現化した作品である。その本の前書きで訳者は「ほんとうの話はめでたく終わるとは限らない。そういう話は人に多くの問いをかける。答えはめいめいが自分で出さなくてはならない。これらの話が示している世界は、必ずしもよいとはいえないが、しかし変えることができる」と読者の小中学生に語りかけている。

さて『昔話と文学』であるが、カフカのことばを引用して著者は「昔話と現代文学」の章を終えている（『昔話と文学』九七頁）。

本当の現実は常に非現実的なものである。

（G・ヤノーホ（著）吉田仙太郎（訳）『カフカとの対話――手記と追想』筑摩書房、一九六七年、二二八頁、吉田訳では、「真のリアリティはつねに非リアリスティックです」となっている。）

さて、カフカのこのことばを胸にしのばせて、「仲間どうし」を再読してみよう。最後の一文に注目してみたい。

しかし、男は、いくら肘鉄砲をくらわせてやっても、またぞろ押しかけてくるのだ。

この文は、あくまでも「われわれ五人仲間」の視点から発せられている。こちらが拒否しても拒否しても、六番目の男（新参者）は懲りずに押しかけてくる——。まさに、これが実態だ。紛れもない現実なのだ。この現実を最後の一文に盛り込んで、「われわれ」という語り手はプッツンと話を終えてしまう。

しかし、「待てよ」と考えてみる。先ほどのカフカのことばを読み直すと、「本当の現実は……」となっているではないか。五人仲間が見た現実ではなく、何度も拒絶される六番目の男から見た現実は他の様相をしているのではないか。そちらこそが本当の現実なのかもしれない。

二〇一五年前後、ヨーロッパに押し寄せた難民に当てはめてみると——。平和で豊かな国に行って難民認定を受けようと夢みつつ、密航業者に多額の料金を払い込み地中海を渡ろうと決意した人々。こうした人々が何千人も老朽船とともに沈み、海の藻屑となった。たまたま、二〇一五年九月四日、三歳に満たないクルド系シリア難民アイラン・クルディ君の遺体が波打ち際で発見され、世界中の関心事になったのだが、大多数の溺死体は海底に沈んだままなのだ。カフカの言う「本当の現実」は、このような実態を示唆しているのではあるまいか。「われわれ住民」の側でなく、海を越え山を越えて何とか受け入れてくれる土地を探し求める「六番目の男」の側からすれば、「本当の現実は常に非現実的なもの」以外の何ものでもない。

つまり、「仲間どうし」の最後の一文を「われわれ（五人仲間）」に語らせ、そこで話を急停止させたカフカの視線の先には、「本当の現実」——それも、有り得ないほど悲惨な「非現実的な現実」——が見えていたのではあるまいか。そのように考えると、『昔話と文学』の中で、「アンチ・メルヘン」の例として提示されたカフカの世界に一歩近づけそうな気がする。

「六番目の男」の側から見た「本当の現実」――。このようなことを考えていたとき、ふとテレビの映像が目に飛び込んできた。二〇二〇年の夏のことである。一人の黒人男性が手錠をかけられた状態で俯せにされている。白人らしき警察官は男の首を膝で押さえつけている。「息ができない」と言って命乞いをする黒人男性。その言葉を無視するかのように膝を首から離さない警察官。その後、この男性は死亡し、BLM運動（Black Lives Matter：黒人だって人間だ！）を顕現化させる引き金となる。火に油を注ぐ形で、警察官に銃撃される別の黒人男性の映像が全米を駆け巡る。そして、抗議デモだけでなく破壊行為も立て続けに発生。あれ、この光景は、いつか、どこかで見たことがある？　そう、一九九二年、ロドニー・キング殴打事件がきっかけで燃え上がったロス暴動と同じ様相ではないか。

BLMのプラカードを掲げてデモ行進する人たちにとって、この非現実的な事態こそが「本当の現実」である。アメリカ合衆国で過去に起きた、そして今起きている事態は、黒人の側からすれば耐え難いほど非現実的な現実なのだ。第三者的な立場で映像を眺め、私たちが軽く口にしてしまう「非現実的な」という形容句とは全く異なるものかもしれない。

カフカのことばを読み返してみる。

（野村訳）本当の現実は常に非現実的なものである。

（吉田訳）真のリアリティはつねに非リアリスティックです。

そうなんだ！「常に」という語が潜んでいることに今ようやく気づいた。恐らくカフカは言いたかったのであろう。いつでも（時間的）どこでも（空間的）、非現実的なことは起こり得るのだ、と。黒人に対する人種差別だけでなく、南欧系、アジア系、中南米系の移民を形式的に受け入れたとしても、実質的には排除してきた米国。しかし、この国だけの問題ではなさそうだ。カフカの住んでいた当時のプラハやベルリンでも、新参者に「肘鉄砲を食らわせようとする」動きがあったに違いない。ロシア革命に引き続く赤軍蜂起から逃れて、多くの東欧ユダヤ人がプラハに流入してきた混乱期である。また、オーストリア・ハンガリー帝国の瓦解・チェコスロバキア共和国の誕生という激動期でもある。そのように揺れ動く時代に役所勤めをしていたカフカが、チェコ国粋主義者による反ドイツ・反ユダヤのデモ行進を苦々しく見つめていたであろうことは想像に難くない（「悪党の一味、つまり、ふつうの人々……」の項参照）。

「本当の現実は常に非現実的なものである」というカフカのことばは、黒人差別の歴史やユダヤ人迫害の歴史にだけ当てはまるものではない。世界中どこで、いつ起きても不思議ではない。虐げられた者の立場からすれば、「真のリアリティはつねに非リアリスティック」（吉田訳）なのだ。現代の日本においても、アイヌ民族や韓国・朝鮮人に対する差別・偏見は拭い去られていない。外国人労働者に対する新手の排外主義も生まれつつあるようだ。さらに悪いことに、本来、そうした差別や偏見を一掃すべき立場にある政治やメディアが「肘鉄砲」を助長する傾向すら窺える。

「肘鉄砲」に類する構図は、私たちの日常生活の中に蔓延している。転校先、転職先、あるいは引っ越し先で味わう「六番目の男」としての苦々しい体験。それにもかかわらず、何年か経過後、そこに居着くと、知らず知らずのうちに自分自身が「五人仲間」の中に安住し、新参者を排除する……。

私の義母のケースを書きとめておきたい。東日本大震災で被災し釜石市から東京に来た義母は高齢者施設に入所。その施設内の人間関係は、多少の上下関係を宿しつつ、ほぼ出来上がっている状態であった。そこに「六番目の女」として入り込むため、苦労の連続。まして、軽度の認知症を患っていた義母が施設仲間に溶け込むことは至難の技だった。嫌がらせもあったらしい。陰湿なイジメもあったらしい。面会のたび娘に訴える義母。「下駄箱に置いてあった靴がなくなっていた」「お風呂の時間を教えてもらえなかった」「廊下でそっぽを向かれた」「食事中、誰も話しかけてくれなかった」「財布を盗まれた」……。「五人仲間」からの嫌がらせやイジメの中には、義母自身の勘違いから生じたこともあったようだ。しかし、「仲間」に入ることができないまま、義母は他のグループホームに移され、しばらくしてから脳出血で亡くなった。

小篇「仲間どうし」では、「われわれ五人組」も「六番目の男」に対して、「同じ人間じゃないか、自分たちと大して違わないじゃないか」と一度は考えている。それにもかかわらず、「新しい仲間づくりは、ごめんだ」ということになってしまう。「われわれ」の中には、新しい仲間を受け入れてもよいと考える者もいるだろうが、同調圧力に負けてしまい、言い出すことができない。その局面でカフカは、安易に折り合いをつけようとしない。ハッピーエンドの話にしていないのだ。「我慢できない、受け入れは不可能」と五人組の「われわれ」に言わせている。

この段階で「六番目の男」（具体例として難民）を受け入れる話にしていたら、カフカには「保守的」というレッテルが貼られなかったであろう。しかし、ハッピーエンドの話にしなかっただけで、「カフカの保守主義」云々と言えるのだろうか。「難民の受け入れは善、拒否は悪」という二元論に立って、後者を「保守的」「保守主義」と断罪するだけで、「本当の現実」の解決はできないであろう。

そのように考えると、カフカの抉り出そうとしていたことが何であったか分かるような気がしてきた。「受け入れ」と「拒否」双方の側の思考・心情を冷徹に観察したうえで、人間という生き物に内在する冷酷な性情、そして人間の集まりとしての社会に潜む恐ろしさを、カフカの小篇「仲間どうし」は私たちに、それとなく示しているのではないか。メデタシ、メデタシで終わらない怖さ——。このアンチ・

メルヘンに備わった特性こそ「カフカ的（カフカエスク）」と呼べないだろうか。

◆悪党の一味、つまり、ふつうの人々……（カフカ「悪党の一味」）

カフカが一九一七年一〇月から一九一八年一月まで使用していた創作ノート（八つ折りノートG）には、萌芽的作品が多数書き付けられている。そのような断章には題名が付けられていないが、池内紀訳『カフカ小説全集6　掟の問題ほか』（批判版／手稿版カフカ全集に基づく日本語訳）には、訳者によるタイトルの付いたものもある。例えば、「よくある出来事」「人魚の沈黙」「救世主（メシア）の到来」「プロメテウス」「使者」など。しかし、日本語の題名が付けられていない断章の中にも、読み応えのある小篇が散見する。そのうちの一つを池内紀訳で読んでみたい。表題は、訳文の一部を借用して、仮に「悪党の一味」とする。ちなみに、マックス・ブロートも、カフカ没後に編集した遺稿集（『シナの長城――遺稿からの未完の短編小説と散文』一九三一年）に収録する際、この小品に Eine Gemeinschaft von Schurken（「悪党の一味」）というタイトルを付けている。

悪党の一味

むかし、あるところに悪党の一味がいた。ということは、つまり、悪党ではなく、ふつうの人、平均的な人々だった。彼らはいつも一味をつくっていた。そのうちの誰かが、たとえば悪党のようなことをやらかすと、ということは、つまり、悪党のようなことではなく、ごくふつうのこと、おなじみのことであるが、一味の前で打ち明けると、よってたかって調べ、判定を下し、悔い改めさせ、赦すといったことになった。悪意からではなく、個人ならびに一味の利益がかたく守られていて、告白者にはその色合いに応じた励ましが寄せられた。いつも彼らは一味をなしており、死後もそれを放棄せず、輪をなして昇天した。その飛翔のさまは、全体としては汚れなき幼児の無垢そのものに見えた。だが、天国の前でバラバラに打ち砕かれて落下した。まこと、岩のかけらだった。

（フランツ・カフカ（著）池内紀（訳）「悪党の一味」『カフカ小説全集6　掟の問題ほか』白水社、二〇〇二年、四四四頁）

一九一七年一〇月二五日付けの書き込みは、「二十五日。気持が沈み、イライラして、からだも不調。プラハのことが不安。ベッドのなか。」（池内訳）から始まる。そして、Es war einmal eine Gemeinschaft von Schurken…（むかし、あるところに悪党の一味がいた……）という小篇の書き出しに続く。

一読して気になった点が二つ。一つはゲマインシャフト（Gemeinschaft）という語が使われている点。

この語は高校時代の倫理（科目名？）の授業で教わったもので、対語が確かゲゼルシャフト（Gesellschaft）だったと思う。それぞれが「共同社会」「利益社会」と訳されていたが、私には、いまだに境目が判然としていない。

カフカの小篇の場合、ゲマインシャフトという語が eine Gemeinschaft von Schurken（悪党［ならず者・破廉恥な奴］の一味［集まり・仲間］）という句の中で使われているのだが、Gemeinschaft を Gesellschaft に入れ替えてもよいかもしれない。なぜならば、パラグラフの後半に、「個人ならびに一味の利益がかたく守られていて」という文が書かれているからだ。元来、「共同社会」であったものが、次第に「利益社会」に変じていくこともあるのではないか——。寝付けずにいた夜、たとえ小篇に表出されずとも、カフカの頭の中では後者の Gesellschaft という語が浮かんでいたのではあるまいか。少なくとも、二項対立ではない「ゲマインシャフトとゲゼルシャフトの混淆（こんこう）」にカフカは悩まされていたのではないか。

もう一つ気になった点は、eine Gemeinschaft von Schurken（悪党の一味）に続く das heißt, es waren keine Schurken, sondern gewöhnliche Menschen（つまり、悪党ではなく、ふつうの人、平均的な人々だった）という部分。「悪党の一味」と切り出した直後、「悪党すなわち普通の人々」と言い換えているではないか。この逆説的な物言いに読者の私は付いていけない。どういうことなのだろうか。

一九一七年一〇月二五日の晩、どのような心境でカフカはこの書き込みをしたのだろうか。『カフカの生涯』（池内紀、新書館）によると、当時カフカはプラハを遠く離れたボヘミア北西部のチューラウという小村に滞在していた。その年の八月に初めての喀血をし、九月から八カ月間の長期療養休暇をとり、農場経営をしていた妹オットラ夫婦のもとに身を寄せ、療養の日々を送っていた。「静養すべし」と自分に言い聞かせても、プラハのことが気になる。二度目の婚約をしたばかりのフェリーツェ・バウアーのことも気になる。フェリーツェは一カ月前（九月二〇日）、寒村にいるカフカを訪れているのだ（谷口茂（訳）『決定版カフカ全集7　日記』新潮社、一九八一年、三七九頁）。その後、一二月に再び婚約を解消している。

頭の中には次から次へとストーリーが浮かんでくる。ディケンズの物語や友人フランツ・ヴァルザーの文体のことが頭から離れない（『日記』一〇月八日）。とにかく書き留めておかなくてはならないと思い、堂々巡りの文を創作ノートに書き込む。さらに、「悪党の一味」書き込みの十日ほど前（一〇月一六日）、カフカは次のようなことをフェリーツェ宛ての手紙に書いている。

「不幸の中で幸福であること」――それは同時に「幸福の中で不幸であること」を意味します。

（マックス・ブロート（編）城山良彦（訳）『決定版カフカ全集11　フェリーツェへの手紙』新潮社、一九八一年、七〇九頁）

その二、三日後、創作ノートにカフカは短い書き込みをしている。

夜への怖れ、夜でないことへの怖れ。(一〇月一八日)

精神的な戦いにあって敵と味方を分けることの無意味さ(この言葉は強すぎる)(一〇月一九日)

(池内紀(訳)『カフカ小説全集6 掟の問題ほか』白水社、二〇〇二年、「八つ折りノートG」、三〇頁)

先に「いいは悪いで悪いはいい」の項で言及したように、私たちの暮らしの中では二元論(二項対立)で明快に割り切れないもの／ことが多い。カフカのように真摯に考えれば考えるほど、「いいは悪いで悪いはいい」という迷路に嵌(は)まり込んでしまうかもしれない。いや、その迷路こそが現実そのものなのだ。

以上二点を頭に入れて、カフカの断章「悪党の一味」を読み直してみたい。

まず、ゲマインシャフトとゲゼルシャフトの件を考えてみることにする。フェルディナント・テニース(Ferdinand Tönnies: 1855–1936)の *Gemeinschaft und Gesellschaft* が発刊されたのは一八八七年。テニースは一八八一年からキール大学で哲学・社会学講師の職に就き、ドイツ社会学会の会長を務め(一九〇九〜一九三三年）、一九三三年にナチズムと反ユダヤ主義を批判したため、同大学名誉教授の地位を奪われた。一方、フランツ・カフカ（一八八三〜一九二四年）のプラハ大学入学が一九〇一年で、法学博士号取得が一九〇六年であるから、テニースの上記著書をカフカが知っていた可能性は多分にあろう。しかし、その点についての詮索はせず、小篇「悪党の一味」の中でカフカが両概念をどのように解釈していたかに焦点を当ててみたい。

社会学における一般的な解釈は以下のとおり――

ゲマインシャフト（共同社会・基礎集団：近代以前から存在）
血縁や地縁に基づいて自然に成立した集団。成員が互いに感情的に融合し、全人格をもって結合している社会。家族、仲間、村落など。

ゲゼルシャフト（利益社会・機能集団：近代以降、重要度が増す）
特定の目標を達成するため人為的に作られた集団。成員が各自の利益的関心に基づいて、その人格の一部をもって結合している社会。学校、企業、大都市、国家など。

両概念の定義を礎にテニースは、人間社会が近代化とともに、ゲマインシャフトからゲゼルシャフトへ変遷することを以下のように述べている。

ゲマインシャフトの時代では家族生活と家内経済が基調をなし、ゲゼルシャフトの時代では商業と大都市生活が基調をなしている。しかし、もしゲマインシャフトの時代をもっと詳細に考察するならば、その時代の内部にさらに多くの時代が明瞭に区別される。全体を通じてこの時代の発展は、次第にゲゼルシャフトへ接近する方向をたどっている。しかし他方ゲマインシャフトの力は、消滅しつつあるとはいえ、なおゲゼルシャフト時代にも保たれており、依然として社会生活の実体をなしている。

（フェルディナント・テンニエス（著）杉之原寿一（訳）『ゲマインシャフトとゲゼルシャフト――純粋社会学の基本概念（下）』岩波文庫、一九五七年、二一〇頁）

この変遷を「悪党の一味」に当てはめて考えてみよう。いつも一味として行動する悪党たちは、死後もゲマインシャフトの状況を投げ捨てず、「輪をなして昇天。飛翔のさまは、全体としては汚れなき幼児の無垢そのものに見えた」とカフカは書いている。ここで留意すべきは、「全体としては（im Ganzen）」という副詞句であろう。「全体としては」、つまり見かけはゲマインシャフトを維持しているようであったが、「個々の要素はすべて（alles in seine Elemente）」天国に到達する前に「バラバラに打ち砕かれて落下した」というのである。一味の一人ひとりは、「まこと、岩のかけらだった」とカフカは述べて、この小篇を締めくくっている。

要するに、悪党の一味は形式的にゲマインシャフトを装っていても、実質的にはゲゼルシャフトだったことが最後の最後に判明したということであろう。

血縁や地縁という根っこの部分で結合している集団も、時間の経過とともに実のところ、個と個の結びつきは崩れ去り、運命共同体とも言うべき集団の解体が知らず知らずのうちに進んでいたというのだ。それにもかかわらず、悪党の一味は死後においてすら、「ゲマインシャフトを放棄しない（nach ihrem Tode gaben sie die Gemeinschaft nicht auf）」とカフカは続ける。この考えを敷衍すると、生きている人間どうしの場合、つまり人間社会において、「ゲマインシャフトとゲゼルシャフトの峻別は不可能だ」ということになろう。悪党の一味は「死後もそれを放棄せず」とカフカは書いているのだから。

これを逆の側面から見たらどうなるだろうか。つまり、ゲゼルシャフト（利益社会）の中にさえ、ゲマインシャフト（共同社会）のエレメント（要素）は澱のように残存している——と。両要素が混在している集団・組織は枚挙に暇がない。先輩・後輩の関係を重視する学校の部活動。出身地・出身校を（明示的でないとしても）採用基準とする企業。友人・知人・親戚を優先する行政。異民族を冷遇する国家。

ところで、このエッセイの執筆中（二〇二〇年九月）、日本では政権与党の総裁選が同時に進行している。

内閣総理大臣が体調悪化を理由に辞意を表明したためだ。テレビの公開討論で候補者の一人が総辞職寸前の内閣や総理大臣を批判している。八年近い長期政権の負の側面を暴くと公言。すると、まさに悪党の一味のように、その政党の派閥の大多数が団結して、その候補者を引きずり下ろそうと画策。その流れを目の前にして、件の候補者は「政策論争こそが総裁選の要」とテレビ討論で主張。しばらくしてから、コメンテーターの一人が訳知り顔で(「得意満面で」と言うべきか)、次のようなコメントをする。

政治は論理でなく感情なんですよ。この候補は、そこのところが分かっていない。政権の批判ばかりしていても駄目なんです。それに、(彼は)同僚の国会議員とメシを食っていないんですよ。

国政を動かしていく与党がゲゼルシャフトであることは自明の理であろう。しかし実際には、政策論争より「メシを食う」ことのほうが大事だと、この老獪(ろうかい)なコメンテーターは言うのである。換言するならば、総裁選ではドライな論争より、ウェットな人間関係のほうが重要視されるということだ。

一方、多くの派閥に担ぎ出された候補者は、前総裁(首相)の政策を継承すると述べている。自らの属している党、あるいは、その党のリーダーとしての前総裁をひたすら守ろうとするゲマインシャフト的精神のほうが、国家の効率的な運営を政策論争で推し進めようとするゲゼルシャフト的精神より優位に立ちそうである。

（付記）先述の老獪なコメンテーターの予想どおり、同僚の議員と「メシを食わず」（つまり、党内の人脈作りを怠り）政策論争を前面に打ち出した候補者は総裁選で最下位となった。そして、多くの派閥が支持を表明した候補者に総裁の座が渡り、二〇二〇年九月一六日に新内閣が誕生。

さて、もう一つの気がかりな点に移ろう。「悪党すなわち普通の人々」というカフカの認識についてである。この部分を読み直してみたい。その際、「政党」を「悪党」と同一視するつもりは毛頭ないが、先ほど述べた総裁選と絡めて、カフカの真意を炙(あぶ)り出してみたい。

党人である候補者が、前政権時に問題となった公文書の改竄・破棄、主要閣僚の贈収賄疑惑・辞職や公職選挙法違反による逮捕、税金の私物化などについて批判的な意見を公の場で述べる。この候補者は党人であると同時に派閥の会長であるため、そのような意見表明は前政権のリーダーを批判したことになる。もっとも私が参照している原文（Projekt Gutenberg-DE: Die Acht Oktavhefte）は池内訳と少々異なっていて、以下のようになっている。Wenn zum Beispiel einer von ihnen jemanden, einen Fremden, außerhalb ihrer Gemeinschaft Stehenden, auf etwas schurkenmäßige Weise unglücklich gemacht hatte, ...（例えば、そのうちの一人が、あることで仲間以外の誰か知らない人を悪党じみた仕方で不幸にした時……）。

いずれにしても、権力を握ってきた立場の者からすると、この候補者の言動は「悪党のようなことをやらかす」以外の何ものでもない。しかし、民主主義(デモクラシー)の側に立つ者からすれば、「悪党のようなことではなく、ごくふつうのこと、おなじみのこと」である。それにもかかわらず、この候補者が政権批判をした途端、つまり、腐敗した実態を「一味の前で打ち明けると」、派閥の大部分から陰湿な仕打ちを受けて握りつぶされてしまう。挙げ句の果て、同僚の国会議員からも全国の党員からも見放されてしまい、総裁選では最下位となって表舞台から退場せざるを得なくなる。

ここで本文に戻ろう。カフカは、「個人ならびに一味の利益がかたく守られていて、告白者にはその色合いに応じた励ましが寄せられた」と述べたうえで、「そうしたことは悪意からではなかった(Es war nicht schlecht gemeint)」と締めくくっている。つまり、ゲマインシャフトとしての政党(ゲゼルシャフトではなく!)が生き延びていくには、「個人ならびに一味の利益がかたく守られ」なければならないのだ。この解釈を総裁選に当てはめると、どうなるだろうか。自分の属している政党、あるいは、その政党のリーダーにまつわる汚点を公の場で「告白」した候補者には、それ相応の処置(例えば、閣僚の椅子に着く機会を奪うというマイナスの仕置き)が施されるということになるのだろうか。

ところで、「告白者にはその色合いに応じた励ましが寄せられた」の直後に以下の書き込みがあるのだが、池内訳ではこの部分がスッポリ抜け落ちている。

Wie? Darum machst du dir Kummer? Du hast doch das Selbstverständliche getan, so gehandelt, wie du mußtest. Alles andere wäre unbegreiflich. Du bist nur überreizt. Werde doch wieder verständig.

(Projekt Gutenberg: Franz Kafka, Die Acht Oktavhefte)

（試訳）何でなんだ？　どうしてそんなことを問題にするんだ。確かに君は当たり前のことをしたし、言わなくてはいけないことを言ったよ。他人（ひと）が言うことなんて、何もかも受け入れられないんだろうな。でも、神経が高ぶり過ぎていないか。いったん頭を冷やして、やっぱり他人の言うことも聞かなくちゃいけないぞ。

脱落の理由は定かでないが（原テクストに対するマックス・ブロートの書き加え／加工？）、その告白者に向かって敬称（Sie）でなく、親称（du）で語りかけている重要な文であることは確かだ。内容的には、告白者に対する「忠告」に聞こえもするが、「脅迫」の響きがあると解釈しても間違っていないだろう。「告白者」を「候補者」に差し替えると、不気味なくらい例の総裁選にそっくりそのまま当てはまりそうだ。

ここまで書いてきて、脱線し過ぎたことに私は気づいた。論点は「政党＝悪党」ではなく、「悪党＝普通の人々」だったはずだ。この図式でカフカが読者に伝えようとしていたのは何だったのだろうか。「悪党の一味」の最後の部分を読み直してみたい。

いつも彼らは一味をなしており、死後もそれを放棄せず、輪をなして昇天した。その飛翔のさまは、全体としては汚れなき幼児の無垢そのものに見えた。だが、天国の前でバラバラに打ち砕かれて落下した。まこと、岩のかけらだった。

この部分の解釈に当たって、一見まるで関係なさそうなエピソードを紹介したい。このエピソードは、『カフカとの対話』に描かれているもので、著者（G・ヤノーホ）がカフカと一緒に窓際から兵隊の行進を眺めていたときのこと——

傷害保険局の側を、旗をなびかせ高らかに吹奏楽を鳴らして、金ぴかの兵隊の長い隊列が行進して行った。ドクトル・カフカと父と私は、開いた窓際に立っていた。父は行列を写真に収めた。彼は愛用のレフレックス・カメラをおよそあらゆる角度に向けてみて、彼の写真術的努力の効果に腐心していた。

ドクトル・カフカは、ひそかな、判断のしようもない微笑を浮べて、彼を見守っていた。

父はそれに気付いて、言った。「これで二重パックを六枚使いました。十二枚も撮っておけば、まず見られるのもあるだろうと思います」

「フィルムが勿体ない」とドクトル・カフカは答えた。始めから終いまで退屈じゃありませんか」

「どういうことです」と父は驚いてたずねた。

「まるで目新しいものじゃありませんよ」とドクトル・カフカは答えて、事務机のところに戻った。「事実、すべての軍隊にはただ一つの標語しかないのです。『われらの背後の売場や、事務室にいるすべての人のために、前進！』というのです。現代の軍隊は、人類の真の理想を、目の前の目標としてではなく、すべての人間的なるものへの裏切りとして、背後に掲げるのです」

父は動転して床に眼を伏せた。ドクトル・カフカが机に腰を下ろしたとき、彼はやっと再び口が利けるようになった。彼はこう言った。「あなたは叛逆者です、ヘル・ドクトル」

「どうもそのようです」とカフカは応えた。

（G・ヤノーホ（著）吉田仙太郎（訳）『カフカとの対話——手記と追想』筑摩書房、一九六七年、二三三～二三四頁）

軍隊の行進や政治的デモに対して嫌悪感を顕わにするカフカの姿は、いくつかの文献に散見する。

『日記』（一九一四年）でもカフカは一斉行動に対して、以下のように書き残している。

愛国主義的な行進。市長の演説。それから人波が消えてゆき、それからまたあらわれ出て、ドイツ語での叫び声、「われらの愛する帝国、万歳、万歳！」わたしは怒った目つきで、つっ立っている。こうした行列は、もっともいやらしい戦争の副産物だ。（・・・）明日の日曜日には二度もあるのだそうだ。

（辻理（編訳）『カフカ――実存と人生』白水社、一九七〇年、一七八頁）

カフカの嫌っているものは、「悪党」という顔を見せてはいない「普通の人々」なのだ。この平均的な人々が無意識のうちに偏見を抱き（「抱かされ」と言ったほうが正確か？）、皆で一斉に行動することに対し、カフカは強い嫌悪感を抱いていたようである。「悪党」になるのは軍人や政治家だけでなく、「普通の人々」なのだとカフカは読者に伝えたいのではないか。その中には、知らず知らずのうちに「右へ倣え！」を教え込もうとする教師、特例を設けることに抵抗すると同時に上からの圧力に屈して法令をねじ曲げようとする公務員、自分の意思に反しても上司の指示通りに融資のルールを当て嵌めようとする銀行員、企業の論理に逆らえず社会の規範を踏み外す会社員、第二次世界大戦時の婦人会で自粛活動に励んだ女性たちなど、ありとあらゆる層の人々が含まれていそうだ。

極論すれば、カフカにとって「普通の人々こそが悪党」なのかもしれない。汚職まみれの政治家をメディアや識者は叩く。しかし、その政治家を選んでいるのは「普通の人々」である。その「平均的な人々」が政治家に陳情したり献金したりしたうえ、見返りを求めることに対し、メディアは政治家に対するほど騒ぎ立てない。「普通の人々」の中に、人種・民族・性などに関し差別意識や偏見が沈澱しているとするならば、出口を見いだした瞬間、その沈殿物は外に溢れ出る。「普通の人々」は瞬く間に「悪党」となる。そして、大きな流れの中で、ひとかたまりとなって押し流されてしまうのだ。

再度、強調しておこう。カフカが怖れている者は「普通の人々＝悪党」なのである。ゲマインシャフトという微温湯（ぬるまゆ）の中でヌクヌクとしている間に、個としての自分（自我と呼んでもよい）が確立せず、死ぬ間際になって、ようやく気づくことになる。いや、カフカは次のように言っているではないか。諄（くど）いかもしれないが再度、「悪党の一味」の締めくくりの部分を記しておきたい。

いつも彼らは一味をなしており、死後もそれを放棄せず、輪をなして昇天した。その飛翔のさまは、全体としては汚れなき幼児の無垢そのものに見えた。だが、天国の前でバラバラに打ち砕かれて落下した。まこと、岩のかけらだった。

政治に絡めて言えば、私自身、何度も国政選挙や地方議会選挙の投票に行かなかったことがある。天気が悪いから、身体の調子が良くないから、投票したい候補者や政党が見当たらないから……。その都度、勝手な言い訳をして自己正当化してきた。そして、そのような自分は決して「悪党」ではなく、「普通の人々の一人」だと思い込んでいたきらいがある。デモクラシーの本義（一人ひとりが主人公）から大きく外れていることは確かだ。カフカの言葉に倣って言えば、死ぬ間際に気づくどころか、「馬鹿は死んでも直らない」のかもしれない。「個」になることができたと思ったら、「まこと、岩のかけらだった」というわけである。カフカの示唆が私の心臓を突き刺す。

◆誰もぼくを助けてくれないことを除けば……（カフカ「山への遠足」）

カフカの短篇集『観察』（一九一二年）所収の一篇「山への遠足」を円子修平訳で読んでみたい。

山への遠足

「ぼくにはわからない」とぼくは声にならない声で叫んだ、「ぼくにはほんとうにわからない、もし誰（ニーマント）も来ないのなら、それはまさに誰も来ないということだ。ぼくは誰にも悪いことをしなかったし、誰もぼくに悪いことをしなかった、けれども誰もぼくを助けようとしない。まったく、誰も。いや、やっぱりそうじゃない。誰もぼくを助けてくれないことを除けば――、ニーマント

（注。誰でもない者・亡霊、の意）ばかりというのはきっとすてきなのにちがいない。ぼくは喜んで――だって当然じゃないか――ニーマントの一行と遠足にでかけるだろう。もちろん山へさ、他にどこがあると言うんだい。このニーマントたちのひしめき合っているこ と！ 横に拡げて組み合されたこの夥しい腕、触れ合い押し合いしているこの夥しい足！ もちろん、みんな燕尾服さ。こんなふうにして、ラ、ラ、ぼくたちは行く。手足のあいだの隙間を風が吹き抜けて行く。山では頸がせいせいする！ ぼくたちが歌わないとしたら、それこそふしぎだ。」

（マックス・ブロート（編）円子修平（訳）「山への遠足」『決定版カフカ全集1 変身、流刑地にて』新潮社、一九八〇年、二三頁）

この小篇は（カフカの他の短篇と同じように）読者を唖然とさせる。いや、困惑させたまま、置き去りにしてしまう。ニーマント（Niemand＝英語のnobody）の一行と山へ遠足に出かけるとは一体どういうことなのか。それも、「燕尾服を着て、ラ、ラ……と心晴れやかにメロディーを口ずさみながら」とは？

一見、山への遠足が愉しいものとして描かれているようだが、ニーマントと一緒に行くということは、「誰とも行かない」ことを意味し、実際の遠足そのものを否定していることになる。つまり、カフカは「ぼく」の言葉を通して、皆と一緒の行動なんて「ご免だね」というメッセージを読者に送っているのではないか。それでは、「ぼく」にとって好ましいものとは何なのか？ 文字の上では明示されていないが、「真夜中ひとりで書くこと」ではないのだろうか。「書く」ためには一人でなくてはならない。誰も助けてくれない。独りで真夜中に書いていれば、孤独感にも襲われよう。しかし、皆と同じように動くのではなく、自分なりの生き方をしたい——。「書く」ことによって自分は自分でいられる——。このような考えのもとで書かれたのが「山への遠足」という小品なのではないか。

「山への遠足」が執筆されたのは一九一〇年と推定されている。この年の前後数年間がカフカにとってどのような年月であったかを、池内紀・若林恵（著）『カフカ事典』（三省堂、二〇〇三年）掲載の年譜に基づいて考えてみたい。

一九一〇年は、最初の喀血（一九一七年八月、三四歳）に先立つこと七年前にあたる。当時のカフカ（二七歳）は労働者傷害保険協会の正式な職員となり、時間的に余裕もできたため、さまざまなことに挑戦したようである。講演を聴いたり、集会に参加したり、イディッシュ語劇団の公演を観たり、マックス・ブロート兄弟とパリへ旅行したり……。結核に侵される前のカフカは「健康マニア」で、運動することを厭わず、テニス、水泳、ボート漕ぎ、乗馬などに興じている。一九一四年にデンマークの海水浴場で撮られた写真（本書のカバー写真）の中で、「海辺のカフカ」は友人の隣りで健やかな笑顔をしている。一般に流布されているカフカの姿とは大いに異なる。

散歩好きなカフカが友人と連れ立って山へ遠足に行ったとしても不思議ではない。「山への遠足」という小篇を理解するうえで触れないわけにはいかない未完の小説がある。一九〇四年から一九一〇年頃に執筆された『あるたたかいの記』である。実のところ、この小品は「樹木」や「衣服」と同じように、『あるたたかいの記』の一部を切り取ったものである。

（付記）マックス・ブロート（編）前田敬作（訳）『決定版カフカ全集2　ある戦いの記録、シナの長城』（新潮社、一九八一年、二二頁）を参照。

この小説の主要舞台の一つは「ラウレンツィ山（ベルク）」だと言っても差し支えない。パーティーで知り合った男が場をわきまえず恋人との痴話を持ち出したので、「私」は男を黙らせようとして周りに聞こえるような大声で言う――

「よろしい、お望みとあらばでかけることにしましょう。だが、それにしても、この時刻にラウレンツィ山へ登ろうなんて、酔狂もいいとこですよ。なぜって、そろそろ冷えこんできて、すこし雪も降ったから、外の道路は、まるでスケート場みたいなものです。まあ、それでもよろしければ、ご一緒しますが」

（フランツ・カフカ（著）平野嘉彦（訳）「あるたたかいの記」『カフカ・セレクション1』筑摩文庫、二〇〇八年、

二四〇〜二四一頁）

『あるたたかいの記』で語られる出来事は、ラウレンツィ山への夜のハイキングを「私」が提案したことに端を発している。この小説に決着をつけることができず投げ出そうとしていた頃に、カフカは「山への遠足」を執筆した模様である。身体的には肺結核の診断が下される前、そして精神的には仕事と執筆の両立に悩んでいた頃にあたると推測できる。その頃の『日記』（一九一一年八月二〇日）がカフカの心境を端的に表している。

わたしには物語を書くための時間がほんとうにないため、自分が必要としているように、自分自身をあらゆる方向にひろげていくことができないからだ。だが一方でまたわたしは、少しばかり書くことで気分がほぐれていれば、そのわたしの旅ももっとうまくいくだろうし、わたし自身としてももっとよく把握できるだろうと信じ、またまた書くことを試みるのである。

（辻瑆（編訳）『カフカ――実存と人生』白水社、一九七〇年、一四一頁）

一九一〇年前後はカフカにとって、「書く」ことへの助走態勢に入った時期であるとも言えよう。なぜならば、『判決』を一気に書き上げ、『変身』を執筆し、『失踪者（アメリカ）』に取りかかる転機の年

――一九一二年――の二年前とはいえ、カフカは作品を既に隔月誌『ヒュペーリオン』やプラハのドイツ語新聞『ボヘミア』紙上に発表していたのだ。『ヒュペーリオン』の創刊号(一九〇八年)には八篇からなる短編集『観察』、そして第八号(一九〇九年)には『あるたたかいの記』から二つの対話(「祈るひととの対話」と「酔っぱらいとの対話」)。続いて、『ボヘミア』(一九一〇年三月二七日)には『観察』から五篇が掲載されている。

紛らわしいため、以下のことを注記しておきたい。一九一二年、ライプチヒのエルンスト・ローヴォルト社から刊行された『観察』(カフカにとって初めての単行本)は、雑誌に掲載された短篇に初出の十篇を追加したものである。「山への遠足」は書き下ろしの一つ。

以上のように考えると、『あるたたかいの記』を起点として短篇集『観察』の出版を契機に、カフカにとって「書く」態勢は整いつつあったと考えてよいかもしれない。『あるたたかいの記』の執筆を通して、事物(例えば、月や木々など)を凝視し、その本性を捉えることが「書く」ために不可欠であると認識したカフカは、次に、自分を含めた人間の「観察」に集中する。正職員としての勤務時間が朝の八時から昼の二時までであるため、夜の時間を執筆にあてることが可能になった。『日記』の中でカフカは、「独りでいること」の重要性を自らに言い聞かせている。一九一〇年一二月二五日と二六日の記述を紹介したい。

静かな住い、外の暗さ、目の覚めている最後の短い時間、こういったものがぼくに書く権利をあたえてくれる、たとえその権利が一番みじめなものであるにしても。そしてこの権利をぼくは急いで行使する。これがぼくという人間なのだ。（二五日）

独りでいることは、ぼくを支配する力を持ち、この力はけっして機能を停止することはない。ぼくの内面はほぐれ（差し当り表面だけだが、）そしてもっと深いものを解放する用意を整えている。ぼくの内面のささやかな秩序が回復し始める。そしてこれ以上ぼくは何も要らない。（二六日）

（マックス・ブロート（編）谷口茂（訳）『決定版カフカ全集7　日記』新潮社、一九八一年、二八頁）

真夜中、誰にも邪魔されず「書く」ことに専念しようとする決意は『観察』冒頭の小篇「国道の子供たち」の末尾に暗示されている。友人たちと長閑（のどか）な遊びにふけったのち、「ぼく」だけが南の都会を目指すという一節だ。

もう時間だった。ぼくは傍らに立っている子にキスをし、近くにいた三人と気のない握手をして、道を引き返して走りはじめた、誰もぼくを呼ばなかった。ぼくはみんなから見えなくなった最初の十字路を曲り、野道をまた森へと駆けて行った。ぼくは南の都会をめざしていたのだった、その都会についてぼくたちの村ではこんなことを言っていた、

「あそこには、眠らないひとたちが住んでいるんだって!」

「どうして眠らないんだろう?」

「それはかれらが疲れないからさ。」

「それじゃ、どうして疲れないんだろう?」

「それはかれらがばかだからさ。」

「ばかは疲れないの?」

「ばかが疲れるはずはないじゃないか!」


(マックス・ブロート(編)円子修平(訳)「国道の子供たち」『決定版カフカ全集1 変身、流刑地にて』新潮社、一九八〇年、一九～二〇頁)

読者を煙に巻くような一節である。しかし、「国道の子供たち」に続く他の小品を読んでいくと、カフカの仄めかしの意味が漠然とながら見えてくる。眠らないひとたちの住む都会についての噂話という形をとっているものの、これは「眠らないひとたち」の一員になることの決意表明だったのではないか。「眠らないひと」とは、カフカの場合、「書くひと」のことであろう。「書く」ためには集団から我が身を引き離し、人や物を凝視する必要がある。「山への遠足」で「誰もぼくを助けてくれない」と遠回しな表現をしているが、これは逆説であって、「誰からも邪魔されずに書くことができる」という肯定的な意味ではないか。カフカにとって、寝る間も惜しんで書くほうが、家族や社会の一員として歩調を合わせて生きるより遙かに重要であったと言えよう。三〇歳近い青年にとって「結婚」するかどうかも大きな悩みの一つだったであろうが、「書く」ことを通して人や物にまつわる真実を掘り起こしたいというエネルギーのほうが上まわっていたということではないか。

家族の一員として生きることの煩わしさ、組織の一員として働くことから生じるストレス、逃れることのできないユダヤの血のつながり、社会や国家が押しつけてくる強制……。自分ひとりでは背負い切れないと知りながら、カフカは文章を紡ぐことによって自分自身への答を探していたのではなかろうか。そして探れば探るほど、自分という存在にまとわりついている避けがたい孤独に襲われたのかもしれない。

「山への遠足」前後に配置された『観察』の小品に、孤独との闘いが幾重にも描かれている。例えば、「突然の散歩」「決意」「独身者の不幸」「商人」「ぼんやりと外を眺める」「通りに面した窓」「木々」などである。とりわけ、短篇集の最後に配置されている「不幸であること」という一篇に注目したい。

南の都会に憧れて田舎をあとにした「ぼく」(「国道の子供たち」)は、都会での生活で寂しさに堪えきれなくなった挙げ句、「幽霊」に出くわすのだ。一一月のとある夕方、どうにも耐え難くなって「ぼく」が叫んだとき、小さな子供の幽霊が真っ暗な廊下から現れた。しばらく幽霊との口争いが続いた後、

「ぼく」が言う。

「なんですって？　わたしがあなたを脅迫したんですって？　冗談じゃない。わたしはあなたがやっとここにあらわれたのを、とても喜んでいるのです。わたしは『やっと』と言いましたが、それはこんなに待たねばならなかったからなのです。実際、あなたがなぜこんなに遅くあらわれたのか、わたしには不可解です。わたしが嬉しさのあまり混乱した話し方をし、それをあなたは脅迫とうけとったのかもしれません」（前掲書、三二一頁）

さらに口論が続いた後、「ぼく」は次のように言う。

「あんたの生れつきはわたしの生れつきでもあるのなら、わたしがその生れつきからあんたに対して親切に振舞えば、あんたも同じように振舞わねばならないはずだ」（前掲書、三二一頁）

「ぼく」が発したこの言葉は、どのように解釈すべきか。「幽霊は『ぼく』の分身である」と捉えてみたらどうだろうか。他の子供たちと決別し、孤独になることを覚悟で都会に出てきた「ぼく」（「国道の子供たち」）の分身である。この「ぼく」にとって、待ち望んでいたモノがようやく目の前に現れたのだ。

『観察』の著者にとって手応えがあったからこそ、短篇集の末尾に「不幸であること」という一篇を選んだのであろう。

言い争いの後、部屋から飛び出した「ぼく」は階段のところで同じ階の間借り人と出くわす。その男から、「幽霊は飼って置けるそうじゃないか（・・・）女の幽霊なんかいいじゃないか」と冷やかされて、「ぼく」は怒りを顕わにして大声で言う。

「ぼくの幽霊をかっぱらったりしたら、ぼくたちのなかはお終いだぞ」

（前掲書、三三頁）

「幽霊」とは「ぼく」にとって否定的なモノではないのだ。カフカは婉曲的な表現を用いて、「幽霊」の出現、すなわち「書く」ための女神の降臨を示唆しているのではあるまいか。「山への遠足」「独身者の不幸」の後に配置された「商人」において著者は既に、このことを読者にそっと仄めかしているのだ。

一日の仕事を終えた「ぼく」の目の前に突然、「店の絶え間ない仕事のために働かなくていい数時間」があらわれる。ほどなくして家に着いた「ぼく」はエレベーターのドアを開けて、なかに乗り込む。次の瞬間、完全に独りぼっちになる。エレベーターが上昇しはじめると、「ぼく」は幽霊に対しているかのように、「声を立てずに歯を噛み鳴らして」言う。

飛んで行け、お前たちの翼をぼくはまだ見たことはないが、その翼がお前たちを村の谷へ、それとも、お前たちが行きたいというのなら、パリへでも連れて行け。
（前掲書、二五頁）

独りぼっちになった「ぼく」の目には様々な物や人が飛び込んでくる。広場、入り乱れる行列、車の窓からハンカチを振る美しい女、小川に架かる木の橋、水浴びする子供たち、装甲艦の水兵たち、見窄（みすぼ）らしい男、騎馬警官……。目にするたびに即興の物語が紡ぎ出される。例えば、見窄（みすぼ）らしい男の姿が目に入ったときの様子は以下のとおり――

見窄（みすぼ）らしい男のあとを追い、門道のなかに突きとばし、持物を強奪して、それから両手をポケットにいれ、男がとぼとぼと左手の路地に折れて行くのを見送れ。
（前掲書、二五頁）

独りでエレベーターに乗っている十数秒の間に「ぼく」の頭に幾つもの物語が次から次へと浮かんでくる。要するに、仕事から解放され独りぼっちになったとき初めてインスピレーションが湧き、「書く」ことができるということだろうか。そうであるならば、幽霊も孤独も「ぼく」（カフカ）にとって否定的な存在ではないのだ。

さて、ずいぶん遠回り（山で遭難？）してきたが、出発点の「山への遠足」という小篇にもどろう。燕尾服を着た一行と山へハイキングに出かけるなんて「ご免だね」と読者に示唆しておきながら、実は、一つひとつの孤独が煎じ詰められた非存在のモノ（幽霊）と一緒なら、こんな愉しい遠足はないと言っているのかもしれない。それがニーマント一行との遠足に踏み切る「ぼく」の心境であろう。本文中、この部分を再読してみたい。

誰もぼくを助けてくれないことを除けば――、ニーマント（訳注。誰でもない者・亡霊、の意）ばかりというのはきっとすてきなのにちがいない。

この一文は「山への遠足」という小品の真ん中に位置し、いわば蝶番（ちょうつがい）のような働きをしている。原文では **niemand**（小文字の **n** から始まる不定代名詞。「誰も……ない」の意）が七回使われてから、この部分で初めて **Niemand**（大文字の **N** から始まる名詞。「（擬人化された）誰でもない者、存在しない者」の意）という綴りの語が現れる（計三回）。つまり、**Niemand** という語を否定から肯定へのモメント（契機）として使用していることになる。

（付記）参考にしたテクストはローヴォルト社から一九一三年に刊行された版に基づく。それ以降の版では niemand と Niemand の表記方法に変化が見られる。

上記の引用部分に続く文を読めば、著者の意図が判然とする。「ぼく」はニーマントとの遠足を「ご免だね」と考えているわけではなく、肯定的に（現代風に言えば「イイね」と）捉えているのだ！

ぼくは喜んで——だって当然じゃないか——ニーマントの一行と遠足にでかけるだろう。もちろん山へさ、他にどこがあると言うんだい。

それにしてもカフカの小品は解読が難しい。しかし、難しいだけに面白いとも言えよう。

あとがき

「ことばへの気づき」というテーマでエッセイを書き始めたのだが、書き終えた今ふりかえってみると、ことばそのものというより、ことばのない状態、あるいは、ことばがスムーズに発せられない状態についての考察が多いことに気づく。「つんぼ」「こっそり独り笑いをする人たち」「橋がふりかえった！」（第一部）、「思わずすこしばかり頭をそらせたときに」（第二部）、「母親の絶句、そしてイルカのコミュニケーション」「どもり（吃音）について」「急行列車の通過——そのときの静謐」「Why not? のあとの沈黙」「雄弁は銀、沈黙は金」「こいつは喋れるのか？」（第三部）などがその代表的なものだ。なぜ、そのようなトピックが多くなったのだろうか——。

「こいつは喋れるのか？」で触れたとおり、津久井やまゆり園事件（二〇一六年七月）の植松聖被告は、人間の言語をめぐって根源的な問いかけをしたように思えた。しかし公判が進むにつれ、言語について薄っぺらな見解しか持っていないことが判明した。実用的な情報伝達にしか言語の価値を見いだしていなかったのだ。それに対し最首悟さんは、重度障害者の娘さんとの遣り取りを通して、「『忖度』の極みこそがコミュニケーションの本質である」ことに気づいたと控え目に述べている。

本エッセイ集で、沈黙、あるいはコミュニケーションがスムーズにいかない（と一般的に思われている）

ケースに焦点を当てたのは、言語のはたらきが多様性に富んでいるという事実を伝えたかったからだ。言い換えるならば、言語の力は――沈黙も含めて――懐の深いものであり、情報伝達という実用的側面にのみ重きを置いてはいけないと指摘したかったのである。「意思疎通できない心失者は生きている価値がない」と主張する植松聖被告のことばを等閑視することができず、考えた末に辿り着いた私なりの結論だ。また、実用性一辺倒に傾きがちな英語教育に対しても批判的な立場を忘れるべきでない。「英語ができなければ人間でない」という錯覚に囚われてしまうことは、「こいつは喋れるのか？」と同じような思考に繋がりかねない。私たちは無意識のうちに外国語＝英語、そして英語学習＝実用英語の習得と考えてしまいがちだ。その流れに呑み込まれないようにという自戒の念をエッセイに織り込んだつもりである。

「カフカの小篇を読む」というサブタイトルを付けたこととの関係で、執筆後、もう一つ気づいたことがある。エッセイを書いていた時期がコロナ禍（二〇二〇年）ということもあって、政治家のことばに言及したものが多い点だ。この気づきも、ことばそのものというより、ことばによるコミュニケーションがスムーズにいかないことにまつわるものであった。具体的に言えば、全国一斉休校措置、緊急事態宣言、東京オリンピック・パラリンピックの延期、そしてコロナウイルス感染再拡大のなかで浮かび上がってきた政治家のことばにまつわる問題だ。そのようなトピックがなぜカフカの小篇と結びついたのだろうか——。

　カフカの小篇を再読していく際、「カフカだったら、今の世の中の状況をどのように見るだろうか」と自問することがよくあった。そのような折、ことばに対する政治家の姿勢が浮き彫りになってきた。説明不足、答弁拒否、虚偽答弁などだ。「捜査中なので答弁を控えさせていただきます」「人事に関わることなのでコメントは控えさせていただきます」「仮定の話には答えることができません」等々、表面上は丁寧な言い回しであっても、実質は国民を虚仮（こけ）にしているのだ。記者会見で質問を受けても、「ご飯論法」で逃げたり、無言で立ち去ったりする首相の姿を私たちは何度となく目にしてきた。私たちは、もどかしさを通り越して怖ろしさを感ぜざるを得なかった。

　ところが、カフカの小篇一つひとつは、政治家の虚（うつ）ろなことばに対する批判・非難を呼び起こすだけではなく、読者である私自身の姿勢に対する「自己批判」（これは半世紀前に流行ったことばであるが……）をも迫るものだった。例えば、「悪党の一味」（第三部）の中でカフカは「普通の人々こそが悪党」であることを仄めかしている。無関心を装って投票に行かなかったことが何度もある私としては反省せざるを得ない。「国民に背を向けるような政治家を選んだのは君たち自身じゃないの？」と、カフカは私の胸にぐさりとナイフを突き刺すように皮肉る。

　今回読んだ小篇の中には小品あるいは小片と呼ぶべきものもあった。しかし、たとえ短い文であっても、「緊密さを創る者（ディヒター）」としての詩作者（ディヒター）・カフカは、「書く」という行為を通して、「ことばへの気づき」を私たちに伝授してくれている。長編・中編・短編だけでなく、小篇の中にこそカフカの魅力は潜んでいる。カフカ発見の旅は緒に就いたばかりである。

謝辞

二〇二〇年一月、成田吉重さんと高岡寛治郎さんと私の三人で「カフカを読む会」を立ち上げたものの、新型コロナウイルスの感染拡大とともに、新宿の喫茶店での月例会は中止の連続。それにもかかわらず、メール交換などで読書会は細々とながら続いている。独和辞典を片手にカフカの短篇集（*Die Erzählungen und andere ausgewählte Prosa*：フィッシャー文庫）の中にある小篇を読み進めることができているのは、お二人の熱意があればこそだ。読書会のために用意した私のエッセイを上梓するにあたって、ご両人にお礼を言いたい。

また、『英語と開発』（二〇一五年）および『難民支援』（二〇一八年）に引き続き、春風社の岡田幸一編集長から細部にわたってご指摘を受けた。感謝の意を表したい。

二〇二一年九月二八日

松原好次

参照文献（順序は参照・引用順）

はじめに

糸賀一雄『この子らを世の光に――近江学園二十年の願い』柏樹社、一九六五年
フリードリッヒ・バイスナー（著）、粉川哲夫（訳編）、『物語作者フランツ・カフカ』せりか書房、一九七六年

第一部　小さな／微妙な違いが大きな違い

ヨハン・ヴォルフガング・フォン・ゲーテ（著）菊池栄一ほか（訳）「箴言（しんげん）と省察」小牧健夫ほか（編）『ゲーテ全集11』人文書院、一九六一年
木村護郎クリストフ『節英のすすめ』萬書房、二〇一六年
The Grammar Book: An ESL/EFL Teacher's Course (Marianne Celce-Murcia and Diane Larsen-Freeman, Newbury House Publishers, Inc., 1983)『現代英文法教本』（大塚英語教育研究会、リーベル出版、一九八六年）
まど・みちお（作詞）「さあ　遊びだ　勉強だ　手伝いだ」（三浦市立南下浦小学校校歌）
The Huffington Post (June 26, 2013), "Did JFK say he was a jelly doughnut?"
フランツ・カフカ（著）円子修平（訳）「ぼんやりと外を眺める」『決定版カフカ全集1　変身、流刑地にて』新潮社、

一九八〇年
小椋佳（作詞）井上陽水（作曲）「白い一日」『歳時記』一九八一年
フランツ・カフカ（著）池内紀（訳）「ひとり者の不幸」『変身ほか』（カフカ小説全集4　変身ほか）、白水社、二〇〇一年
フランツ・カフカ（著）谷口茂（訳）『決定版カフカ全集7　日記』新潮社、一九八一年
フランツ・カフカ（著）池内紀（編訳）「中年のひとり者ブルームフェルト」『カフカ短篇集』岩波文庫、一九八七年
池内紀・若林恵（著）『カフカ事典』三省堂、二〇〇三年
フランツ・カフカ（著）城山良彦（訳）『決定版カフカ全集10　フェリーツェへの手紙(I)』新潮社、一九八一年
H・ビンダー／K・ヴァーゲンバッハ（編）柏木素子（訳）『決定版カフカ全集12　オットラと家族への手紙』新潮社、一九八一年
Franz Kafka, Tagebücher 1910–1923（14.November）www.projekt-gutenberg.org
ライナー・シュタッハ（著）本田雅也（訳）「フランツ伯父さんのひとりごと」『この人、カフカ？』白水社、二〇一七年
フランツ・カフカ（著）平野嘉彦（訳）「ある注釈」『カフカ・セレクション1　時空／認知』ちくま文庫、一九八〇年

Franz Kafka, *The Unhappiness of Being a Single Man: Essential Stories.* Edited and translated from the German by Alexander Starritt, Pushkin Press, London, 2018
ジャン＝ポール・サルトル（著）白井浩司（訳）『サルトル全集6　嘔吐』（改訂重版）人文書院、一九七一年
アルベール・カミュ（著）、清水徹（訳）「フランツ・カフカの作品における希望と不条理」『シーシュポスの神話』新潮文庫、一九六九年
池内紀『カフカの生涯』新書館、二〇〇四年
フランツ・カフカ（著）辻瑆（ひかる）（編訳）『カフカ――実存と人生』白水社、一九七〇年
フランツ・カフカ（著）池内紀（編訳）「ロビンソン・クルーソー」『カフカ寓話集』岩波文庫、一九九八年
『ANNニュース』二〇一八年九月二六日「東京・文京区 夫が発見し通報　母子四人死亡　無理心中か」
『産経デジタル』二〇一八年九月二六日「アパートの一室で母子四人死亡　無理心中か　東京・本郷」
フランツ・カフカ（著）長谷川四郎（訳）「ロビンソン・クルーソー」『カフカ傑作短篇集』福武文庫、一九八八年
フランツ・カフカ（著）吉田仙太郎（編訳）『夢・アフォリズム・詩』平凡社、一九九六年
ダニエル・デフォー（作）平井正穂（訳）『ロビンソン・クルーソー（上巻）』岩波文庫、一九六七年
高橋大輔『ロビンソン・クルーソーを探して』新潮文庫、二〇〇二年
フランツ・カフカ（著）前田敬作（訳）「橋」『決定版カフカ全集2　ある戦いの記録、シナの長城』新潮社、一九八一年

フランツ・カフカ（著）池内紀（編訳）「橋」『カフカ短篇集』岩波文庫、一九八七年
『産経デジタル』二〇二〇年三月二八日「冷蔵庫で扉ふさぎ、交際相手のもとへ　仙台二歳児放置死公判から見えた育児放棄の実態」記者：塔野岡剛
『朝日新聞』二〇二〇年一一月三日「二歳衰弱死　母親が無罪主張　札幌地裁『ごはん食べさせていた』」記者：榧場勇太、前田健太
『京都新聞』二〇二〇年十月一六日「乳児遺棄事件、容疑の母親を処分保留で釈放　京都地裁」
『南日本新聞』二〇二〇年一〇月二一日「三歳、一歳女児放置　両親に執行猶予付き判決　鹿児島地裁、生活立て直す意思を考慮」
フリードリッヒ・バイスナー（著）粉川哲夫（訳編）『物語作者フランツ・カフカ』せりか書房、一九七六年
『朝日新聞デジタル』二〇二〇年四月一日「母は彼氏宅で半同居　二歳の娘がひとり家で過ごした時間」記者：窪小谷葉月
『産経新聞』二〇二〇年三月一七日「二歳児放置死、母親に懲役十年　仙台地裁」
『毎日新聞』二〇二〇年三月一八日「二歳娘を放置死　母親に懲役十年　地裁判決／宮城」
明星聖子『新しいカフカ――「編集」が変えるテクスト』慶應義塾大学出版会、二〇〇二年

第二部　楽しい気づきが語学継続の支え

中村敬（著）『英語はどんな言語か——英語の社会的特性』三省堂、一九八九年
梅棹忠夫（著）『実践・世界言語紀行』（岩波新書、一九九二年
T.J. Rhys Jones, *Teach Yourself Welsh*, Hodder & Stoughton, 1991
水谷宏（著）『毎日ウェールズ語を話そう』大学書林、一九九五年
K.T. Harawira, *Teach Yourself Maori*, Reed (A.H. & A.W.), 1976
The Maori Language Commission, *Te Matatiki: Ngā Kupu Hou a Te Taura Whiri i te Reo Māori*『泉——マオリ語審議会による新語』1992
平取町二風谷（びらとりちょうにぶたに）アイヌ語教室（発行）『やさしいアイヌ語（一）〜（三）』（一九八九年・一九九〇年・一九九三年
Alberta Pualani Hopkins, *Kalei Haʻaheo: Beginning Hawaiian*, University of Hawaiʻi Press, 1992
井上義昌（編）『英米故事伝説辞典 *A Dictionary of English and American Phrase and Fable*』冨山房、一九七二年（初版）、一九七九年（第七版・増補版）
フランツ・カフカ（著）池内紀（訳）「樹木」『カフカ小説全集4　変身ほか』白水社、二〇〇一年
フランツ・カフカ（著）平野嘉彦（訳）「あるたたかいの記」『カフカ・セレクション1　時空／認知』筑摩文庫、二〇〇八年
ＮＨＫ・ＥＴＶ特集『7人の小さき探求者——変わりゆく世界の真ん中で』二〇二〇年四月一八日放送　ディレクター：松原翔

フランツ・カフカ（著）円子修平（訳）「衣服」『決定版カフカ全集1　変身、流刑地にて』新潮社、一九八〇年

フランツ・カフカ（著）前田敬作（訳）「ある戦いの記録（A稿）」『決定版カフカ全集2　ある戦いの記録、シナの長城』筑摩文庫、一九八一年

フランツ・カフカ（著）池内紀（訳）『カフカ小説全集5　万里の長城ほか』白水社、二〇〇一年

フランツ・カフカ（著）池内紀（訳）「走り過ぎていく者たち」『カフカ小説全集4　変身ほか』白水社、二〇〇一年

新美南吉全集編集委員会（編）「ごん狐」『校定　新美南吉全集　第三巻　童話・小説Ⅲ』大日本図書、一九八〇年

フランツ・カフカ（著）多和田葉子（編訳）「変身（かわりみ）」、『ポケットマスターピース1　カフカ』集英社文庫、二〇一五年

フランツ・カフカ（著）池内紀（編訳）「判決」『カフカ短篇集』岩波文庫、一九八七年

新美南吉全集編集委員会（編）「童話に於ける物語性の喪失」『校定　新美南吉全集　第九巻　戯曲・評論・随筆・翻訳・雑纂』大日本図書、一九八一年

S.Fischer, *Franz Kafka: Kritik und Rezeption zu seinen Lebzeiten 1912–1924*, S.Fischer Verlag, 1979［S・フィッシャー（著）『フランツ・カフカ：生前発表作品（一九一二年～一九二四年）の批評と受容』S・フィッシャー社、一九七九年］

フランツ・カフカ（著）城山良彦（訳）『決定版カフカ全集11　フェリーツェへの手紙Ⅰ&Ⅱ』新潮社、一九八一年

フランツ・カフカ（著）谷口茂（訳）『決定版カフカ全集7　日記』新潮社、一九八一年

フランツ・カフカ（著）平野嘉彦（訳）「路地の窓」『カフカ・セレクション1　時空／認知』筑摩文庫、二〇〇八年
フリードリッヒ・バイスナー（著）粉川哲夫（訳編）『物語作者フランツ・カフカ』せりか書房、一九七六年
ミゲル・デ・セルバンテス（著）永田寛定（訳）『ドン・キホーテ（正編一）』岩波文庫、一九四八年、
フランツ・カフカ（著）池内紀（編訳）「サンチョ・パンサをめぐる真実」『カフカ寓話集』岩波文庫、一九九八年
フランツ・カフカ（著）吉田仙太郎（編訳）『夢・アフォリズム・詩』平凡社、一九九六年
Franz Kafka, *The Unhappiness of Being a Single Man: Essential Stories*. Edited and translated from the German by Alexander Starritt / Pushkin Press, 2018
室井光広（著）『カフカ入門』東海大学出版会、二〇〇七年
ヴァルター・ベンヤミン（著）浅井健二郎（編訳）『ベンヤミン・コレクション2　エッセイの思想』ちくま学芸文庫、一九九六年

第三部　怖さへの気づきが新たな世界への入り口

武満徹（著）「吃音宣言」小沼純一（編）『武満徹エッセイ選――言葉の海へ』ちくま学芸文庫、二〇〇八年
ウィリアム・シェイクスピア（著）福田恆存（訳）『ハムレット』新潮文庫、一九六七年
『朝日新聞』二〇二〇年一一月二八日「バイデン氏も悩んだ吃音――マンガに描いた嘲笑と涙と希望」記者：小川裕

介
NHK・ETV特集『静かで、にぎやかな世界——手話で生きる子どもたち』二〇一八年五月二六日放送　ディレクター：長嶋愛
中村元・紀野一義（訳註）『般若心経・金剛般若経』岩波書店、一九七二年
フランツ・カフカ（著）多和田葉子（編・訳）「変身（かわりみ）」『ポケットマスターピース1　カフカ』集英社文庫、二〇一五年
ウィリアム・シェイクスピア（著）福田恆存（訳）『マクベス』新潮文庫、一九六九年
フランツ・カフカ（著）平野嘉彦（編訳）「おそらく私は、もっと早くから」『カフカ・セレクション1　時空／認知』ちくま文庫、二〇〇八年
フランツ・カフカ（著）飛鷹節（訳）『決定版カフカ全集3　田舎の婚礼準備、父への手紙』新潮社、一九八一年
フランツ・カフカ（著）吉田仙太郎（訳）『決定版カフカ全集9　手紙1902-1924』新潮社、一九八一年
フランツ・カフカ（著）谷口茂（訳）『決定版カフカ全集7　日記』新潮社、一九八一年
池内紀・若林恵（著）「カフカ文学をめぐる十二章　健康法」『カフカ事典』三省堂、二〇〇三年
河東碧梧桐（著）「カリエス手術」『子規の回想』昭南書房、續編（四）、一九四四年
『産経デジタル』二〇一七年四月四日「正岡子規の未公開書簡見つかる」
正岡子規（著）『仰臥漫録』岩波文庫、一九二七年

フランツ・カフカ（著）池内紀（訳）「八つ折りノートC」『カフカ小説全集5 万里の長城ほか』白水社、二〇〇一年
H・ビンダー／K・ヴァーゲンバッハ（編）柏木素子（訳）『決定版カフカ全集12 オットラと家族への手紙』新潮社、一九八一年
フランツ・カフカ（著）城山良彦（訳）『決定版カフカ全集11 フェリーツェへの手紙II』新潮社、一九八一年
ヴィリー・ハース（編）辻瑆（訳）『決定版カフカ全集8 ミレナへの手紙』新潮社、一九八一年
池内紀『カフカの生涯』新書館、二〇〇四年
フランツ・カフカ（著）吉田仙太郎（編訳）『夢・アフォリズム・詩』平凡社、一九九六年
植木雅俊（訳・解説）『サンスクリット版全訳 維摩経 現代語訳』角川ソフィア文庫、二〇一九年
鎌田茂雄『維摩経講話』講談社学術文庫、一九九〇年
ウィリアム・シェイクスピア（著）小田島雄志（訳）『シェイクスピア全集29 マクベス』白水社、一九八三年
ウィリアム・シェイクスピア（著）福田恆存（訳）『マクベス』新潮文庫、一九六九年
『中日新聞』二〇二〇年一月一一日朝刊「相模原殺傷公判 検察側が犯行状況 職員連れ『しゃべるか』刺す相手尋ね選ぶ」記者：丸山耀平・杉戸祐子・福浦未乃理
中村敬『英語はどんな言語か――英語の社会的特性』三省堂、一九八九年
『毎日新聞』二〇二〇年一月一六日「言葉なくとも通じ合えた――供述調書読み上げ 遺族、苦しい思い訴え」記者：

国本愛・洪玟香・池田直・中村紬葵
『産経新聞』二〇二〇年二月一七日「勝手に奪っていい命など一つもない──相模原殺傷事件公判、犠牲者の母親が意見陳述」
『朝日新聞』二〇二〇年一月二五日「被告『自分は責任能力ある』」記者：山下寛久・神宮司実玲・岩本修弥
『朝日新聞デジタル』二〇二〇年一月三日「『人あっての社会』障害の娘から学んだ──元全共闘の教授」記者：織井優佳
『読売新聞オンライン』二〇二〇年一月二二日「植松被告、拘置所で再び指かみ手術で縫合──『皆さまに迷惑をかけた』」
『朝日新聞』二〇二〇年二月八日夕刊「『差別意識、勤務経験から』植松被告公判──鑑定医が指摘」記者：土屋香乃子、神宮司実玲、山下寛久
『朝日新聞』二〇二〇年二月八日夕刊「トランプ氏　無罪誇る──演説一時間」記者：染田屋竜太
『時事通信』二〇一七年七月一五日「障害者『幸せ奪う存在』──トランプ氏演説契機に──手紙でA被告・相模原施設襲撃」
篠田博之（著）『創』編集部（編）『開けられたパンドラの箱──やまゆり園障害者殺傷事件』創出版、二〇一八年
『日刊スポーツ』二〇二〇年一月二四日「植松被告、トランプ米大統領に影響受けたと主張」
吉野弘（著）小池昌代（編）『吉野弘詩集』岩波文庫、二〇一九年

パトリシア・C・マキサック（著）ジゼル・ポター（絵）福本由紀子（訳）『ほんとうのことをいってもいいの?』BL出版、二〇〇二年
郷田雄二「あらすじで読む名作の本棚」『武蔵野くろすと〜く』二〇二〇年二月号
フランツ・カフカ（著）平野嘉彦（編訳）「隣り村」『カフカ・セレクション1　時空/認知』ちくま文庫、二〇〇八年
フランツ・カフカ（著）吉田仙太郎（訳）「インディアンになりたい」『カフカ自撰小品集I　観察』高科書店、一九九二年
フランツ・カフカ（著）前田敬作（訳）「仲間どうし」「ある戦いの記録」『決定版カフカ全集2　ある戦いの記録、シナの長城』新潮社、一九八一年
野村泫（ひろし）『昔話と文学』白水社、一九八八年
ウルズラ・ヴェルフェル（著）野村泫（訳）『灰色の畑と緑の畑』岩波少年文庫、一九八一年
G・ヤノーホ（著）吉田仙太郎（訳）『カフカとの対話――手記と追想』筑摩書房、一九六七年
フランツ・カフカ（著）池内紀（訳）「悪党の一味」「八つ折りノートG」『カフカ小説全集6　掟の問題ほか』白水社、二〇〇二年
フェルディナント・テンニエス（著）杉之原寿一（訳）『ゲマインシャフトとゲゼルシャフト――純粋社会学の基本概念（下）』岩波文庫、一九五七年

Projekt Gutenberg-DE: *Die Acht Oktavhefte*

フランツ・カフカ（著）辻瑆（編訳）『カフカ――実存と人生』白水社、一九七〇年

フランツ・カフカ（著）円子修平（訳）「山への遠足」「国道の子供たち」「不幸であること」「商人」『決定版カフカ全集1　変身、流刑地にて』新潮社、一九八〇年

フランツ・カフカ（著）平野嘉彦（編訳）「あるたたかいの記」『カフカ・セレクション1　時空／認知』ちくま文庫、二〇〇八年

【著者】松原好次（まつばら・こうじ）
東京外国語大学外国語学部ドイツ語学科卒業。元電気通信大学教授。専門は言語社会学、言語政策。特に、少数民族言語（先住民族や移民の言語）の衰退・再活性化について研究。
主要著書・訳書：*Indigenous Languages Revitalized?: The Decline and Revitalization of the Indigenous Languages Juxtaposed with the Predominance of English* (Shumpūsha, 2000)、『大地にしがみつけ――ハワイ先住民女性の訴え』（ハウナニ＝ケイ・トラスク著、春風社、二〇〇二年）、『ハワイ研究への招待――フィールドワークから見える新しいハワイ像』（共編、関西学院大学出版会、二〇〇四年）、『消滅の危機にあるハワイ語の復権をめざして――先住民族による言語と文化の再活性化運動』（明石書店、二〇一〇年）、『言語と貧困――負の連鎖の中で生きる世界の言語的マイノリティ』（共編、明石書店、二〇一二年）、『英語と開発――グローバル化時代の言語政策と教育』（監訳、春風社、二〇一五年）、『難民支援――ドイツメディアが伝えたこと』（春風社、二〇一八年）など。

ことばへの気づき――カフカの小篇を読む

二〇二一年一〇月一四日 初版発行

著者 松原好次 まつばら こうじ

発行者 三浦衛
発行所 春風社 *Shumpusha Publishing Co.,Ltd.*
横浜市西区紅葉ヶ丘五三 横浜市教育会館三階
〈電話〉〇四五・二六一・三一六八 〈FAX〉〇四五・二六一・三一六九
〈振替〉〇〇二〇〇・一・三七五二四
http://www.shumpu.com ✉ info@shumpu.com

装丁 難波園子
印刷・製本 シナノ書籍印刷株式会社

乱丁・落丁本は送料小社負担でお取り替えいたします。

ISBN 978-4-86110-754-2 C0095 ¥2700E
JASRAC 出 2106887-101